# 西川滿小說集②

陳千武 譯

# 目錄

# 序

西川 滿

我的短篇小説集，這一次在台灣初次公開出版，對於風燭殘年的我，眞是不勝歡喜，有如一陽來復的感覺。

自從虛三歲就在台灣生長，在台北唸過小學、中學，當時我有個最大的疑問，就是在學校，一點也不敎台灣的歷史。是不是台灣沒有歷史？連美術的課程上，都能夠拿出富士山或隅田河邊櫻花樹的畫帖，看著學畫的時代。

感到奇怪的我，跑去圖書館尋找台灣的歷史，卻看到好多資料而驚喜、被壓倒，遂決心要以自己的力量編綴未開拓的台灣歷史。這一決心，到東京遊學，在早稻田法文科就學期間，也未曾減弱。畢業同時立志回到台灣樹立台灣文學，成爲社會人，有一天，訪問台南赤嵌樓、大天后宮，爲鄭氏一族的悲劇而流淚，日以繼夜寫成了〈赤嵌記〉一篇。這是我冀望的成就之一，幸好成爲在台灣時代的我的代表作。

〈赤嵌記〉以外的十二篇，是因日本敗戰，不得不離開我心裡決定的終身住家的台灣，我對已經成爲遙遠的島抱持難於忍受的慕情，永不消失的讚頌，一天又一天，用力敲打似地寫出來的東西。

幼少時候，在台北大稻埕每天過著生活，初次感到強烈的 exotisme，是在祭典遊街闊步而行的謝將軍和范將軍的容姿。這對七爺八爺，終生不會從我底腦裡離開。把這一思念予以小說化的是〈神明祭典〉。

雖然每一篇內容都不同，不過都是描畫台灣的風土與民俗，深深摯愛的作品。〈玫瑰記〉是以我喜歡的士林和林本源庭園做舞台的小說，發表當時，受過已故恩師《華麗島文學志》作者島田謹二博士，評爲「久未見過的精心作品，讓我遊歷了李魯亞坍的陰森之氣，和柯傑的瑰麗混融的世界」，使我難忘。

也就是說，這一卷是，我以深摯的感情，獻給曾經允許我居住過、生活過，使我愛上的台灣——華麗島的小說集。

迄今我已經寫過不少小說，但本質上我是詩人。把這些作品率先譯成華文的陳千武先生，是台灣屈指的詩人。的確詩人才知道詩人的心思一點也不錯。對巧妙的配合與煞費苦心的先生，衷心表示感謝。還有先生的令郎陳明台教授，執筆我台灣時代的年譜、作品論，也並此合掌致謝。

最後，向計劃要出版這本小說集，在天空澈底藍青的高雄、文學台灣雜誌社發行人鄭炯明先生，表示萬分的敬意。

八十九老　西川　滿
感謝三禮

# 譯者的話

陳千武

客居日本多年的張良澤教授，曾於《台灣文藝》八四期寫過一篇〈西川滿書誌〉。是他認識一些與台灣文學有關的日本作家，屬於比較重要的，要列入個案研究的對象之一。

張教授提起，常聽到台灣前輩作家罵西川滿爲「御用作家」「欺台作家」，而深信之。但後來於一九七九年三月和西川滿見面之後，每隔一、兩個月便去訪問西川滿，任意翻閱他的書齋。於是從西川滿編輯七十六册雜誌和五十二册單行本得到了結論。

他說：西川滿的小說十之八九都是寫台灣正史、台灣風俗文物、台灣生活抒情，而在那麼多作品文字當中，卻沒找到一句罵台灣人或卑視台灣事物的話。結果有了自省，認爲憑什麼說西川滿是「御用作家」或「欺台作家」？

他又說：如果沒有西川滿的存在，日據時期的台灣文學運動必不那麼盛況。他的存在之正面作用是確立地方文學的地位，培植台灣作家及日人作家，負面作用是刺激台灣作家紛紛背離他的獨霸文壇作風而各立門户，反而形成台灣文學的多采多姿。

最後他說：一個不愛台灣的人，能寫那麼多台灣詩歌和台灣小說嗎？

確實，在台灣文學史上，沒有第二個作家，寫台灣題材的詩和小說，質與量，可與西川滿相比。從他那麼多的台灣題材作品中，我們可以看到西川滿唯美的抒情表現，給讀者感到台灣原始性的神秘感，容易陶醉在軟弱的柔情裡自娛。就這一點來說，西川滿應該是忠於自身表現的作家，並沒有「欺台作家」的憑據。祇是在他處理小說的人物性格，如〈赤嵌記〉的主人翁，所出現的「我」，即令人感到不無擺出「統治者」傲慢的姿勢。這或許是據於西川滿個性的自傲而來的吧。

西川滿是相當孤傲的老人，不過曾經看他接到台南林文雄市長贈他獎盾，便高興地寫信告訴所有文壇的知友，還持著那麼孩子氣的天眞，以寫台灣小說爲終生任務的自覺，實有令人羡慕、可愛的一面。

# 赤嵌記

## 起章

上面橫寫著「入口」，下面匾額也橫寫著「赤嵌樓」。再下有一面畫著指標的嚮導板，要說那是古蹟標識，寧可說是理髮店或馬殺鷄的小牌照較適當。還有，從兩邊紅磚瓦門柱上方，揷出拱門形的鐵棒，吊著已褪色的角燈，很像明治開化期的石板畫。這樣輕浮氣氛的造型，令人感到幻滅。從外觀料想裡面，必定是攤販棲息的低級古蹟，值得進去看嗎？索性跳過這兒，到前面的武廟或大天后宮去參觀？不過，既然從遠道來了，還是改變主意吧，躊躇一下，終於穿過那低級趣味的門進去。

然而，一進門，射進眼簾的，卻是從分界處裂開的紅磚牆，顯出了公學校建築物，還有在校院子遊玩的學童活潑的舉動，竟是意想不到的光景，感到驚訝。忽然，走到紅毛井旁邊，又在夏天炎日的背景裡，顯明地看到文昌閣，我凝視它，那好像要倒下的巨人，以最後一股力氣撐著似的，悲壯而美。而且跟著苦楝和老榕樹枝椏的搖晃，整個樓在呼吸著。支撐屋頂的圓柱，緊閉的鏤骨窗，也都在朱色裡喘息著，也有苦悶的炎陽在上昇……。

從像黃金坩堝般充滿光亮的「蓬壺書院」遺跡，踏著急陡的階梯，我走上文昌閣。異於入口處的壞印象，這裡從外圍被隔離而荒廢了的情況，反而使我感到興奮。看到健康的學童、大人也能穿過的故意毀壞了的磚牆，使我早已把那個理髮店般的骯髒小招牌忘得一乾二淨，我高興地眺望著屋頂上紅紅的日輪。

樓上內部昏暗而空虛，只有一張老朽桌子，上面奉祀一尊鬼神，手指著頭，舉起一隻腳，發散著時代的古味。這就是文章神「魁星爺」。眼睛已剝落，露出眼窩，神像全身蒙上塵埃，似乎久無人祭拜了，連香爐也沒有。我好像看到被遺棄的文章丟落在地上，悄悄地離開鬼神。

推開出去走廊的扇門，吱吱叫著門開了，同時，焦灼的夏日陽光一齊照進來，瞬時使我頭昏了。反光的民家屋瓦的浪波，屹立在寺廟翹首的頂角，有如海市蜃樓，突然顯現出古都風光，哀嘆之情眞難以形容。偎依在欄杆，也看得見遠海，似乎有北風，把安平工場的囪煙，吹向億載金城方向去。

「你是一個人來玩？」獨自陶醉著，沒想到背後有人向我問話，訝異地離開欄杆，一看，是年輕的台灣青年。畢竟在這種地方，我實在不喜歡陌生人來打擾。只是輕點了頭，無視於他的存在似地，把眼光轉向遠方。青年卻也沒期待著我的回話，而知道我眼神瞟向的地方似地說：

「先生，那邊朦朧看得見的樹林，就是從前的鹿耳門，海流很急又淺灘，如果不懂其滿潮之差，畢竟無法進船。所以荷蘭軍才疏忽大意，讓鄭成功的大軍，由何斌為先鋒引導進攻，攻入當時的普羅文蒂亞城來。」

毫無預料的話題，使我啞然了一刻，或許，青年感到我疑惑，便說：

「很抱歉，不過，因為聽過先生您的演講，我才來這裡等著您。」

「那？」

這才眞正使我啞然，我重新省察青年，瘦瘦的，鼻樑直直的，有點女性化了的，這個白臉青年，我想不出在那兒見過。

「昨晚，您不是講過，台南人不太愛惜自己的土地和歷史。探究歷史，有了歷史的基礎，才眞正有新時代文化的發展。我是要讓您知道在台灣，也有像我這樣愛惜歷史的人。」

對了，昨晚在公民館，我演講過圖書的專題，依據主辦者的希望，我也無意中說過那些話。沒想到這麼快就有了反應。確實，台灣有像他這樣單純的青年，比如，只在街上見過二、三次面，就敢跑來請教身上的難題，或借用聘金等等，眞是叫人吃驚；連名字都不知道，對方卻像似百年知 己來找你，使家人常笑我是過分好好先生。可是，這不僅是我的好客而已吧。這位青年也不例外，既然他說是特意來等我的，就不能太冷落他。

「是嗎？你怎麼知道我會來這裡？」

「昨天聽你的話，知道您沒來過赤嵌樓，我就猜了你一定會來」。青年稍爲羞紅著臉說：「說實在的，我是從上午一直等到現在，又想，也許您到傍晚時候才會來。」

從青年講的「傍晚」一句，使我想起這裡是夕陽勝地，自古以來就留有「赤嵌夕照」的名言。

「太陽西下的時候，最美吧？」

「是的，天空、市街和海全都染紅了，一看像在燃燒，不過，古時候這城下還是海，能看到怒濤的漩渦，一定比現在更壯觀。您看過高祖澎的詩嗎？『百尺高樓鎭海東，夕陽斜映滿城紅』。」

「沒有。」

「『分明畫出皇圖壯，想見當年汗血功』，這不是很好的詩嗎？令人想念紅色磚瓦城垣宏壯的景色。」

「現在這個樓是什麼時候蓋的？」

「這比較新，是光緒五年吧，當時的台灣知縣潘慶辰修築的，可是這道牆和水泥樓基，是荷蘭時期，永曆初就築好留下來的，《台灣縣志》有詳細的記載，確實是堅固的城砦，面對著海，有兩處五稜廓……。鄭成功領台時把它改稱承天府，鄭氏滅亡又恢復昔日的蕃地名

Jakam，Jakam的台語發音是赤嵌，就叫『赤嵌樓』。」

自我介紹爲歷史愛好者的這位青年，果然說得很詳細。我掏出手帕擦了額上的汗，青年沉默了一會兒，忽又改變口氣說：

「先生，您能否以赤嵌樓爲題材，寫一篇故事？需要我幫忙的，我很樂意效勞，譬如這裡的魁星爺，爲什麼沒有眼睛？」

「嗯！這有點奇怪。」

「那是相當古老的佛像，本來嵌上寶石，卻被養鴨人家出身的，不講理的，自稱皇帝的朱一貴，在康熙末年盜走了。隨後佛像也失踪了很久，到最後在旗山附近的民家找到，爲了供奉，才建築這座文昌閣和隔鄰的海神廟。這一傳說雖不重要，可是鄭家時期的赤嵌樓，確實留下了相當值得記載的故事。」

青年還熱心的慫恿我執筆歷史故事，老實說，我對於這些故事僅有些感慨，不甚有意執筆，寧可查訪寺廟，蒐集喜歡的神籤或民俗版畫之類的，較符合我的嗜好，我率直地把自己的意思告訴他，青年好像很失望。

「那個下面的屋頂就是太子殿，太子殿的藥籤，您一定要收藏，那是有名的紅毛樓神諭，尤其配合赤嵌名字印成紅色。」

青年的手，指向眼下的廟宇，聽青年忽然改變了話題，使我被這位從早上就在這裡等我，告訴我歷史的他的熱心打動了，覺得很不好意思，於是我說：「我對於歷史，不太有興趣，不過對赤嵌樓這附近的氣氛，倒滿喜歡，我想可寫一點什麼。聽說這附近的小巷子，有夜鶯開花，也有大舞台或大天后宮，有上等的舞台設備……」

「哦！您要寫這地方的事情，太好了。」青年興奮地說：「太子殿也常有花妓們來參拜，爲了取藥方。」

「你說太子殿，是不是奉祀鄭成功的兒子？」

「不，主神是觀世音佛祖，藥籤很有效。」

「那麼，可以用花妓做主角寫一篇小說啊。花妓生病了，到殿裡來祈願，在困難的生活中，出現一位情人，因爲在夕陽下太繁華，就選擇在滿月之夜，上赤嵌樓幽會，看看沉睡在月光下的屋頂磚瓦。對，那天晚上和男人分離之後，因爲無法結合而苦惱，並回憶養女小時候，不懂事才跑到武廟去學習漢文，無盡的懷念……」

隨著興趣亂說一些空想故事，卻也引起了我眞正要執筆的意慾了，青年笑著說：

「那麼，先生，今晚我帶您到婊子家去玩，……怎麼樣？」

由於這樣的緣故，那天晚上八點，我便和青年約在台町的大天后宮，再次相會。

## 承章

那天剛巧是農曆十六，亞熱帶氣候特色的月亮，出現在赤嵌樓上空，正是符合我先前開玩笑似說過的小說故事的背景。台町附近並沒有較高的建築物，只有赤崁樓，高高地聳立在台灣人民家屋頂上。反正也不想去別的地方，我提早從旅館出發，走入繁華商店街，窺視街上的商品櫥。聽說從前這一帶都是米店，現在卻有了雜貨店、藥店、飲食店，已經沒有從前的米街面貌了。

走到一家賣金銀紙店前，我停下來看一個穿水兵服的女生，用大毛刷子浸在墨汁裡，很快速度印著祭神用的版畫，粗劣的紙面瞬間印出了黑虎或白猿，眞有趣，使我看得入迷了，我進入店內，向胖男人買下幾套版畫，然後仔細地觀察堆積在店內的各種印刷品。八仙桌旁邊，有位眨著眼睛的老婆，用雙手奉著大碗，在吃粥，而那桌子上有一幅舊版畫，吸引了我。黑畫框雖髒，卻用上質的竹紙印刷的，把坐轎的年輕夫妻一行隊列，畫在中間圓型裡，印刷的線條淡墨，加上古代朱的綠與赭黃。

「這一幅能不能賣給我？」

回頭看胖男人，他默默搖手，一面巧妙地在整頓女生印好的版畫，疊積在台上，便拿起剪紙刀用頭髮滑一下，輕輕地開始切紙。看他不理我，我轉問女生，女生停止印紙的手，用台語和胖男人互換了我聽不懂的話，然後，胖男人開口問我：「你要買多少錢？」

或許那是非賣品，他們也不知要開多少價？

「嗯！」

我正想開個價，忽而聽到吃粥的老婆，有如詰問的口氣，發出尖銳的聲音，和男人談起話來。缺乏台語知識的我，只知道男人說的「阿母」和「莫要緊」，其他都聽不懂。圍在老婆額上的烏黑巾，中央嵌有翡翠環，隨著老婆講話，翡翠就反射燈光而怪異地亮著。稍後，女生有點難爲情地說：

「很抱歉，祖母說這一件不能賣！」

「爲什麼？」

「是祖傳，賣掉了會遭災殃。」

「那就不勉強，可是能不能請祖母告訴我，這一幅畫的由來？」

女生順從地把話轉告老婆，老婆卻搖著頭，面向我說：「不知道！」我不得不絕望了，走出店鋪。

大天后宮前排滿了米粉、愛玉、排骨湯、香腸等攤子，坐滿在攤子周圍的台灣人，津津有味地吃著。要說廟是信仰的對象，寧可說是莫大安樂的地方。

走過「海國同春」匾額下，進入中學，站在窈窕慈顏且隱藏微笑的大媽祖像前，白天那位青年還沒出現。時鐘已過八點了，我從兩隻虎像旁邊走進裡面，看見穿長衫的男人，拿著竹香在點火，之後拜了一鞠躬，回頭過來看到我，便指向天花板說：

「這就是寧靖王自縊的樑木。」

因堂內昏暗看不太清楚，但仔細一瞧，雖然換了服裝，男人卻是白天見過的青年，不穿西裝，穿上長衫的男人，給人一種超脫了現代感的風趣。

「我們走吧！」

青年先導，走過他熟悉的神殿旁邊小出口，閃入街上的人群裡去。並肩走過一段狹窄的巷子，來到一間小木屋，青年說：

「您知道嗎？這裡就是跟隨寧靖王殉死的五妃的化妝室……」

探頭一看，裡面卻放著一石臼。

「現在，變成了豆腐店……」青年有點遺憾似地說：「眞是歷盡滄桑。」

又走過武廟的前院和大街，進入赤嵌樓的橫巷子，轉彎了二、三次，然後推開兩棟房屋之間的格棧門，裡面又是一公尺寬的小路，路的一半是陰處，另一半被濕潤的月光照亮著。

「請小心腳下，進口地方很窄，但裡面相當寬闊。」

正如青年說的，大約走八公尺細長的小路，就忽然寬闊了，接著有廣大的前庭，院子有人造的山，也種有大盆的虞美人草，白色的花瓣，散放嗆鼻的甘美香味，漂流在夜氣裡。

黑暗的正面，門被打開了。身材瘦長，穿長衫的女人，跟著室內流瀉過來的光線而出現。青年打個招呼，女人便以輕微的腳步，走來院子，事先連絡好了似地，女人來到我面前就行了一鞠躬。

「歡迎光臨！」

她說流利的日語，刺入耳朵，叫我驚喜而覺得輕鬆快樂。不但如此，進入室內，裡面的裝飾也相當優雅，桌上放著大理石雕刻的鐘，具有異國情調的美。透過薄紗窗簾，也看得見鄰室的眠床，那不是嵌有鏡子的賤俗台灣式藤製眠床，是堅牢的鐵製，放有蓬鬆純白的羽毛棉被，白紗蚊帳，眞是周全的風趣裝飾。女人開了電扇，再到眠床旁邊，打開鑲嵌鑼鈿浮雕的黑橱，拿出茶具，我細聲問青年。

「她，是怎麼樣的女人？不會是做婊的吧？」

「嗯！是我認識的朋友，這麼大熱天，帶您去做婊的地方，覺得不太對，我才選這個地方，尤其做婊的地方不便談話。您看她，不是適合您當寫作的模特兒嗎？」

「噢，太好了，看樣子不把小說的構成改變不行啦。」

我不由然地笑，女人把放茶具的銀盤捧過來，沒帶戒指，淸白的手指很美，昇上蒸氣的茉莉花茶很香。我邊喝茶，邊觀察坐在面前的白絹女人，剛剛在月光下看她的身姿，覺得瘦瘦的，現在接近著看，才知道她那從肩膀露出的臂腕，都相當艷肥，而從背脊到腰部的圓滿線條，令人想像到雌豹般的性感；梳過的頭髮，齊垂在肩膀上彎曲著，笑時的白齒也美，青年和女人談笑了一陣子，爲了不讓我無聊，便說：

「您不要以爲她很閒，事實她也是一位愛書人呢。」

「是嗎？」

我驚喜地點頭。

「不對，是他說謊。」

女人睜大眸子微笑著，忽然想起了什麼似地，向青年說：

「上次，你借給我的《偷閑集》，我還沒抄完，能不能再給我一點長時間？雖然我不太有空……」

我好奇地傾聽，而問：

「是陳迂谷的《偷閑集》嗎？你有這本書？我還沒看過……」

「我有。」青年回答說：「是抄本。」

「我也很想看看。」

表示我的意望，女人高興地說：

「噢，先生您也是迂谷迷？我很喜歡他不像別的詩人使用難懂的漢字，缺乏了實質感，他使用語句平明，看得懂，還有……」

青年笑著打斷了她的話說：

「她就是這樣一位知識女性，不是嗎？」

「他總愛說笑。」

她那睥睨青年的眼神，流露出濃情，耳環搖晃著，看起來，他倆並非平常的情誼而已。

「對不起！」青年舉手制止她說：「她有一位已逝去的哥哥，是東寧詩社的創辦人，是我親密的朋友，她實在也是一位詩人。」

「哦！那麼能不能讓我聽聽妳的大作？」

「我，不行。」

表示謙虛的她，青年勸告說：

「難得的機會嘛，吟一首讓他聽聽吧！」

「嗯！你這麼說，我就吟一首喜愛的詩。」

女人用纖細的聲音、正確的音調，吟了絕句。聽她吟詩，雖不懂意思，但使我感覺到詩的平仄的重要。青年解釋她吟的，是乘轎要去塞外的哀女苦情的唐詩。轎讓我想起了剛才看過的舊版畫，我問青年。

青年默默聽著我的說明，在腦裡找尋回憶，畫出一些版畫圖案。

「就是在轎頂，不知爲什麼，畫有雲層靉靆的日月。」

聽我這麼說，便點頭有所感觸似地回答：

「那很可能是，克壓夫妻的畫吧。」

「ㄎㄜˋ、ㄘㄤˊ？」

「是，鄭氏第三代的克壓，克……。」

青年用手指在桌子上畫字，我也同樣動了手指，

「第三代不是克塽嗎？一般所知道的是經第二代，克塽第三代。」

「對，因此我才說很不講理嘛，明明就是壞人們的陰謀而變成如此。所有的古書都不承認克壓是三世延平郡王。連那《台灣府誌》，也把克壓說成螟蛉子，眞不像話。」

青年瘦細的臉漲紅了，好像在眼前看著陰謀派的要人似地，表示興奮。

「螟蛉子是甚麼？」

「啊，先生也不知道嗎？說到克𡒉是不是螟蛉子，我就很生氣。假如說克𡒉是螟蛉子，眞笨，克𡒉才比他更螟蛉子啊！」

「說螟蛉子是侮蔑的意思嗎？」

「不，是抱養的孩子。在台灣，抱養孩子的例子很多。從早就有過房子、螟蛉子、童養媳、養女四種。」

女人代替青年給我回答，以巧妙的手勢，從白磁皿上拿起紙煙點火，詳細地把養子的分別說明，過房子就是向同宗同姓迎來的養子，螟蛉子是領異姓的兒子來養的，大多化錢買來。童養媳是爲了將來要與兒子送做堆爲夫妻，而領來養的異姓女子，養女是當自己的女兒養育的女孩。

「嗯，說過房子或童養媳，可以從文字來推察其性質，可是螟蛉子就有點奇異難解。」

「螟蛉是一種青蟲，青蟲生了孩子不知道養育，而叫蜾蠃的土蜂卻不能生孩子，所以把螟蛉的幼蟲當做自己的孩子養育。詩經記載說，螟蛉有子，蜾蠃負之，蜾蠃就是土蜂。」

「噢！」

我聽了她說話，眞佩服。青年因自己的話被打斷了，焦急似地挺身說：

「民衆比御用史學家還聰明，爲政者只會策劃，不要民衆知道，只要其相信，史學家便說，衆愚不足取，眞是信口開河。其實，不盲而冷靜的眼光，只有人民才有。鄭家一族以及馮錫范一群連合起來，罵克壓爲螟蛉子，斥責他不值得繼承王位的時候，信賴克壓的人民士兵，都崇拜他爲延平郡王，由於哀惜他，便有人繪畫了他的畫像，也有人譜歌曲思慕他，就是『文正公兮文正女』的歌。」

青年吟唱詩，可惜他吟的是台語，我聽不懂。於是女人私語似地告訴我說：文正女是克壓的妻，指陳氏，文正公是她的父親，亦即克壓岳父的謚號。青年吟完了便說：

「先生，請到開山神社後殿去看，那兒有『王孫諱克壓神位』『監國夫人陳氏之神位』的木牌，那是民衆認爲克壓才是延平郡王三世的唯一證據。」

有關鄭氏，青年就談得很熱心，把其他事情忘得一乾二淨。他說要帶我去找做婊的家，卻帶來這麼一位知識份子的女人家，我想到或許這位青年，喜歡談談鄭家的歷史，才故意把我帶到這裡來。

「文正女的故事，小時候，我常聽母親說過，而《府誌》烈女篇也有記載，是十分貞潔的女人。」

抽著紙煙的女人，接著青年的話，吊起了細小的眉毛看，如此向我私語著。從打開的窗，有微風吹來，聽到棕櫚葉颯颯的聲音。

「妳有《外記》沒有？」

青年突然問女人。

「哥哥保留著它，可是不知放在什麼地方。」

「眞遺憾！」青年搖著頭說：「先生，能夠信賴的只有《台灣外記》而已，看過沒有？」

「不，還沒有⋯⋯」

看我有點困惑的神情，女人想一想而說：

「我上二樓去找⋯⋯」

「不，不必了，回台北再看也不晚，在家，有康熙版三十卷，從前在嘉義舊書攤買到的。」

「有康熙版？眞棒，那叫做『求無不獲齊』版。我家的道光版，不管《僞鄭逸事》寫得多細膩，像似眞實的筆調，但跟《外記》是不能比的。」

青年很興奮地爭論鄭氏，從口袋裡掏出筆記簿，但我對他的論題不感興趣，反而想剛才女人說過二樓，這個家有二樓？該從哪兒上去？我對這個家的構造感到好奇，而觀察了房間的周圍。

忽然女人站起來，走進有眠床的房間，拉了繩子，打開垂簾，裡面亮了，好像還有小房間，女人撥開垂簾進入小房間，不久手捧著大盤子回來。盤子上放的是烏魚子，還有夾青菜類的三明治，我用小盤子盛了一些，毫不客氣地吃了。聽說，台灣人家庭都把烏魚子留到夏天，而非季節的烏魚子，味道特別香。

過了十一點，我和青年辭退了女人家，來到西門町的寶美樓前，我說：

「謝謝你今晚的招待，不過，我還不知道你的大名？」

「啊，我姓陳。」

「陳先生？」

「是！」

青年輕輕地點頭，彎了長身行了一鞠躬，讓微風撫弄長衫的袖子，回頭就走了。

## 轉章

回到台北，雨下了好久，到重陽那天傍晚才轉晴，看藍空出現的星星，記得吟過秋的杜甫，有「大火復流西」的詩。正如進入九月的蠍座主星傾向西方，而從面南的二樓書房，會看到射手座的銀箭在空中亮著，我坐在書桌前，打開一位陌生人寄來的小包裹，那是舊抄本的「偷閑集」，心裡一抖，重翻包裝紙看到寄件人是「台南錦町二丁目一八番地陳」。噢，是在台南遇見過的青年，由於他把地址寫得那麼清楚，反而使我感到陌生。

其實，今年春天，查資料的時候，偶爾看到連雅堂敘述昔時太古巢風光的《圓山雜誌》，其末句是「可憐，迂谷不懂詩」。對被公認爲日本領台前的唯一詩人陳迂谷先生，連雅堂的批評是否中肯？我想親自觀察作品，才買了「太古巢聯集」來看，可是僅有聯，實無法深入瞭解詩人的眞面目。而找《淡水廳誌》，卻有「所著偷閑集，未行也」的備註，從此我便放棄了對《偷閑集》的執念，然而那天晚上在台南，聽不知身世的女人說過「先生也是迂谷迷？」我實在不知如何回答，因爲對迂谷的作品，我眞的十分陌生。不過聽到《偷閑集》有人保存，我的慾求又重燃起來，那位青年並沒有忘記我的喜愛，終於寄來了。

立刻翻開一看，果然居住於太古巢的這位詩人，偶爾洩露感慨或日常記事的詩較多。時而悲傷，時而詼諧，能窺察到作者人品的善良。正如那個女人說的，詩語十分平易，然而逐漸欣賞下去，又似感到連雅堂先生所評的話，雖不太切實，卻批評得並無不當，使我十分失望。正想把書放下不看，但忽而發現末頁夾有小紅線，奇異地打開一看，刊有「監國夫人」爲題的兩首絕句，前面的註記，用細小的字如次寫著：「按夫人爲陳永華之女也，鄭經長子克壓，經在廈門，命壓任東台監國，才能剛斷，馮錫范諸奸，忌之。」對迂谷先生的詩不太欣賞的我，卻對他那簡潔的散文感到興趣。這位詩人的好處，就是這種眞摯與誠實，乍見不太關心卻具認眞性格。鄭監國克壓，就像迂谷所寫的，處事嚴正，剛毅果斷，也有像祖父成功的一面，只因爲其父經，雖繼承國姓爺的血，處事相當優柔，不能果斷，領導力不夠，致使其弟聰、明、智、柔等，都只顧自己擴張勢力。對這點感到最痛心的是克壓的岳父，以東寧總制，守護鄭軍遠征廈門期間的將軍陳永華。

事實，鄭家在台灣的治績，被認爲全是陳永華所經營，爲了瞭解克壓的事蹟，從書架抽出《台灣外記》，看記載有關永華的一節：不斷地憂慮國事而不辭勞苦，親自巡歷南北二路各社，勸告各鎭開墾種植五穀，命其貯蓄糧粖；另一方面煮燒甘蔗做糖，讓其廣泛販賣，產業般振了。還有在瀨口地方，即現在的鹽埕附近修築蚶埕，引入海水製天日鹽，收其部分納入租稅，其餘專供民食，看到這些就知道永華如何爲今日台灣重要資源的砂糖和鹽，付出多大的心血去開發，建立了功績。實際上，他建立了租稅制度，富裕了財政，據於屯田制度加強兵備，以圖鄭家安泰和人心的安定。也因此永華對於聰、明一派，被賦有充分的地位與土地，而只顧自己，且時常侮蔑人民，施計劫奪民膏，那種無法無天的行爲，怎能放置不顧？

正好在廈門的經的軍隊，擁戴劉國軒爲總督，突破了附近要衝，好不容易恢復了生氣。於是永華提出監國職制制定之議而進言，克壓遂於永曆三十三年四月接受了「監國世孫」的金印。時爲克壓十六歲。履任監國的克壓，即刻採納了永華的意見，施行台灣新體制，圖謀風紀振肅，首先提倡公益優先的庶政一新，近親的人也不放鬆。《外記》也記載說：處事明敏果斷，諸叔亦不敢橫暴，百姓喜見天日。這跟我在台南米街看到的版畫，繪有日月，或許就是把監國克壓象徵爲太陽，把文正女、陳氏象徵爲太陰而畫的，有其共通的意義。

由於克壓與永華的努力，台灣的治績，正在提昇的時候，在廈門的父親經，卻採納親信馮錫范等人，疑心暗鬼的言詞，竟放棄了劉國軒煞費苦心取得的一縣城十九寨，終於受到滿、漢聯軍的攻擊，於永曆三十四年二月二十六日，放火燒了廈門的行宮，率領全軍回到澎湖，陷於窘境。經爲了繼承父親遺志經營大陸而渡海，是於二十八年春。回顧經過滿六年的歲月，努力卻成了空無；因而無臉回去拜閱比男人還勇敢的董國夫人，遂徬徨在荒浪的澎湖，進退兩難。克壄擔心大意未成的父親經的處境困難，請求祖母的允許，准由永華派使者，請父親經早日率軍回來。如此獲得回台機會的經，便率劉國軒以下諸將，解纜回台灣府。被詩人陳迂谷罵爲奸臣的馮錫范，也以侍衛鎮參軍，跟隨經同時回台。

董國夫人即刻召經，譴責他說：「由於你的優柔寡斷，被親信擅自左右，屬下分裂黨派，才會遭受今日的慘敗。」而經毫無辯駁餘地。於是留下一部份士兵，防衛安平鎮之外，分散部屬將兵，至各地從事屯田作業，自己即以靜養名義，蟄居館內。

監國克壄，爲了補救父親的對岸抗戰失敗，而和永華相談，決定放棄靖國本土的反攻，專心營運內部富國強兵的實績，俟到有成果了，再和西班牙締結軍事同盟，征服安南、緬甸，而建設以台灣爲中心的大明帝國。由於祖父鄭成功曾經計劃過攻擊呂宋（菲律賓），而實現南進策略。克壄認爲清軍既與荷蘭艦隊聯合，那麼對呂宋的不戰條約，甚至攻守同盟是萬不得已的趨勢。然而當克壄在承天府，日夜與永華忙於商議政務的時候，由於外征時提出錯誤的計策而失敗，降低了聲價的馮錫范，眼看著永華的名聲一直昇高，不無嫉妒而討厭了永華和克壄的合作。

有一天馮錫范去訪問劉國軒。意圖挽回鄭家勢力，而轉戰征海六個星霜的這位武將，自從廈門撤兵回台，便很少到承天府去，心中相當虛無。曾經因參謀戰略大錯，於一夕之間喪失了一縣城十九寨，留下遺憾千古，雖面對馮錫范責罵過他，但這位將軍心裡燃燒的火，早已熄滅了。想起當時，頓足搥胸懊悔的他，馮錫范卻很冷淡地說：「這是天意！」而走開了。這件事仍然烙印在這位將軍的心裡。柔懦的經，跟剛毅的成功完全不同，不管當武將個人多麼掙扎，鄭家的沒落是不可挽回的事實，認清天意之外，幾乎毫無辦法。因此馮錫范對監國岳父仗勢的永華，很不能容忍，想必須排除永華而來商量，這位將軍卻也無力氣斥責馮錫范，反而告訴錫范應該放棄兵權較聰明。

馮錫范回家之後，一直想著國軒所說的意義深刻的話，突然醒悟了似地拍拍膝蓋，第二天馬上就到永華的宅邸總領府去。

「雖然護君西征，不但無功反使誤了軍事，實在抱歉，尤其回台以後仍留戀在職，不無良心自咎，現在所有點檢也結束了，應該讓我辭職閉門隱居，不知尊意如何？」十分誠摯地說。毫無疑心的永華便想，連武官馮錫范也會如此想，在這新體制下，任文官的自己更不應該安閒無事地留戀官位，於是即刻辭退勇衛軍統鎭與東寧總制的職務，並陳情把全兵權改屬於劉國軒，向經請願，得到了允許。

然而，等到陳永華卸去責任一身輕了的時候，才聽到決意辭職的馮錫范並無辭職，仍然留在侍衛鎭的地位，永華傷心地流淚了。想到該把前後的事態奏上董國夫人。在一個初夏晴天的戌日，訪問北園別館。這個館是經爲了夫人興建的，就是現今的開元寺，離台南火車站約三公里郊外，當時似相當閑靜的地方，夫人住在這裡悠閒自在，且常坐轎去承天府處理政務，看不出是過了五十歲的女人，這一天剛好她也去承天府不在家，永華想等到她回家而走進院子。夫人喜歡竹子，據說現在的開元寺，也有她從湖北省臥龍崗移植過來的七絃竹子，當時似乎在院子的各個角落混在榕 樹之間，繁茂成綠色的竹林。永華無意中轉到後花園去，突然看到竹林那邊亭子裡，有些人影而嚇了一跳，那不是馮錫范嗎？尤其跟他在一起談話的人是經的弟弟，亦即克壓的叔父聰和智兩個人，馮錫范的陰謀已經深入到這裡來了？永華想到鄭家的將來，覺得非常痛心。他悄悄回到自邸，然而由於過份的憤激而病倒了，之後一直鬱鬱不樂，到了七月，在豪雨的日子裡，終於多年的辛勞併發而死亡。

那個時候，對岸的領土悉被滿州政府掌握了，淸軍的威勢頓然昇高，但平定了本土不久，還無法伸手攻擊到台灣來，僅派一些間諜到台灣探問鄭家的動靜而已。因此台灣的情況表面上十分太平，豈知正一刻刻面臨於滅亡的深淵。可是由於征旅疲憊了的鄭經，在洲仔尾——現在的鄭仔寮之地，營造了大邸宅，擁有寵妃十數名，日以繼夜沉於酣樂，從此約四年之後，台灣府學教授林謙光所寫的一文謂：「辛酉年鄭經，預先以其庶子鄭欽（克壓本名）爲監國，身退洲仔尾之間，策成遊觀之地，峻宇雕牆，茂林嘉卉，島中極盡華麗，不理政務，嬉爲遊樂。」就是這個邸宅的狀況。

永曆三十五年（淸康熙二十年）元旦，監國克壓率領文武百官，渡海赴國防基地安平鎮，舉行了賀年儀式。民心已經離開隱居而在享樂的經，克壓的聲望蒸蒸日上，眞是威風凜凜。然而，安平鎮是侍衛鎮參軍馮錫范的地盤，錫范有深沉的陰謀。克壓於賀年儀式之後回到承天府，向祖母董國夫人拜年，再帶著原來遊行的百官去洲仔尾，向父親經祝賀。這天經心情快樂，讓寵妃侍在身邊，擺設盛大賀宴，經無意中說：「十五元宵在府內舉行迎花燈，想要大大地熱鬧一番，怎麼樣？」克壆聽了卻申辯說：「拜天公的元宵節，玩彩燈是原來風俗，當然不錯，不過目前這東寧之地狹窄，加以年來的征戰甚遭困惑，民心不安不富裕，且聽說清朝也正在整備戰艦，炯炯將要入寇，人心惶惶的時節，以一夕之歡，浪費人民一月糧食，是否值得？確實令人憂慮，我想必須節約國家經費，期以持久大明國祚，該是上策。」雖然還年輕，但克壆那麼有條理的意見，不禁令經在衆臣面前苦笑不已，然而內心卻很高興。他想人家都說這個孩子像祖父，確實與自己不同，有其前途，或可望由這個孩子中興明室。他自知自暴自棄的惡果，但潺潺流在日日衰弱的體內的血，仍然煩惱著父成功遺命的國家大事。幸好有這個孩子而鬆了一口氣，馬上叫心腹的張日曜來，停止府內的盛會，而改在洲仔尾依例舉行。

雖然如此，到了元宵節當晚，洲仔尾一帶還是成爲燈海，無數的花燈繼續流動著，而向半天的煌月，打上無數次的煙火。把竹製的馬或猿形的燈籠，放入院子裡的泉水，笙鼓的聲音從廂房不斷地傳來，經喝了不少酒，醉了，寵妃們的嬌笑頻起。忽然百雷爆竹在庭前鳴響了，穿過木石之間龍燈遊過來，走在陣頭的朱衣童子，揮著綠色龍珠，意氣洋洋地跳著，龍身扭來扭去，目光炯炯地追逐，到了梅樹下，龍珠便急促地狂舞，而龍仰首要吞食龍珠，吐出烈烈的火焰跳上去，連發的煙火，在支撑龍柱狂舞的十一個人腳下炸開了。閣樓上的文官，侍女們都頻頻投擲金紙，有些侍女十分感動地把永曆通寶也擲出去。在火紛散亂裡，繼續著紅蓮舞……。「吁！」地呻吟一聲，剛剛還在喝酒的經，忽然全身開始顫抖，但沒有人察覺，同時喧鬧的銅鑼響了，因爲勇壯的獅陣進來。「吁吁吁吁」經又開始呻吟，而向背後倒下去，痔瘡膨脹，大腿抽筋。正在觀賞龍、獅舞的寵妃們，驚嚇了想把他扶起來，經的全身發燒得很厲害，院子的龍舞，有個紅顏大力士揮著青龍刀，出現在火焰裡，正向龍頭挑戰過去，那是叫烏鬼番人的特別表演。

日常的放蕩作祟，藥石罔效，在床上呻吟了二十八天，經的臉已出現了死相，然而張開眼睛看到自從那晚，接到急報就趕來，一直不敢解開衣襟看護著他的克壓，經忽而叫來劉國軒，在痛苦的呼吸中說：「國軒，我們共患艱難這麼久，都是爲了明室復興。我請你，我死了以後，請你協助克壓。這個孩子，由做父親的我看，也有他的才氣，必可期望對王室有利，我可以安心瞑目……」國軒默默點了幾次頭。經又對剛趕來的馮錫范說：「你，也跟國軒一起，幫忙孺子……協助他……」聲音已無力氣。錫范走近一步說：「我怎能有二心，然而這一場病必是肝火太盛爲因，需要驅散……」沒有等到馮錫范講完，經的腰部激痛起來，他發出哀痛一聲，就絕命了，寵妃們的嗚咽湧起，充滿在室內，咬緊著嘴唇的克壓，忍不住眼淚直流，經享年四十，比父成功多了一歲而已。

永華和經死去之後，對於馮錫范來說，看不順眼的人，只存克壓而已，看詩人陳迂谷所寫：「經卒，經弟聰、明、智、柔等謀易位，讒壓爲螟蛉子，不堪嗣位，謀董國大夫人。」錫范把經的喪事委由禮宮的鄭斌們去處理，自己即專爲陰謀的成就而奔波。錫范最發忱的人該是國軒。於是向他表明了自己的想法，而質問他如何處理家督繼承的態度，國軒雖然受到經臨終時有所要求，但並不想阻止錫范的陰謀，預期明室的滅亡，將與清廷媾和爲利，這位宿命論將軍，對於鄭家的繼承，誰要嗣位都一樣。所以十分冷靜地說：「這不是國家大事，是鄭室家事，不該第三者的我干涉，是不是？」錫范不瞞著心裡湧上來的喜悅，說一大堆諂媚話，匆忙退席。既然國軒不挿手，他可以實踐自己的計謀。

克壍帶領陳繩武、王進功、沈瑞、鄭斌、何裕、洪磊、林陞等文武重臣，聚集的時候，錫范卻偷偷從後門進來，穿過西廊。在西方曲室前，有荷蘭時期開鑿的紅毛井，黑臉的烏鬼番，腰佩著番刀，站崗在那兒。錫范頣使烏鬼番指向房間。烏鬼番毫無動情地點了點頭。按事先的約定，房間裡有聰、明、智、柔四個人，不想參加經的葬儀，正在等候錫范來。急性的柔，一看到錫范就說：「怎麼樣？成不成？」錫范反之沉靜地坐下來說：「上乘、上乘，國軒不阻礙，只剩下把螟蛉子烙印蓋上就好了。」「嗯！螟蛉子。」聲音混濁的智，呻吟似地囁嚅。然而，年長的聰搶著說：「我知道，那個傢伙，就是宰牛仔李淳盛的兒子，剛生下就被那髒手的父親抱來，跟陳氏產生的女兒交換了，你們不知道，是我親眼看見的，到現在，我未曾傳播這個秘密，不是很仁慈嗎？」「既然如此。」智點了點頭說：「確實，天生貧寒性格充滿了殺氣，倘若他繼位，連現在也這麼不自由的我們，將來會更慘喲！生爲主家的弟弟，不是更糟糕。」錫范舉手打斷了智的利慾觀，而說：「無論如何，對國家不利的事情不該做，自古以來繼承大統的人，都有嫡庶之分，怎能由克壍這樣螟蛉子來繼位？必須申報國太夫人……」「嗯！這讓我來處理好了，你要趕快去收攬人心，說實在的，愚民們都信賴克壓呢……」聽說完，便站起來走出房子，悲哀的祭奠音樂，流暢在承天府的中庭裡。

「克壓不是螟蛉子。」記得夏天遇見的那位青年，悲憤激昂地說過這一句話，我似乎逐漸瞭解了，確實除了《台灣外記》之外的書，都採取馮錫范一派主張的螟蛉子論，說「爲鄭家螟蛉子」或說「以他人之手替代」，有的說「事實係屠夫李某之子」。那位青年說過只有《外記》才能信賴，可是大家也知道林謙光在《台灣紀略》描寫洲仔尾的邸觀一段，把「庶子鄭欽」寫得很清楚，鄭經的正室唐氏沒生孩子，所以陳氏所生的克壓和克塽一樣，該屬庶子，如果把克壓認爲是螟蛉子，那麼妾「和娘」生的克塽也是螟蛉子了，可是他們要把克塽立爲正統，當有其特殊的理由。然而在曲室密議後第二天早上，聽很有信心地去承天府後殿公室，拜閱董國夫人。

「母親大事不妙了，所有鎮營、屯田的將兵，以及府內的商人、百姓都議論紛紛。」

「那爲什麼？不是訃告出去了嗎？」

「不，是爲了克壓的繼承，都說他不是鄭氏血統……」

「怎麼會，不要開玩笑。」

國太夫人立刻否定，夫人比任何人都瞭解克壓的治政能力，對聰的進言笑著置之不理，聽很不服氣，想要再說，卻被固執的夫人辭退了。然而過一天又過一天，明、智、柔三個人都輪番入宮進言，強調是鄭室一大事情，進言的又是自己親愛的兒子，國太夫人的心不無動搖了，陷入半信半疑心理狀態。「韓非子」對這種王者的心理，諷刺地很妙。魏臣龐恭隨著太子做人質要赴趙都邯鄲的時候，向魏王說：「一個人告訴你有市虎，大王，你相信不相信？」「不相信！」「二個人告訴你有市虎，大王，你相信不相信？」「不相信！」「三個人告訴你有市虎，大王，你相信不相信？」王回答說：「相信。」龐恭便恭恭敬敬地說：「明知市沒有虎，但三個人說成有虎，現在邯鄲離魏不比市區，而議論臣者不超過三人，請大王明察。」然而後來，龐恭從邯鄲回國，大王卻聽信對他不實讒言，不願見他，連男性王者也如此，何況女性，雖是人家頌她賢夫人，還是女人啊，產生了疑心馬上派使者去找劉國軒，但國軒卻稱病不進宮，料想是假病，夫人心裡更不平靜，國軒都不擁護克壓了。那麼……，立刻改派使者，到馮錫范的宅邸去，錫范等待的這一刻終於來臨，很快就整裝進宮。

另一方面，在諸鎭營，以參軍陳繩武爲中心的武將們，看不慣騷然的世相，也在會議廳討論了繼嗣的問題，好不容易獲得決議：「殯殮已久，王位未補，奸臣弄策令人擔憂，必須親謁國太夫人好爲處事。」而推荐陳繩武爲代表。繩武走下中庭的時候，正好和從後殿退下來的馮錫范碰頭。以往六年，共爲鄭經中樞的參軍馳騁於戰場的同事，錫范對監國夫人的親族，做事極爲認眞的武辨繩武，感情並不壞。一揖之後想要走開，繩武卻抓住他的左臂說：「世嗣怎麼決定？」還沒離開會議廳的武將們，看到他倆，也走到中庭來。錫范看看繩武的鬍鬚臉，又瞟睨一下諸武將不安的神情，便小聲地說：「不必煩了，剛剛受到國太夫人內命，是監國……，鄭家安泰了。」然後匆忙走出去。一瞬撲空了似地，繩武放心了。既然如此，就不必拜謁夫人，也把事情告訴諸將，而勸告他們不要隨便洩漏消息。

當時克壓正在承天府望樓，俯瞰著湧來腳下的怒濤，海水延伸的地方有安南、緬甸，回想祖父的偉業，多情的十八歲青年眞感到興奮。跟岳父永華查看海圖，計劃遠征的期望，也在這個望樓，那時和今天一樣晴空藍海，只有孤雲一朶漂泊到海的遠方，像大魚游泳形狀的七鯤身的一端，安平鎭的紅毛砦，爲鎭撫南海似地聳立著，啊！祖父曾經攻下的鹿耳門紅毛砦，當孫子的自己必須從祖父所獲得的地方重新出發，在這渺茫的台灣當一個統治者，有什麼稀罕？明國的再興才是重要。把大明帝國建立在南方，對！必須跳出鹿耳門這個地方，到廣大的海上南方去。思念不忘的是 童年時，聽祖母講的祖父成功義烈與勇武的故事。祖父的母親是日本人，是祖父感到得意的，而自己五尺體內，也有日本人敢於冒險的血液流著，到南方去吧。

然而，爲什麼呂宋的製艦器材還沒運到？父親在世時派去馬尼拉連絡的意大利人魏特利吉，不知在做什麼？現在，我需要艦隊，如能夠佔領安南，就有國防第一線，和西班牙締盟打倒荷蘭和清的艦隊，然後這裡做基地，從前後挾攻西班牙領的呂宋，納入版圖，在天的祖父必會高興。不過，想到這裡，克壓忽又感到不安。明敏的他已經察覺到幾位叔父，跟馮錫安一黨的暗躍。比起自己高邁的計劃，那些小人輩的蠕動，在目前這種焦頭爛額的情勢，有甚麼好爭奪？昨天，他看到好幾萬隻的蝴蝶，結群飛過鹿耳門，回家跟妻談起不可思議的蝴蝶，猜疑不知有什麼奇端發生？無論如何，夕陽將沉入鯤身海，把天空染成一片紅，而承天府的磚瓦也紅紅地燃燒起來，克壓卻站在餘暉裡瞑目著不動。

「鸞鳥鳳凰，日以遙遠，燕雀烏鵲，築巢堂壇」「陰陽易位，不當時，懷信侘傺，忽乎吾將行」。回想楚辭的詩句不無打動心思，想不到此時，竟如此冷靜。回家後，克壓又看書看到很晚，分析自己心情，想把一些後事交代妻子。回頭向懷孕中的陳氏說：「妳也知道馮錫范對我當監國甚不甘心，甚麼時候會發生事變也不知道，可是無論發生什麼，我希望妳堅強地活下去，爲了鄭家血統。」陳氏垂首聽完了就說：「像這幾天如此急躁的情勢，我能依靠的是你一個人，你有萬一，我只有跟隨——」而露出埋怨的神情。克壓憐憫她，望著她插在髮上散發香味的金簪，點頭而說：「對不起，說這些無聊的話讓你憂心，不過，相信我家還有神庇佑吧。」安慰自己似地，再把眼睛轉向楚辭，卻已看不下去了。「心嬋媛而傷懷，眇而不知所蹠」只有這些揶揄的文字朦朧映在腦裡。何不辭去監國職務，帶妻閒居府外？再沒有比這樣更平安的環境了吧！不久孩子也會誕生，一瞬湧起這樣的想法，但克壓卻又切斷邪念似地搖了搖頭，不！怎能只顧自己的自由與平安？這還不是時候。保衛國家才是急務，高度的使節，要堅持監國的職責，繼承祖業才對，爲了社稷。「還不休息嗎。」陳氏沈靜地問，從石榴型的窗外，看到帶野鷄或天狗的南天狼星，發出紅紅淒涼而碧青的光。

第二天，儀賓的柯鼎來傳令：「請速刻進宮，國太夫人有議事。」克壓騎馬，帶毛興、沈誠二將和其手下去。陳氏站在宅邸前目送克壓一行遠離。到了承天府大門，衛兵阻止侍者說是秘密會議不准進去。克壓毫不介意，單身進入門內，門扇就吱吱叫著關起來。正堂西廂旁邊，有錫范的心腹蔡添以及聰、明、柔四兄弟埋伏著。看到克壓進來，立刻跳出來包圍，罵他說：「不是鄭家血統的螟蛉子、螟蛉子。」突然的事態，克壓知道終於發生了，他十分冷靜毫不狼狽地說：「不管我的血統怎麼樣，也該讓我拜謁國太夫人……」「哼！這就是國太夫人的命令，殺！」跟著柔尖銳的喊聲，最先揮刀衝來的是蔡添。「匹夫，竟敢對監國克壓——」話未講完，刀已揷入深腹，同時四位叔父拿著棍子奔來亂打他。聽到不尋常的聲音，企圖奪門進來的是毛興和沈誠二將，由於大門堅牢，好不容易動員兵士撞壞了門，衝進來的時候，克壓的屍體，已經被烏鬼蕃收拾到一室去了。只看到周圍石階上，流血的痕跡而已。毛興流淚奔去監國官邸，報告悲慘的消息，接到急報，陳繩武跑去監國官邸，夫人陳氏受到過份的衝擊而昏倒，衆人都不知怎麼處理，成爲一陣騷亂。繩武把夫人抱起喊著：「夫人，振作吧，事到如今，不該過份悲慟……」夫人的眼淚湧出來了。她說：「繩武，請你把我帶到國太夫人那兒去。」「好，去看看監國的遺容吧！」兵士們擁護著陳氏夫人的彩轎，急忙奔向承天府去。

「賺入殺之，立經次子克塽，錫范之婿也。」陳迂谷的文章，一句句刺激人心。錫范之所謂把長子克𡒉斷定爲螟蛉子，而立次子克塽，就是因爲「錫范之婿也」而已。迂谷的詞文又寫著：「夫人聽了事變，速即拜謁國太夫人說，若眞爲螟蛉子，不堪繼位，爲何不准歸宗，不然降爲民兵亦無不可，爲何殺死？叩首長號，請准收斂奉飯三日，終於從容投繯而死。」

董國太夫人當然沒想到孫克𡒉會被殺死，本想只叫他還上金印，看好時期再予處理。因此聽了陳氏改變臉色說：「不是眞正血統，爲甚麼不早還他生家，不然降爲民兵還好，十八年之間，留在膝下照顧，祖孫之情，怎能一變把他殺死，太過於無情……」那麼堅強的董國太夫人，一句都回答不出與安慰的話，只是老眼流出淚水。看她情緒那麼悲傷，陳氏也只哭號著俯伏在膝下。過一會兒國太夫人才說：「無論如何，妳是參軍永華的女兒，不會害妳，希望自愛。」這一句話反而刺激陳氏，她說：「我，今朝還是鄭家媳婦，但現在變成屠夫的女人，沒甚麼好自愛永生的，只有一死做地獄鬼而已。」便哽咽地很厲害。「可是妳懷有身不尋常，至少要……」然而依據「外記」記載，此時陳氏說了一句穿透心腸的怨言：「成立之父七尺身軀猶保不住，何況一未出生的呱呱……」這使國太夫人全身寒顫不停。

爲了移至中堂的監國靈柩，服侍供飯三天，然後悄然回到監國邸宅的陳夫人，沈靜地磨好墨水，展開紙張，寫下「緣薄夫妻子母，將在地下相從……」幾個字，是給國太夫人的遺書。本想挽留陳氏夫人自絕之意，同族的繩武、夢球兄弟，都頻頻安慰這位年輕寡婦，但陳氏夫人自絕之意毫不動搖。

終於國太夫人不得不贈與結台而准許其殉死。第七天傍晚，在監國邸宅前庭，安置克壓靈柩之前，放下結台，讓稍爲化妝了的陳氏夫人踏上台。她那蒼白的臉，顯出一絲絲微微的苦笑，眸中映著餘暉。餘暉中的高樓染得紅紅，那是主人不在的望樓，而陳氏夫人意從望樓上，聽到遙遠的浪濤聲，以及丈夫呼喚的溫和聲音。鈞天的樂音正要消失，伶官吹笛的手指顫抖著，陳氏夫人投繯了。「臉色仍然活生生的，伶人嗟嘆不已而流淚。」江日昇如此記錄在《外記》。

## 結章

黎明，天上金星的光線逐漸淡薄，初秋的微風流進房間，額上感到冷涼。我放下耽讀的《台灣外記》，想起那天在承天府，不，是在赤崁樓遇到的那位青年，純情地，爲克壓辯護，他的正義感，使我覺得寶貴。當時的民衆對文正女陳氏夫人的愛惜之情，是日本人對「判官源義經和靜御夫人」所感到的情誼很相似。從一些神話式的傳說，譬如克壓變成一條龍出現在赤崁樓，或他夫妻倆坐在彩轎遊街等，也可以知道民衆的眞情。這種種也使我意慾寫一篇以克壓爲中心的陳永華父女的故事。在不知不覺之中，我踐踏過那些赤崁樓的礎石，必定聽過好多次陳永華和可憐的陳氏夫人憤死當時的哀音。淺海變陸地，雖然地勢有了變貌，可是從赤嵌樓遠望安平鎮城砦的位置，是永不變的。我也不知道爲甚麼，那天沒有率直地接受青年的好意？雖有點後悔，但總要把構想整理好。在群衆面前的文正女陳氏夫人的縊死，不知風習差異的讀者，或會感到奇矯。比如「切腹」，外國人不親眼看過的話，絕不會相信。陳氏夫人死後第三年，台灣陷落的時候，明寧靖王的五妃袁氏、王氏、秀姑、梅姐、荷姐都跟隨夫王縊死。這一事例確實過於華美，或許讓其獨守棺側，寂寞地殉死較有餘情。我要用當時流傳的「文正公兮文正女」的歌謠，做爲故事的結局。

我這麼一想，便花費一整天時間涉獵舊書，卻毫無結果。寫事蹟最詳細的《外記》作者的父親是鄭室家臣，所以我期待《外記》有其歌詞全文，可是連《外記》最後也只是記載著流淚哀弔的四絕詞，而敘述曾有過那樣歌謠而已。

我忽又想起，跟那位青年談克壓夫妻幽靈國的時候，青年確實唱過「文正公兮文正女」的歌。對！問那位青年必會知道，我忙著尋找青年寄《偷閒集》來時的包裝紙，而正想向青年寫信，但又想趁這機會再一次到赤嵌樓去調查，不是更確實嗎？於是第二天早晨，就向台南出發了。

到錦町並不遠，把小皮箱托寄車站裡的鐵路飯店，走過車站前大榕樹下，邊走邊想爲甚麼我會再來這個城市的原因，忽使我憶起一個概念而感到愁然。那麼久竟沒有察覺到，造成我來這裡的動機，那位青年是姓陳，而與赤嵌樓的悲劇主人翁克壓有密切關係的人物，是陳家婦女，這不是巧合的因緣嗎？不過，我認為這也許是命運安排的，「鄭家」的悲史也就是「陳家」的哀史。不只是詩人陳迂谷和那位陳姓青年，由於產褥熱引起敗血症，年輕就遇到死的危象，那位克壓的母親也姓陳，而造成國姓爺早逝原因的罪惡女人昭娘也姓陳。

永曆十六年平定了台灣全土，值得慶賀的春天二月，成功接到在廈門的經來信說：「妾產生一子」的好消息，大孫誕生，成功很高興，全軍諸將都受到禮物，也有人領到勳章。成功的正室董夫人受到金六錠、花紅絹二疋。生了孫的昭娘賞賜金二錠、花紅絹二疋。而經的正室唐氏卻甚麼也沒得到賞賜，因此燃起了嫉妒的火，向父親唐顯悅哭訴。顯悅任兵部尚書職務，聽了女兒哭訴，雖然老了還動肝火，修書責難說：「不是給妾，而給乳母生孩子，且又賞賜，如此無法治家的人，怎能治國——」昭娘是經的弟弟裕的乳母，與學四書五經教養長大的正室唐氏不同，極為窈窕婀娜的美人，因而魅惑了經。

到了四月，跟隨永曆帝兵部司務林英，單獨從雲南脫出，為了傳言蒙塵去緬甸的皇帝崩御。於皇帝即位同時舉兵的鄭成功來說，感到無限悲痛。傷心地飯也無法進口的鄭成功，卻看到與林英同郵船送來的唐顯悅的書信，平常執法嚴正，對刑罰有如秋霜烈日的成功，知道經的不檢點，感到悲慟，悲慟且又變成激怒，命令都事黃毓，要將監督不週的正室董夫人，以及不義的長子經，乳母昭娘和孫，全都處於斬首，帶來回音。這時在廈門，昭娘瞭解諸將的苦衷，把所有的罪擔負起來，帶著兒子泰然接受斬首。然而，由於憤怒、心不安寧的鄭成功，對於只處罰二人還不甘心，命令黃毓再度赴廈門要處死其餘的人。

也因此，鄭成功自五月一日以來，不顧患了感冒，卻每天站在承天府望樓，等著從廈門帶回妻和兒子頭顱的船隻出現。經過多天都看不到船隻，只有亂雲飄動過來。到八日，他下樓，恭讀太祖的遺訓，命令左右侍者備酒，讀到第三帙的時候，忽因心臟痲痺猝然逝世。確實，爲了糾纏在鄭家，而發生的陳姓的不幸，不無令人感到憐憫。

從銀座街轉右，進大宮町街道，一直去就會經過武廟而到達赤嵌樓。追尋在腦裡模糊記憶著的地圖，不久走到錦町街交叉的十字路口，看看路邊一家家的門牌，卻找不到陳姓的家。陽光早已收斂了，一看西北的天空也黑暗。地方特色的驟雨，似乎襲擊到海上，黑雲覆蓋了市街；我想停止尋找，趕快越過交叉點跑回赤嵌樓去。

正好看到一位配送牛乳的男人，要把空瓶裝入腳踏車的袋子，立刻走近問他：

「對不起，錦町二之十八號的陳家，在甚麼地方能告訴我嗎？」

「陳？我不知道陳家，不過，十八號是：：」

配送牛乳的年輕人，回頭指向武廟方向說：「前面是台灣銀行，從那旁邊進去就是。」

果然走了不久，就有台灣銀行建築物，前面有一家山田汽車行。我急步走進巷子，忽而有一公尺半高的水泥壁上裝鐵格子的圍牆，現出古老的台灣建築物。有來歷的房屋，卻配洋式門扇，使我想到赤嵌樓進口的不調和。或許這一家？似乎隱藏著甚麼而魅惑了我。踏入門內，鋪水泥的廣場有網球場那麼大。左邊被覆蓋在雲雨下的平房，毫無生氣地屹立著。走近些，到房屋正面，透過八角型浮雕窗子，看到顯明的一個「陳」字，使我心跳，終於能找到那位青年了。

推開門扇，就是四方形的中院子，從院子的左右走廊，走入裡面有拜堂和內堂，是廟的建築方式。進口處的門聯寫著：

因統領府爲家廟

讀太常官之禮書

門聯上面掛著「潁川家廟」匾額。眞意外，這不是住家。我抱著不尋常的期待踏入門內，壁上的「翰藻生華」大匾額，註有「康熙癸酉年武貢生陳焜立」字樣，是二百七十多年前的建築物，難怪這麼古老。中院子放有兩個四斗木桶大的水甕，廳堂到內堂，左右五支大圓柱支撐著屋頂，踏進高階的地板，走到香爐桌前，好多靈牌密密豎立在祭壇，約以二公尺間隔分左、中、右三段。正面的匾額寫著「德聚堂」，祭壇中央的三座祖先牌位特別大，牌的周圍都刻有龍的浮雕，紅地板面浮出偏字體金字，古色寂然，染黑了香燻和塵埃。中間牌位高約四十五公分，在昏暗光線裡，牌位上密密麻麻的字跡，只能讀到「始祖諱滿」四個字。「滿」與我的名字相同，使我感到寒慄，但不顧一切，閃入內陣。

「周策封開國侯爵陳氏舊姓始祖諱滿諡胡公暨妣夫人太紀神位」

字跡顯明，不錯就是「陳姓」始祖，我有點緊張，再看右邊高約三十公分的牌位。

「唐太子太傅岐國公晉封岐王南院始祖諱邕謚忠順公暨配妣夫人高氏神位」繼著看左邊的牌位寫著：

「明資善太夫治上卿都察院左都御史總制軍監軍御史謚文正永華陳公暨配妣夫人淑貞洪氏神位」

這就是陳永華夫婦的牌位，使我想到剛才看過的門聯有「統領府」三個字。那麼，這兒就是統領府了。是鄭成功時期的永華邸宅，曾經馮錫范爲了陰謀而來訪過的地方，也就是永華憤怒而死的私人邸宅。這裡的空氣承載著笨重的歷史，壓得我感到窒息。除了這中央三座，其他密密麻麻的小牌位，也都是「陳姓」的祖宗。像激怒了鄭成功的乳母，生克壓的女人，克壓的妻文正女，也都是「陳氏」，她的牌位會不會也隱藏在這麼多的牌位裡？

廟內愈來愈黑暗，只有掛蜘蛛網的燭台在供壇亮著，空虛的內陣沒有人影。我站在好多牌位之前，感覺看不見的精靈引誘而顫抖著。或許，上次遇見的那位青年和女人，就是昔時傳說中的監國克壓和文正女的幽靈？現今，那樣的傳說，都知道是騙小孩的，所以上次遇到的青年和女人，應該是跟陳家祖廟有宗親關係的年輕人吧。不過，那位青年以不尋常的方法引誘我到這裡來的原因，不外就是被奪走了延平郡王三世王位的克壓夫妻，埋沒在歷史裡的精靈所爲的吧。我認眞地這麼想。

精靈啊，安息吧，我不必再去找那位青年了。不知道那首歌的內容，神秘的歌曲，保存神秘的狀態，似可給與悲壯的故事，留下無限的餘韻。我抱著愼重的心思，想走出陳姓百家歷代的靈前。

突然，豪雨降下中院子來，水溢滿在水甕流出，雨滴的白沫飛散在屋簷上，閃避雨滴，我偎倚門聯下，看廣場對面一幢老建築物的白色牆壁，現今的山田商店是昔時這個廟的入口處，那一面白壁必定是廟正面的屏風牆吧。

這麼一想，我凝集眼神一看，透過豪雨，好像在那壁面，看到淡墨繪畫的模糊形象，哦！龍，那是龍的浮雕，忽然從西天擊來一道晃眼閃光，雷電交錯，在濛濛的白沫煙雨裡，龍似乎要從牆壁飛脫昇天那樣，搖動大地而喘息著。

——譯自一九四二年東京人間之星社出版小說集《赤嵌記》，譯文發表於一九八七年六月十五～廿五日台灣時報副刊。

# 關於〈劍潭印月〉

我從台灣被遣返東京後不久，住在阿佐谷的時候，鎌倉的林房雄先生（日本著名小說家）好意邀我去他家住。林先生特別撥出夫人的房間，讓我寫成了這一篇給成人看的童話。比較白天還昏黑的阿佐谷宿舍，夫人的這個房間是瀟灑的洋房，桌子上每天早上都換了美麗的花朵，使我像住在天堂一樣的感覺。我用自己帶去的板模拓印紅格稿紙，用毛筆一個字一個字塡入稿子，寫成快樂的羅曼小說。

林先生爲了救助我窮苦的生活，把這篇小說題爲〈劍與月〉，交給《創造》雜誌，於一九四七年七月號發表。爲了能夠多一點稿費給我，作者用他自己的名字發表。內容一個字都不改，而爲了將來能夠還我著作權，便在副題印上「依據劉西川作〈劍潭印月〉」幾個字。我對如此深厚的師恩感激而哭了。

現在，林先生和夫人都已昇天了，經過三十七年，我把這一篇恢復原題〈劍潭印月〉重新發表，獻給在天的恩師夫妻，並衷心祈禱他倆的冥福。

——按「劉西川」是林先生知道我家西川家的先祖，依據族譜世系圖，出自漢高祖姓劉，才如此命名的。

一九八四年八月廿三日　西川　滿合掌

# 劍潭印月

## 第一齣

基隆河的水，流到大直山下迂迴的時候，被突出的岸堤阻擋了，淤塞造成深潭。古早，不，不是很古代，是明末，鄭成功從台灣府（現今台南）揮軍北伐，來到這裡美麗的碧潭，忽然從水中出現巨大的魚精，要顛覆軍船，便拔出腰部秘藏的愛劍，插進水裡征服了它。嗣後，寶劍會每個晚上浮出水面，放出妖光擾亂人心，因此人人都稱爲「劍潭」。

其實鄭成功並沒有來到北部的史蹟。不過看到這樣碧琉璃的水潭，不是詩人，也會想出一些傳說把它神秘化吧！

然而，有一位和尚把傳說的劍，撿起來創建了一寺廟。和尚的名叫華炎，是康熙時代。劍被撿起來之後，「劍潭夜光」也就消失了。

以風吹的竹林做背景，面對著碧琉璃的水潭，在大茄苳樹的旁邊，開始時蓋了茅屋，後來，到了道光年間才從廈門輸入磚瓦，建起朱色圓柱、綠色屋頂，山門畫有神荼、鬱壘的神像，祭祀六尊觀世音菩薩和鄭成功，是一座八角型本堂的雄壯建築物。

完成這座廟宇，是從華炎算起第四代的名僧——鐵觀和尚。從此，參拜的人也增多了，距離十二公里外的艋舺，以及附近的鄉村，兼著遊山玩水的信者，都成群結隊前來參拜。

離劍潭寺不遠的地方，在寺廟前形成水潭的河水，再次緩慢流向西方，滔滔流成大河跟淡水河合流的地方，有一處俗稱「太古巢」的丘陵地帶，竟有專以參拜寺廟的善男信女為對象剽竊的三個盜賊，住在那兒。

三個人並沒有誰當首領，可是因年歲大而被叫大哥的是身長高而精悍的劉豹。

說山寨，卻是利用丘陵半腰的天然洞窟，當做簡便的住家，而從河邊到山頂，到處滾落著奇岩、亂石，加之鬱蒼繁茂的樹林，環境是警戒萬全的地方。

坐在山寨前的屏風岩上，劉豹一直遙望著河水的流向。此時，映在他眼膜裡的，只是在對岸桃林樹下，揮動竹竿趕著幾百隻鴨子的農夫身姿，其他就是在晴朗的天空，畫著圓弧的鳶子而已。劉豹張開雙臂，打了一次大哈欠。

「大哥，還沒有看到嗎？」

從梔子樹後面探頭的是，臂上刺有梅花紋身的潘勝，自稱綽號花勝二。嚴肅、蒼白、柔軟性的男人，但是臉上有刀痕。

「什麼都沒有，走過的，只有趕鴨子的農夫，其他沒有人……」

劉豹又打了哈欠。

花勝二肩上背著劍，來站在他的旁邊。

「在那邊，袁那個傢伙嚴密地監視著，連螞蟻一隻都不會漏掉。可是，現在看到的，只是走向八芝蘭的小販而已。」

「那，不就是你打聽聽錯了？」

「大哥，不要開玩笑，昨天潛進劍潭寺，明確偷聽到的，是僧侶們親自談的話，我這個順風耳怎可能會聽錯。向廟捐獻二萬兩，傍晚以前必定會送到……」

「水路或陸路？你那驕傲的耳朵，怎麼不確實聽清楚回來？」

「咦！這不是當面談生意。是，捐獻的金子嘛，用馬拖、走陸路、豎旗子，敲打鑼鼓送，這多麼傻瓜的和尚，也不會這麼說的。大哥，不是嗎。還好，天氣晴朗，享受陽光浴等待也不錯啊。」

「眞會囉唆，要說道理，該先到袁那兒去看看再說。」

「眞是不輕鬆，要跑來跑去，一下子這邊一下子那邊，腳都被岩石割破了。」

「該說是自作孽吧，當探子，本來就要探清楚。而且在自己的地盤上，還會割破腳皮，這有甚麼話好講……」

花勝二跑向桃花盛開的崖上小坡道，像猴子爬上岩石山頂去。從山頂可以看到基隆河水的蜿蜒，劍潭寺的竹林，河對岸的大直山，都看得很清楚。花勝二抓住榕樹的枝椏，搖著身子跳過裂開的岩石，然後一直走草原的下坡去。

「哦——咿！」

在前面有人喊著。

「雷、火、震！」

是通訊的暗號，袁叫喊的聲音。花勝二站停，回頭向岩山頂上，雙手做圓輪放在嘴邊，大聲喊。

「雷、火、震！」

聲音在山谷裡回響。沙沙，發出聲音，烏秋從茱萸樹蔭下飛出來。

以藍天做背景，站在岩石上的劉豹，那小小的姿態，肩膀已經背負著長劍，手裡也拿著一支刀。

「雷、火、震！」

聽了劉豹的回音暗號，花勝二又滾落似地跑下坡而去。

直通八芝蘭的道路，被基隆河遮斷了的地方，要採取陸路，就必須經過太古巢的邊緣，走出大直的渡口。面對道路的崖上，雙腳踏在雀榕樹枝，手指著彼方的是袁少七，三個人之中雖是最年輕，但是生來鬍鬚濃黑的他，綽號倒很美，叫美髯公。

「來了嗎？」

對著從下面仰望的花勝二，

「來了！」

美髯公用手拍著膝蓋。

花勝二手挽著纏繞雀榕的山藤，巧妙地攀上去。

「大哥呢？」

「馬上來。怎麼樣？」

從這邊枝椏跳過那邊枝椏，手掩在眼睛上一看，透過葉蔭看見的是，哦！馬和轎和小卒，正在等待的一群，悠然在春日的要道，慢慢走向這邊來。很大一朵白雲，浮現在遙遠的田園之上。

## 第二齣

「這完全就是有計劃編成的戲劇嘛。住進蓮池街的林家是兩個月前，蓮葉還在萎靡的冬天。花了六十天的時間費盡心血，才獲得老爺主人的信任，對這一次捐獻運金的工作提供意見。我說，帶私兵護衛去參拜寺廟，不是反而會引起鼠賊的注目嗎。寧可女人一個樸實地，好像遊山玩水似地到寺廟去參拜，可以瞞著歹徒才比較安全吧。如此說服了，終於以女人身擔負了這次大任務，原來也就是爲了要私吞這二萬兩黃金的陰謀。還有，我帶來的不只是金子而已。把那箱子打開看看，是老爺主人請泉州的名工厲公明專心磨亮的葡萄鏡子，主人要把這鏡子送給最近跟林家結緣的，八芝蘭名望家陳家的芳春姑娘做禮物。我答應主人到了廟參拜之後，返途轉路去陳家交給他們。怎麼樣？我欺騙林家的原委就是這樣……」

女人把放在膝蓋上的雙手，互叉手指反轉過來。

「唔——！」

最初感嘆而發出聲音的是美髯公小七。

「果然，開始一見面就覺得不是普通一般的女人。」

「然而，把我這個勝二，能在刹那間摔倒壓在膝下，大娘的武藝，眞是令人佩服。」

花勝二搖頭。

「不錯，被大娘妳那纖白的手拳一打，手臂都麻木了，連劍都放下來，確實驚訝！」

美髯公抱著胳膊，重新凝視女人。年齡是十八、九，還沒有滿二十歲吧。剛才要進入這個山寨路上，伸出雪白的手臂，摘下桃花一朶插在頭髮上。在三個男人面前一點都不膽怯，像似柳葉的細眉，涼爽的眼眸，直線的鼻樑，清脆的嘴唇，像從花瓣之間露出的皓齒。

「討厭，不要一直在看我！」稍爲輕佻地說：「我還是女人嘛……」

用纖細的手指合緊了衣服的領子。看她柔軟的脖子白白的，從那延伸到鼓起的乳房一帶，多麼優美。美髯公又嘆了一次氣。

「噯呀，大哥」花勝二回頭看一直默默不講話的劉豹說：「我們既然知道了大娘就是有名的五指山紅掃雲大娘的妹妹彭英大娘，那乾脆拜託她住在我們這兒，跟我們一起做標，怎麼樣？而且有這二萬兩軍資，可以擴大山寨的地盤範圍延伸到艋舺、八芝蘭一帶啊。眞的，像現在，大娘說我們是鼠賊，也沒甚麼好反駁哩。」

「嗯！」劉豹點了頭說：「老實說，剛才我就是一直想著這一點……」

「那，這樣子，劉大哥，由你開口拜託大娘留下來啊。」

美髯公搶先跪下彭英面前說：「怎麼樣？大娘，我們的希望如此。」

「要回去五指山的我，卻被留在太古巢，這不會覺得奇怪嗎？不過……」

「所以嗎，要特別拜託大娘。」

花勝二舉起一隻手做拜託的手勢。

「既然你們這麼看重我，雖然有點對不起掃雲大姐，但是，這兒比較單純不會有地盤之爭，我住下來也好。」

美髯公眞正高興地笑了。花勝二從裡面拿了米酒瓶和七寶燒的酒杯來。

「來，來一次誓約團結的酒宴。」

劉豹還是默默把有點暗黑起來的燈芯剪斷，燈火搖晃亮著，照射四個人的影子，映在洞窟壁面。

# 第三齣

月亮照在水面茫茫。聽到的聲音，是岸上草叢裡的蟲聲，春夜沒有風，卻聞到花香嗆鼻。穿過桃木林間，走在前後兩個男人。

「這個時刻，已經到林家了吧，花二哥。」

捻著臉上的鬍鬚，走在後面的小男人說。

「嗯！」走在前面身高的男人，仰望天空，「月亮昇到中天了。那麼會潛偷的勝二嘛，現在必定依照大娘告訴他的方式，潛進林家的倉庫裡了吧。」

「大娘嘛，眞是好娘子。我聽到大娘告訴花二哥說，盜到了東西要把桃花一朵放在那兒再走，覺得她還是女人才會想到那種雅氣，眞不錯，桃花不是很風流嗎。劉大哥？」

「嗯！」

「在大哥面前很難說，可是我，眞的向大娘投降了。確實有膽量又漂亮。缺點就是品行太嚴肅了一點。說要沐浴就請人家離開，當然啦，我雖然不懂禮貌，但是聽她那麼說，我還是會乖乖離開遠遠的……。不過，啊，有一次，一次就好，親近面對著看她那雪白的肌膚，不知道多美呢。然而，大娘實在太謹愼了，一點也不洩露……。怎麼樣，劉大哥，她跟寺廟裡的那尊祕佛觀音比較，你覺得怎麼樣？」

「無聊！」

劉豹用力踢了腳下的小石頭。石頭穿過草木之間，碰一聲丟進河裡。

「哦，對啦，小七，要不要划船到寺廟去參拜，當個信者。」

「好啊！」

美髯公解開了綁在棧木的小舟繩子。劉豹跳進小舟裡，美髯公拿起竹竿，站好身勢推竿子。小舟悄悄離開提岸。

潑喇潑喇湧在舟腹的浪波，照著月光閃亮銀色，映入河面漂盪的霧氣，造成優美的氣氛。

「美髯公，眞可惜，沒有帶酒來。」

「哦！對啦，該帶酒來，這種場合喝酒最適合呢。不過，大哥。大哥最近好像不太愛喝酒，是爲什麼？」

「嗯！」

「是爲什麼？」

美髯公把竹竿倒放在小舟上，改爲搖櫓。小舟在兩岸的桃林映入藍色水面的河上，沒有聲音地滑走。

「說起來，大哥你不喝酒，是大娘來了以後才開始的吧。」說到這裡，美髯公突然把搖櫓的手停下來，想到什麼似的，「大哥，大哥是因爲大娘不喝酒，自己也才不喝了是不是？」

劉豹不回答而仰臥在船上，晴朗的夜空亮著稀疏的星星。

「嗯！眞厲害。」

美髯公搖一搖頭，又開始搖櫓。船身大搖了一下轉向左邊。桃林過了，改爲竹林延伸著。

劍潭寺翹彎的屋頂，在澄清的月光下，發散冷澈的綠色，排列在屋頂的三十六神將陶像，有如一群天兵浮現著。

「美髯公！」

劉豹驀然起身。剛才還睡惺忪的他，反而目光炯炯，濕潤了似地亮著。

「怎麼啦？大哥。忽然跳起來……」

「你說過，你喜歡彭英那個女人？」

「說過啊，我眞的喜歡嘛。」

「我，我也喜歡那個女人！」

劉豹發散了全身的力氣似的說。

「那，當然啦。那個女人眞的不錯嘛。」

美髯公忽而匆忙放下了櫓，船身大搖了一搖。

「美髯公，你說過想看看彭英的身軀？」

「啊！大哥，怎麼啦？你這麼緊迫我。」

「你這個傢伙。」

「啊！危險，大哥，船會翻了，危險！」

「那個女人，絕不能給你！」

在劉豹的手中，短劍閃亮了一瞬，竟深深刺進了美髯公的胸部。剎那美髯公的身體，倒進藍黑的劍潭水中，飛起水沫沈下去。

稍時，茫然站立在搖晃的小舟上，劉豹把短劍丟入潭水裡，便雙手掩臉大哭起來。

「美髯公，原諒我，原諒我！」

這個時候，印上月亮的劍潭，發出妖艷的青光，像極光般昇上來。小舟在那光茫裡，漩渦著漂流——。

## 第四齣

「咦！這麼快就回來了。」

慢慢而輕輕地綁著紫羅的紐帶，彭英使眼看了花勝二。霧靄都晴了，冷澈的月光照在地面像白天那麼光亮。

「劉大哥跟小七呢？」

「是不是到附近去散步了吧，因為我在沐浴，他倆便客氣地走出外面去。」

裝滿了熱水的水桶旁邊。平面的岩石上放著紅衫巾。花勝二嗅到了她沐浴之後的香味似地，用肩膀做了一次深呼吸。

「到底，你去的結果怎麼樣？」

「這，該向大娘請罪。確實，那個倉庫的鎖頭，以我的能力打不開。想辦法轉來轉去，狗開始吠了。想不勞而獲，容易發財的工作，不能大意，本身都有危險，便策馬趕快回來。」

「那，你的桃花呢？」

「啊，那遵照大娘吩咐的，把它插在倉庫的窗隙上了。這實在不甚榮譽。」

「可以有嚇唬的作用啊。不過，被狗吠了就跑掉，才不榮譽哩。」

「首先知道有狗的話，會先馴服了之後才著手。妳不知道有狗嗎？」

「我在的時候，沒有養狗啊。」

彭英走近花勝二旁邊，坐在屏風岩上。沐浴後的女身香味，使花勝二心情蕩然，不由的伸手要放在彭英的肩膀。

「要做什麼？」

「不，嗯，有點：：」

不好意思收回了手。彭英卻笑著瞟他一眼，「你最近，有沒有感覺到劉豹怪怪的？」

「咦！劉大哥有什麼事嗎？」

「難道你毫無感覺？常常默默不講話，卻用油膩的眼神凝視我。」

「聽妳這麼說，確實有點……」

「上一次、你和小七出去了，他就利用機會對我……」

花勝二忽而緊張，臉色蒼白地問，

「那麼，妳，大娘？」

「我，當然摔了，但是最好不要留我一個人單獨在。我還是女人嘛。晚上都不能安心睡。你們兩位常會跑出去，可是，劉豹那個平常都不離山寨，眞是心安不得！」

「哼……」

花勝二呻吟了一聲。此時，從懸崖下坡道傳來了吟詩的聲音。

「……花有淸香月有蔭，歌管樓台人寂寂……」

彭英看看花勝二，花勝二也看了彭英，心裡互通了默契。

「是劉大哥。」

花勝二全身戰慄了之後站起來。

## 第五齣

「畜……畜生！為什麼給我、給兄弟放毒？這個傢伙，畜生！」

由於五臟六腑急速地痳痺而歪著臉，抓住虛空的男人，白桃落花粉粉，酒瓶滾落在腳下的草叢裡。

「俗語說，出於自己必回歸自己嘛。那天十五月夜晚，一起出門去就不再回來的美髯公，必定是你的髒手把他消滅了的。我不在就要戲弄大娘，你這個大哥，趕快到該去的地方去吧。不然，下一次會輪到我被你害死的喲，我，還想活下去啊。」

抱著胳膊，冷徹地看著劉豹的花勝二，從額上的傷痕流落汗水。

雲雀在空中囀鳴著。

「不要迷路成佛吧，中元節會到劍潭寺，請和尚給你超度。」

「你，這傢伙，被女人，女人騙了……」

「騙？嗨，我現在才開始要讓她騙的，妳嫉妒？哈哈哈哈，怎麼樣，停止呼吸了嗎。淨賺的二萬兩，還有女人。不，夜晚的鴛鴦戲蓮，桃花做媒的魚水歡情，在太古巢的山寨，花勝二將軍一世一代的御婚筵。」

在太古巢下的河邊有人家害怕的癩病部落，誰也不敢來到這個地方，從今以後所謂男人就只有花勝二一個。

「哎！不管多麼強硬，女人就是女人，該怎麼說服她呢？」

來到棧道，花勝二用跳的，爬上懸崖坡道，手挽著籐蔓，回到洞窟。彭英正在從寶盒子

拿出葡萄鏡子照自己的臉容。眞是女人的動作，可愛的女人。花勝一心胸忐忑地說，

「大娘，不，彭英！」

女人立刻把鏡子收入盒子站起來。

「時機到了，就是今天晚上。」

「眞有膽量，妳就要今天晚上？啊，不願再等了，彭英！」

「說甚麼？不要搞錯大事！我說今天晚上，是工作。艋舺、蓮花池街的林家的倉庫，不能把那些擱置不管啊。舉行喜事，也要有聘禮，先解決這件事才是重要。」

「啊！沒有錯，想得眞週到，還是大娘，眞有膽量。」

「所以嘛，今天晚上，我要跟你一起去艋舺，知道嗎。」

豎立著眉毛而說，像似一道命令，凜凜的豐姿，確實有威嚴。

## 第六齣

「姑娘，我曾經聽妳父親說過，妳是武藝的高手，其實還有這麼高明的智慧，拙和尙都想不到的，連釋迦牟尼佛也會覺得意外了吧。」

說著笑嘻嘻的是童顏的鐵觀和尙，而羞澀的潮紅臉頰，顯出處女性的女人，是在太古巢山寨被叫大娘的彭英。

「請你別笑我，一個女人假裝了山賊、觀世音菩薩都會看不起我了吧。」

「不會，不會。普門品之偈也有，那觀音妙智力，是超越男人的智慧，是般若。話說回來，請姑娘為使者，這一次林家的獻金，確實收到了，眞是感恩不盡。然而，妳說的，那個花勝二，後來得到了怎麼結果？」

「是的，為了預防萬一，我要離開林家到山寨去之前，已經交代過，我到山寨以後，會找個機會送一支桃花到林家來。桃花是我要帶盜賊回來的信號，所以林家要夜夜特別警戒，做好捕縛盜賊的準備。花勝二就是飛入燈火燒身的夏蟲，很順利地被巡邏的壯丁抓到了。只是跟我計劃的目標 不同的是，原來想把擾亂社會的盜賊，有名的太古巢的三個歹徒，要一網打盡活捉，卻沒想到賊徒自相殘殺，出乎我的意外，這還是女人顧慮不到的，造孽了，不得不後悔。」

「不，不，」鐵觀和尙搖頭說，「法華經的提婆達多品有記載，龍王之女，八歲瞬時成佛。所以女人污身是錯誤的想法。把自身置於死地而渡衆生，是菩薩生行為，是大慈悲。由於姑娘捨身滅賊的行為，今後要來本山佛門參拜的民衆，多麼心安啊。知縣也懸賞要消滅歹徒的，必會對妳的 功勞行賞吧。」

「那，太誇獎了。」

「然而，妳住在那個山寨多少天？必定天天遇到可怕或迷惑的事情，辛苦了吧。」

「是，我還是有自衛的心得嘛。假如，發生了欠失，對於依賴我的林家各位，就無臉再見他們了。在賊徒三個男人嫉視和反目當中，感到幸運。不過給與他們的教訓，似乎過分了一點。」

「啊，那是姑娘太美麗了的關係吧。」

鐵觀和尚搖著上身笑了，然後把如意拿好在手裡。

「那麼，妳跟林家少爺的黃道吉日，擇在哪一天？拙和尚最近很健忘，連那好日子也會忘記，眞不中用。」

「啊！」

在劍潭寺的僧房一室，她紅潮著臉站起來，拉著衣袖的動作，已經看不出彭英大娘的那種粗野姿態，而恢復早已決定請鐵觀和尚做媒，將要嫁給蓮花池街的林家，就是八芝蘭的名望家陳家的寶貝女兒，芳春本身可愛的姿容了。

「那是下一次的子日。」

輕輕羞恥地回答，背著和尚，走向柘榴型的花窗，透過花窗，芳春看到落日照耀水面的眩眼的劍潭。白鷺鷥一隻，飛向反映五彩的大屯連峰去。

明天該也是好日子吧！

——譯自一九八四年八月二十三日東京人間之星社出版《アンドロメダ》第一八〇號，譯文發表於一九九四年一月廿六、廿七日自立晚報本土副刊。

# 血染鎗樓

聽到臨於海峽的古都「鹿港」的名字，我的血液就會沸騰起來。血氣方剛當時，遇到生涯第一次冒險的經驗，眞叫我難忘。

一九三九年，我任台灣總督府囑託，正在調查漢民族的風俗習慣。

街上的通路有屋頂，全年照不到陽光的行人道，形成古老的城砦。聽說，陳寶明的宅第，是鹿港保存最完整的舊建築物，值得一看。於是從遙遠跑來，問過幾次路向，走過迷津的街巷，穿過小門，迂迴長牆，好不容易才找到目標的土地公廟前。預備的地圖毫無用處。從土地公廟又穿越彎曲小店舖疊石小路，忽然視野展開，看見翻起磚瓦屋頂的大石柱門。

裸著的三個小孩，在空地玩踢鍵子，是陳家兒子吧。畫有褪色了的避邪門神的門扇，我用力敲叩門鐶，卻受到孩子們詫異的眼光，好像很久沒人來敲過門……。

等待相當長的時間，門才吱吱地開。探頭的是穿著台灣痲布衫的細瘦的青年。

祖先投下貿易賺來龐大的錢財蓋成的宅第，眞豪華。內院子鋪有大紅磚地板，有矩形水池。正廳的兩個八仙燈。顯示古色古香的壯麗。

走過屋頂下的長墜道，展開在眼前的是連接於宅第的屋頂，屹立在西北端一座二十公尺高的紅磚圓塔，使我感到好奇。

那是粗陋的古堡，頂上形成中世紀城堡的凹凸狀胸牆，設有好多小鎗眼。

「這就是鹿港有名的鎗樓？」

依據史書記載，陳家宅第建築於乾隆七年，碧海的水還會湧到鎗樓圓塔下面。從對岸福州或廈門，載貨的戎克船，都進來這裡拋錨的。而鎗樓，原來用於眺望商船隊伍，在海上往來的情況，同時，遇到海賊來襲，當做反擊戰鬥用的城堡。

「歡迎光臨……」

聽到聲音，回頭一看，穿著黑短薄衫、白寬長褲，三十多歲，豐滿身姿的女人，微笑著走近來。帶我進來的青年，開口介紹說：「她就是陳夫人彩娥女士。」

宅第主人陳寶明六十多歲，已於去秋逝世。寫介紹狀給我的劉先生告訴過我，使我在想像中，陳家未亡人是穿著喪服的老太婆，不像她這麼年輕的艷麗婦人。我有點意外而慌張地，說了吱唔的問候話。

「那座高塔，眞美……」

我指著餘暉染紅的鎗樓，發出感嘆。彩娥看著我的手指，臉色嚴肅地緊張一刹那，立刻恢復原來的微笑說：「先生要逗留幾天？」

「哦！我預定逗留四、五天，要瞭解這裡的習俗，同時看看古蹟。這要麻煩你們了！」

「那，不必客氣。三郎啊，你帶客人到習靜樓去休息吧！」

彩娥命令青年，便回房去。望著她的背後，毫無未亡人的哀怨感，卻充滿著艷美的生氣。

「夫人眞年輕啊。」三郎聳一聳肩膀，說：「介紹你來的劉先生沒告訴你嗎，老夫人早去世了。」

「哦！那麼她呢？」

「是第二夫人。」

「果然，眞活潑神氣。」

「街上的人都稱她太后，有男子氣概，又好保持秘密。主人去世後就不喜歡打開大門，讓人進來。你剛才稱讚那座高塔，實在不好。」

「爲甚麼？」我窺視三郎的臉色，說：「是不是像一般古老的家，隱有特殊來歷？」

三郎搖頭。不願多說似地，手指月洞門，說：「請走這邊，習靜樓在別棟一個書房，要查一些舊蹟，那是最好房間。」

書架排滿漢書，確實是安靜頂好的房間。晚餐接受海鮮料理的招待，之後，擦拭書套的塵埃，翻看漢書，找來找去，都是安易的石刻版小說和怪力亂神的隨筆，無民俗參考的資料，感到失望。由於旅途累了，正想躺下來休息，忽而聽到輕踏疊石地板的鞋音。

「先生，你休息了嗎？」

意外的，是女人的聲音。使我慌張起來穿褲子，開門，看站在門口的卻是夫人彩娥。

「眞對不起，因爲剛剛紅姨來了，忽然想起要關三姑……」

「噢！這眞是難得……」

「適合你研究風俗的興趣吧，」彩娥焉然笑著說：「不厭煩的話，請到登仙閣，在西廂。」

關三姑是一種神靈附身的法術，從冥府招來死去的親人靈魂問話。好保持秘密的夫人，自己來要我參加關三姑，有點不可解。無論如何，我應該答應去。

「登仙閣」的名字很妙，位於鎗樓下的小房間。一進去，已經有數人集在微明的房裡。

「請到這邊來」

彩娥夫人和靄地招待我坐紫壇椅子。還沒坐穩，就有人點燃火柴，把蠟燭揷上銀燭台。穿黑色長衫、瘠瘦的老婆，是要施異法術的紅姨。在搖晃的燭光下，她把房裡參與的人影瞪看了一巡。彩娥夫人旁邊有兩個倔強的陌生男人，坐在椅子上。靠牆壁有三郎和女傭坐著。

紅姨拿起竹漿製造的黃色粗紙，從蠟燭點上火，在眼前上下揮動。光芒把醜怪的老婆影子映照在牆壁，奇異的動作令人寒慄。

「中元節快到了，我才想起，跟老伴兒見一次面，」彩娥在我耳邊細語。

「噓！」

紅姨牽制一聲，從口袋抽出一米長的強韌木棉絲，用針穿入絲的兩端，唸著咒語，把一支針刺在祭壇上的朱色神主牌，另一支針挿在自己的頭髮，嚴肅地坐在竹製椅子上。——不久，紅姨的身軀開始震動，死者的靈魂，通過木棉絲、傳達到老婆子的軀體去了。紅姨發出莫名的嘶啞聲，頭部忽而垂下。然後，閉著眼睛，慢慢把頭抬起來。

「是誰叫我？」聽到低而有力的聲音。

「你是男人？」彩娥立刻發問。

「當然！」

「入棺時，你穿了幾件衣衫褲子？」

「六件衫、三條褲！」

對這無聊的發問，紅姨有點生氣似地，聳起肩膀，偏歪身軀。彩娥在我身邊私語著，

「不錯，這就是老伴陳寶明不錯。他入棺的時候，這位老婆不在場啊！」

「聽妳的聲音，是彩娥吧！」紅姨忽然發出悲哀的聲音，伸出雙臂說：「我很想念妳，生前，只有妳才是我的生命，沒有比妳更侍候過我這個丈夫，更爲這個陳家著想的女人。可愛的彩娥啊，想起跟妳離別時，眞悲傷……」

「啊，你，我也是，跟你一樣悲傷……」

彩娥拿出刺繡的手帕擦拭眼睛。

「啊，讓我說清楚……」亡靈說一些跟第二夫人死別時，依戀不捨的心情。

我眞沒想到來鹿港會聽取人家的舊戀情。留下這麼豐滿艷美的女人，難怪，陳寶明會不甘心地魂遊出來。眞可笑。可是，當事人的彩娥，卻比紅姨更興奮，而自我陶醉。她緊握著濕潤了的手帕。

「總之，令人憎恨的是千鶴那個傢伙！」

紅姨忽然邊喊邊站起來，揮起雙拳，做打人的姿勢。「千鶴在哪邊？爲甚麼不在這裡？」

「……」

「殺死了也不甘心，那個壞女人，不但盜漢子，還要毒死我，淫婦，帶她來，帶她來！」

紅姨的聲音，神經質地震顫著。

「三郎！」彩娥回頭說：「主人的命令！把那個不知恥的女人帶來！」

「可是……」三郎躊躇著，瞟了我一眼，似乎不知所措。那是有意保密，不揚家醜的忠實的執事神情。

彩娥面向我說：「沒想到今晚關三姑，會變成這樣窘境。事到如今，也不必再隱瞞什麼啦。只是，請你不要把今晚所看到的向別人講，能約定嗎？」

我點頭答應。三郎拿了一支小蠟燭，走出小房間，爬樓梯上去。樓梯是通銀樓的，三郎上樓的皮鞋聲音，奇妙地反響在小房間裡。

●

今宵那場衝激的情景，在消燈之後，仍然浮顯在眼前，使我無法安眠。披著清純白色的長袖衣，有如待屠的綿羊，被三郎強拉，帶到關三姑的現場來的女人，使我驚嚇了。她那細瘦的面貌，像淡白的梨花，望著遠方的雙眸，卻有如雨後的夜空星星那麼澄清。她，眞的是毒婦？是不是太美了，魔鬼才侵佔她的靈魂？今晚展開在眼前的恐怖的地獄繪，我實在無法相信。

「千鶴，坐下來！」彩娥兇惡的臉色很難看。

「鞭打！鞭打」搖晃紊亂的頭髮，紅姨像魔鬼似地喊叫，同時揮起鞭子，激烈地抽在千鶴身上。千鶴卻緊咬牙根忍著，忍耐到最後一次鞭打，都不發出一聲呻吟。

「停！停止鞭打啊！」

我卻叫不出聲，只在心裡喊著，意慾挽住魔鬼法師的手臂。可是，做客人的我，怎能反對主人的意思。我只膽小的裝聾作啞，一直看著昏過幾次的千鶴，再被三郎拖拉上樓去爲止。

悲慘的情景，使我的心快炸裂地難過。但是彩娥卻昂奮熱騰地，對我細語說：「家醜外揚，眞羞恥，請不要介意。這個女人是我先生的第三夫人。可是竟敢瞞著丈夫盜漢。假裝良善，且無比頑固。不但不招供情夫的名字，用酒放毒要害死丈夫。幸好被我發覺，才未發生悲劇。不過，天命註定，我先生病死之後，這個鬼女便發瘋了。瘋瘋癲癲，怕惹出是非，才把她關在鎗樓的牢裡。眞羞恥。不過……怎麼樣，到客廳去喝點紅露酒，改變氣氛吧？」

喝酒？這樣悲切的心情，喝得下去嗎？我留下正在笑嘻嘻的紅姨和夫人們，獨自回到習靜樓來。畢竟，這是陳家私事。我同情被囚的女人，也無濟於事。忘掉它吧。

然而，越想把它忘掉，那叫千鶴的蒼白可憐的臉，彷彿愈加浮現在眼前，使我坐立不安。

出去兜兜風，冷卻頭殼，可會好一點吧。我走進院子，傾斜的十三夜月蒼白的光，照射不吉利的鎗樓。全家人都睡了。只能聽到昆蟲鳴聲。我卻像夢遊病者，徬徨了許久，不知不覺來到西廂走廊盡處，似乎受到看不見的手引誘著，腳踏上黑暗的鎗樓階梯，慢慢地，一步步爬上去。大約踏上二十階吧，到階梯的轉彎處，從小小的鎗眼，月光灑在佈滿灰塵的地板上。階梯還在繼續上去。雖然慢步躡足，但覺得腳步聲反響在牆壁間，被人跟踪著似地，十分不安。而從階梯第二轉彎處，一片黑暗，手摸著粗糙的牆壁，才勉強爬上去。到階梯的第三轉彎處，月光照射到牆壁的一角，現出兩米四方的木造牢。在微昏裡看得到牢裡的一半，和女人千鶴的背。千鶴俯伏在粗陋狹窄的木床上。我的心悸激烈地鼓動起來。

是睡著嗎？不，她背部的曲線顫動著，顯然是在哭泣。——突然，女人回頭過來，表示驚異和恐怖的心情。

「請原諒我，擅自闖進來。」

「你是？」女人的聲音和容貌很相稱。

「看你受了那麼大的折磨，卻無法救妳，我眞是無能的呆子。」

千鶴站起來，走到椅子旁邊：「請你回去，趕快！」她窺伺窗格子，說：「跟我講話的人，都會受到謀害……」

是不是腦部有異狀？這麼年輕就被監禁……，可憐又殘忍。我說：「沒問題，我是這裡的客人，他們不會鞭打我的……」

「……」

「不，很多人暗中失踪了，你不知道那個女人多麼厲害。爲了私利，甚麼都敢做……」

「你去看看院子東邊的水井，深底通到大海。被投進那個水井的人，都沒有……」

是不是受過殘酷的遭遇，而患了被迫害妄想症？

「既然那麼狠毒的彩娥，怎麼不剝奪妳的生命？她不會害死我的。」

「她留了我的生命，是要我受到比死更痛苦的折磨。」千鶴阻止了我的話，說：「這種事不能牽涉到你，請你趕快離開這裡。」

在月光下，她一心冀求我走開。她那眞摯又純美無邪的瞳孔，反而使我不忍心遺棄她。

「無論彩娥怎麼狠毒，還敢對我這個日本人下手嗎？我來這裡調查民俗、總督府是有案可查的，妳不要害怕。」

「咦！果然你是日本人，因爲你的台灣話講得這麼好，我才……」千鶴嘆氣而說：「我已經過世的母親也是日本人。啊！我瞭解了，彩娥爲甚麼今晚要關三姑？原因我知道了。」

●

突然，她用手押住嘴唇，傾聽著說：「三郎來了，請你趕快躲起來。」有拖鞋的聲音，如果是三郎，不會是可怕的人。可是，我這種傲慢的想法，或許會影響千鶴受到更多意外的災難？我必須躲過，但不能下樓啊。我不得不跨過月光照進來的出口，站到外面小陽台。外景很美，月光的浪濤翻騰在鹿港滿街的屋頂，給人一種壓迫感。我癡呆了一陣子，卻聽到腳步聲，便把身軀貼近紅磚牆壁。被太陽照過一天的牆壁，到了深夜還有熱氣。

千鶴眞的是瘋女？關三姑的謎題是甚麼？

「你來做甚麼？：：」千鶴責備的聲音。

「我要做的事，妳管得到嗎？今晚被打得已經沒有力氣了吧，好好順我吧。我想愛妳很久了，現在來疼愛妳，不錯吧！」

探頭一看，三郎開始把女人壓倒在床上，以年輕男人的暴力，狠狠地要抱住她。

「你這個奴才，竟敢對主人：：」

「我的主人是彩娥，我來強暴妳，正合她的意思，她會高興的，可不是嗎？」

「三郎，不行，不行：：」

「哭鬧也沒用，鎗樓是另一個世界，誰也不會來的，哼！」

千鶴拚命地掙扎。目睹一個弱小女人的慘情，我已忍不住，飛鳥似地跳進未被關上的牢門裡，從背後抓住三郎的頸部。

「誰？」跟白天不同，變成醜惡的三郎，回頭看我，便突然無力地搖晃身軀說：「是你，你，請不要開玩笑。」

「開玩笑？你究竟要把她怎麼樣？」

「她，她是瘋子嘛，不但是瘋子，也是我的情婦。說她違背主人盜漢子，漢子就是我，我倆的關係，你要干涉甚麼？」

我放下了手，三郎所說的是不是眞情？關三姑的時候，千鶴爲什麼一句話都不講？此時，千鶴站起來喊著地說：「他說謊，全都是謊話！」說完又蹲下來哭了。

「不要相信瘋女的話。剛才關三姑的時候，你看她，應該知道了她是個怎麼樣的女人。」

三郎說話很傲氣。

「不，那是彩娥知道你來調查，怕你知道眞相，才先下手收買了紅姨，演了那場戲。我不是瘋子，我沒有瘋！」千鶴力爭而說。

「你爲什麼當時不反駁，說出冤情。」

「要我反抗？那只有受到更嚴厲的鞭打而已，我又不知道你是敵或友。其實跟這個人有曖昧的不是我，而是那個彩娥自己呀！」

此時，三郎如豹般猛然向我撲過來，我來不及迴避，把背脊重重地撞上了牢格子。正想站好姿勢，卻又看到三郎手裡掏出匕首，反射月光亮晃著。嗯！這就是千鶴沒有說錯的證明。

在狹窄的牢裡，沒有活動的空間。我睜著眼，預防對方，逐漸退身到格子門外。瞬間，三郎把匕首揷過來。我抓住他的右臂，倒在地上。三郎的力氣意外地大，全身壓住我。我想撐起兩腳翻身，卻動搖不了他。

「雉鳥不啼不會受鎗擊，多管閒事的後果，看你知道不知道……」

三郎邊吐唾沫，邊以膝蓋壓住我的右臂，找機會要用匕首刺進我的脖子……

「咦！」壓在我上面的三郎，突然呻吟了一聲，反倒過來。意外地，我看到千鶴手抓住磚塊，愕然地站在身旁。

「死了，我打死他了……」千鶴全身軟弱地，正要倒下。我趕快支持了她，把耳朵靠近胸部，還會聽到她心臟的悸動。

「不，只是昏倒了，現在，趕快脫逃啊。」

「不行，所有的門都裝有警鈴。我曾經逃亡一次失敗了，之後，連圍牆都裝設了有電。」

千鶴用雙手掩蔽著臉不敢動。千金一刻的時間，不逃出去，多麼可惜。「對！有一條逃命的路。可從這窗口滑下到小巷子，只要有鋼索。」

「那，登仙閣後面的庫子裡就有，戎克船用的帆索。」

「妳等著！我去找來。」

我拿著三郎帶來的燭台，跑下樓階。要尋找繩索，如不趕快，覺得千鶴會失踪似地，使我焦慮又沈悶，手腳都亂了。從好多雜亂的船具中，找到繩索時，眞是高興。連細繩一起帶回樓上來。還好，千鶴還是站在那兒，有如雕塑的悲哀天使。

把繩索的一端，綁在胸牆的凸出處，慢慢放下繩索，很好，繩索的長度，剛達到地面。

「勇敢一點，只有碰碰運氣……」

邊說邊用五米長的細繩，分別綁在兩個人的胴體。「快！」握著千鶴柔嫩的手，把她抱過胸牆。

「無論如何，必須抓住繩索，不要放！」

千鶴點了點頭。我看她緊抓住繩索的嫩白手臂，是否能耐著支撐全身的負荷？眞擔心！

「不要焦急，慢慢下去，好嗎？」

吊在繩索上的千鶴仰起頭來，卻在痛苦中還露出微笑。這樣子好，她的勇氣，使我放心。可是，等我跟著跨過胸牆，抓住繩索正要下去的時候，忽然聽到昏倒的三郎叫了一聲：

「畜生！」便搖晃著身體站起來。糟糕，應該把他關在牢裡，但太遲了。由於分綁在千鶴身上的細繩纏著，使我失去自由，眼看三郎迫近過來。

「要逃走嗎，好，割斷繩索，看你怎麼辦」

莫大的疏忽，三郎還撿起剛才那支匕首。千鶴還不知道三郎已醒過來。安靜地挽著繩索滑落下去。但感覺到細繩緊張了才仰臉看我。

「回來！」三郎俯下身體，揮起匕首。

「啊！」千鶴發出恐怖的聲音，同時手鬆了，放下繩索，吊在我軀體連綁著的細繩，使我的身體撃撞了牆壁。三郎也吃驚地探出身子，看千鶴危險，趕緊抓住細繩，使千鶴又抓到了繩索。雖是壞蛋，還是愛著千鶴似的。這正是機會，我下定決心，手用力抄起了三郎的雙腳。「啊！」留下臨終的喊叫、刹那，三郎的身軀浮上空中，然後由於自己的重量，頭朝下，墜落下界去了。

●

時間雖不長，卻比死還懊惱，像連接於未來地獄的折磨，雙掌的皮都破了。不知幾次，想把抓住繩索的手放鬆，但還是耐著。只爲了救出一個晚上才見到的，不知來歷的女人。我的心像吊索那麼搖晃不定。月亮沈落於台灣海下，屋頂都黑暗起來了。染血紅紅的手掌，流血染到襯衫的袖管。還有七米、四米，女人也跟我一樣仍然緊抓住繩索，慢慢地滑落。雙腳踏到地面同時，我竟也精疲力盡地，倒在千鶴的身上，不能動了。久久，在朦朧的意識裡，死纏繞了我的念頭，可是瞬間對千鶴抱著比死還強烈的火般的愛情。淸醒之後，才聽到海潮的聲音，淸爽的海風也吹來了。扶助千鶴站起來，跨過三郎的屍體，我們闖進門禁的狹窄小巷子，希望鹿港小巷的迷陣，幫助我們脫離險境。

「頭班車是幾點？」

「去火車站很危險，到海邊去吧，戎克船會送我們到遠方。」

可是想去海邊的千鶴，腳已經撐不住，走不動了。

「有沒有暫時藏身的地方？」

千鶴想了一會兒，然後走彎幾個小巷轉角，引導我到芳春樓小酒店來。

被叫醒下樓來的女老闆，看了千鶴，嚇了一跳。「拜託妳，老闆娘，請妳讓我們暫時藏在這裡。」

「啊！頭家娘。」

老闆娘答應了。帶我倆上三樓。在裡面一個小房間，藤製的眠床躺下來，千鶴很溫順地談起她的身世。

全都是因彩娥的嫉妒引起的悲劇。陳寶明在世時，非常疼愛美貌的混血女千鶴。以還債爲條件，娶千鶴爲第三夫人，日夜寵愛，如膠似漆，不知厭煩。也因此疏離了彩娥，很少到她的閨房。鬱情的女人嫉妒心，遇到陳寶明的死而爆發。說嫉妒是女人的通病，可是沒有比中國女人嫉妒更兇猛的。有代表性呂后的人彘。人彘是指人豬。

一代英豪漢高祖，平定了天下，就不顧糟糠妻呂后，溺愛年輕美貌的戚夫人。高祖歿後，由於嫉妒發瘋的呂后，剃光了戚夫人的頭髮，給他帶上首枷，關入牢裡役使她推磨。戚夫人過著推磨日子，吟誦自己的悲運，又觸犯了呂后更生氣，剪斷了戚夫人的手腳，剜出眼睛，撞破耳朶鼓膜，使其變成啞吧，關在廁所裡，嘲稱她爲人彘。

彩娥好像呂后的變身，憎恨千鶴，害她半死。把自己的情人三郎，僞稱與千鶴有染，冠上私通的惡名，監禁她。又賄賂醫生出具僞造診斷，說她發瘋了。還怕千鶴洩露眞相，再買收紅姨弄法術，要矇騙剛來調查民俗的我。但是弄巧成拙，使我在一夜之間，救出千鶴出走。

我撫摸千鶴的手說：「不幸該到此結束了。從今開始有妳新的人生。」

「是眞的嗎，我帶有被詛咒的命運，眞的有改變的機會嗎？」

從千鶴寄託於夢想的眼神，像晨露般的淚水滴落下來。

「不改變不行。賭著生命，也要改變才行。改變了以後才有眞正的生命。」

我掩不住心裡燃燒的熱情，靠近她。她輕閉著眼瞼，湊上激情顫抖著的嘴唇……。

●

筆者的友人，南方民俗研究家松島湖人，談到這裡，便拿起已冷卻了的咖啡喝下。

「這就是我忘不了鹿港的原因。」

「不要含糊」筆者逼他說：「這還沒有談到結果，這一則羅曼史還沒有結果啊！」

可是松島不馬上開口，低下頭，手玩著杯子。

「你說，現在的太太，是不是那個千鶴？」

松島搖頭，悲哀地沉默了一陣子，然後說：「幸福和絕望，眞是靠著背並存的。我倆在芳春樓陶醉於未來計畫的時候，老闆娘上樓來說：『我家有很多人來往，而且當家的又多嘴，我想請你倆移到孔廟邊的娘家去住』話說得眞意外。可是我倆能提出異議嗎，不得不跟著老闆娘叫來的女傭，從後門溜出芳春樓。」

強烈海風吹起鹿港有名的沙塵，使街上籠罩霧似地茫茫。我們走到摸乳巷，穿過狹窄的長巷，就快到孔廟了。女傭跟在後面走，走粗粗的路面，千鶴不小心跌倒了，我屈膝扶她起來，回頭，卻看不見剛剛還跟在後面的女傭。剎那間跑到哪兒去了？

以肩膀扶著千鶴，走到長巷出口處，卻看到幾個粗暴的男人包圍著。驚慌地站著，回頭，背後也有一群男人的腳步聲走近來。在酒樓二樓，我們正在陶醉於情愛的時候，彩娥的魔手，竟也伸到老闆娘的身上來了。他們把這條摸乳巷選做我們愛的幸福的終場。

或許，他們害怕後果不幸，只把我釋放了。而把哭叫不停的千鶴，綑綁著拖回那個凶惡的鐘樓去。我轉身去找警察，鹿港街巷的迷津，使我找到警察局，竟花了四十分鐘。跟著警察跑進陳家宅第，在那兒等著我的是什麼？那是喪失了所有的希望，趁著監視不留意的瞬間，從鐘樓頂高處，敢然，投身而死的千鶴——。

現在，經過那麼久，在我的腦裡，仍然可以看到那天，淒涼而且艷美的千鶴的臉，還有屹立在沙塵中那座高塔，染紅了死的鐘樓。

—譯自一九八五年八月二十三日東京人間之星社出版「アンドロメダ」第一九四號，譯文發表於一九九〇年八月十一、十二日自立晚報本土副刊。

# 惠蓮的扇子

惠蓮啊！本以爲能夠把一切忘掉，放水流走，乘上依斯特尼亞號離開，但是，住慣了十八年的台灣，台灣的島影，浮顯在浪波邊際變成灰點，逐漸消失的時候，妳的臉，反而明顯地蘇醒在我腦裡。爲什麼？那，卻不像白素馨花般溫柔的美，而黑色輕羅的旗袍包裹著的瘦身、憂愁裡隱藏著 憤怒，有如假面具的妳底臉容。

那天，天空晴朗沒有雲，大屯的連峰聳立在北天。街上像城隍爺生那麼熱鬧地燃放爆竹。仲明跟六名男人，雙手被粗草繩子反綁在背後，騎在粗魯無鞍的馬背，在陽光照射的柏油路上，從這條街到那條街，被拖走。

看著馬背上的男人而在哭啼的女人們，必定是親人吧，武裝的護送兵斥罵女人們，阻止她們靠近馬邊。只有妳一個人默默無聲，也不流淚，穿著難走的高跟鞋，從人群後面一直追逐半跑半走。

忽而我看到妳手拿的白檀扇子，在無意識裡緊緊被捻歪，象牙的扇子骨肢快扭斷了。我勸妳不要去，不要去看！妳卻摔開我的手，

「不，我要親自看清楚。」

我看妳只是靠一支扇子支撐著似的剛強，不無感到小刀挿進心臟那麼心痛。馬背上的仲明，不像是一位死刑囚，昂然挺起胸部，仰望著陽光晃眼的天空。那不是假自豪的擬態，也不是羞恥而虛張威勢，卻是心中深處有其不動搖的信念；這似乎生長於好家庭有好的教養，或受過日本教育的英雄觀，才使他那麼倔強。

惠蓮啊！或許妳會說，——不，那是因爲我們相愛，愛很美，給人產生勇氣之故。

當然，妳這種想法我不反對。可是，想想自從妳誕生到今年二十七歲，妳的生活方式，思考的基準，是從哪兒得來的？不是因爲我是日本人，才偏袒要說這種話。妳也知道，S女學院的法國人教師波爾，連他也在二、二八事件發生當時，在鎗聲不斷的東門街宿舍裡，縮窄了肩膀做著法國人特有的姿勢，而告訴我。

「這是日本式應有的態度，和中國式應有的態度的一種衝突。」

只聽了這一句話，會覺得十分冥想性，但這是當事者波爾，於二十八日傍晚，在東門街的橋頭親自看了發生的小事件而得到的感想。那是一位中國人官吏，害怕烽起的台灣人會在下班路上被害，但也擔心留在官舍裡妻子的安危，化裝爲骯髒的苦力，裸著腳潛逃出來，卻

R

被埋伏在街上的台灣人抓到了。中國人走路的姿勢是大陸性的悠閑悠閑，一看就會察覺。

「你，會不會講日本話？」

嫌犯人用日本話詢問，中國人當然不會講。他假裝啞巴，比手勢哀求讓他走。

「當苦力，皮膚怎能那麼白？如果是台灣人就會穿日本木履，穿穿看！」

其中一個人把自己的木履脫下來要他穿。沒有穿過木履的中國人瞬時張不開腳指。像被罰踏畫像的耶穌教徒般，中國人的臉充滿著難耐的苦悶。

「這個傢伙，阿山沒有錯，打啊！」

木棒、木履、鞋子一起踢打過來，可憐的中國人受了圍毆之後，被扛起來，丟進水溝裡。

剛好去市場買米要回家的日本女人經過現場，看到暴力的情況而嚇了一跳，雙腳都麻木了，只抖著無法走開。台灣人說。

「奧巴桑！妳看了很有趣吧，這些壞傢伙都該打。」

講得十分得意的樣子，這一件事傳遍了各地，因此，不但殘留的日本人，連台灣人本身也避免被誤認爲中國人，大家出門都要穿木履而流行了一陣子。這雖然是一則逸話，但是從這種情況得到的波爾的感想和意見，似乎無意中點到了眞實性。

二、二八事件發生的前兩年的八月十五日，日本敗戰決定當時，台北車站前的大廣場，豎立了「還我河山」的大牌樓，連日連夜有弄獅陣在那兒跳舞，所有的台灣人都鳴放勝利的爆竹，慶祝回到祖國，表示萬分的感激。

然而，最初的失望，在當年雙十節很快就出現了。拿著青天白日的小旗子，迎接祖國的軍隊─打敗無敵日本軍，奮鬥八年抗戰的勇敢隊伍─這一歷史性的進軍；台灣人所看到的是離威風凜凜的形容很遠的一群，背著雨傘，扛著臉盆鐵鍋，抱持最大的好意來看也會感到羞恥的軍隊。使迎接的民衆囁嚅說。

「這不是中國打勝仗，是美國打贏的……」

惠蓮啊，第二、第三的失望，是以怎麼樣的形式出現了呢？那是貪官、瀆職、收賄、惡稅等等，民間流行了一句諺語「狗走換豬來！」，確實直截了當地說穿了這一情況。日本狗有時會咬人，但是會看守我們的生命財產、還好。可是從大陸來的豬，卻祇會吃掉我們的一切，連肥料都不留存，我們怎能活下去？這一諺語含意的悲哀，使仲明爲了衛護民衆站起來，爲民衆犧牲自己，才如此被綁著悲慘的姿勢，拖在街上巡迴示衆告誡。

奇異的囚人隊伍，走入路邊有相思樹而柏油路變成赤土路的時候，妳就無意識地脫丟鞋子。已經走過二公里的路，無法再穿著高跟鞋走了吧。瞬間，我想起了曾經跟妳一起看過的電影「摩洛哥」的最後一幕鏡頭，我笑了，現實怎麼會有那種場面，但是現在看妳脫去鞋子，電影畫面那個迪特黎伊的脚，跟妳的脚重疊在我的眼膜裡，一種不可言喩的悲壯美打動了我的心。

不，要說悲壯，癡站在刑場周圍的民衆的眼神才是更悲壯而複雜。因爲他們在無鞍的馬背上看到自己的替身。倒底被帶去鎗殺的七名男人，有甚麼罪？要處罰他們是叛逆罪，其實，住在這個島上的台灣人不是都犯了叛逆罪了嗎？看看二、二八事件的起因，就應該了解。但是有話不能說，只抑壓著心裡的憤怒而仰望犧牲者的神情。從馬背被拉下來、被推走的七個男人走向刑場，此時，民衆的心裡湧起了無聲的激情，瀰漫在廣場。

不久，反撲民衆的激憤，七粒鎗聲嗚響了。啊！惠蓮，天日怎麼不黑暗，四月的藍空爲甚麼那麼美？

仲明折腰向前而絕命的那個場所，也就是他曾經天眞地拿著青天白日的小旗子，歡迎所謂祖國的軍隊的同一個地點，台北火車站前的廣場。怎能知道歡迎來的竟是鎗斃自己的屠殺者？

瞬間，妳變成了假面人！

惠蓮啊，曾經跟妳談過有關民族血統的問題，那是還在戰爭中，在台北市郊外，圓帽子型的紗帽山山麓草山溫泉，地獄谷對面的，妳父親的別墅。我已記不起是哪一天了。

對啦！記得蟬嘶的聲音很騷鬧，那就是夏天沒有錯。妳只是招待我去玩，可是我卻要利用機會告訴妳心裡的話。溪谷裡有不斷的水流聲音，吹來搖動變葉木樹的山風，那是我跟妳相處得最寧靜的時間，只有這一次。

妳的父親，因有事，傍晚就乘汽車來台北市內，我倆便在櫻花樹林下散步。

太陽沉落之後，路暗了，卻有山邊的一端還很藍青。坐在巴士招呼站木造的長椅子，望著神秘的天空顏色，妳忽然說了一句。

「關於民族血統，妳的看法怎麼樣？」

因爲太突然了，我不知道妳爲甚麼問我這種事。所以我沒有回答。

「我一直都以爲自己是日本人，可是這一次夏天，我卻失去了自信。」

「爲甚麼？不要亂想，台灣人也是日本人。其實，日本民族本身就是混血民族。純粹的大和族確實不多。日本領有台灣當初，政府頒佈告示，說不願意做日本人而要清國的可以回去大陸，願意做日本人就留在台灣島內，讓住民自由選擇。所以既然留下來了，從妳的祖父開始，不錯，就是日本人。」

「那是政治上的理由，我是問你法律上的問題。幾天前，上公學校的我的弟弟問我，姊姊，說我們是日本人，但是，我們在家裡穿的衣服，爲甚麼跟敵人蔣介石穿的衣服一樣？這一問叫我不知如何回答。雖然我請鄰近的伯母縫了一件日本式單衣給他穿，但是這種問題，不是一件單衣能夠解決的。」

「那是風俗習慣的不同而已。日本人也一樣，還是過西裝和和服的雙重生活，很難改變。台灣人做日本人還不到五十年，如果妳的弟弟，還有他們的孩子長到成人的時候，風俗習慣也許會改變了吧。這不是血統的問題，時間會解決。我在小時候，台灣人怕水鬼而不游泳，害怕人家看到裸體而不洗溫泉，不吃牛肉，也不喝冷水，但是現在怎麼樣，年輕女人也爭著要去海水浴、洗溫泉，吃日本火鍋、吃壽司。而且還在穿旗袍，那是因爲方便嘛，又適合台灣的氣候。或許，不戰爭了，日本女人會選旗袍來穿也說不定。連我也喜歡旗袍，女人穿旗袍會更美。有些警員叫人家不要穿旗袍，用剪刀剪破旗袍的長裙，那是瘋子，不懂事的傢伙。曾經他們留了髮髻、穿外掛和裙子的日本和服，而罵外人是夷狄，後來卻剪斷了頭髮、穿起西裝，保持了威嚴，把罵人的事都忘了。」

「我穿這件旗袍，好不好看？」

忽然妳恢復女性的艷麗，看我。淡藍的旗袍，符合妳淨白的肌膚，看起來很涼爽。

「很美。惠蓮，我已經想了很久，希望妳答應跟我一起生活。」

不知道爲甚麼，妳卻不回答。在微暗的外燈下，妳的臉好像輕輕地抖著。

周圍已經暗了，河鹿的啼聲從溪流的遠方傳來。沿著路邊的櫻木上坡走，微弱的新月光線從樹葉間漏下來。

「雄二桑，請你原諒我，因爲我爸爸必定會反對。」

妳悄然說了。當了台北市會議員，被認定爲國語家庭，又把陳姓改爲天池的惠蓮的父親，還會拘泥於民族的血統嗎？

惠蓮，纏在別墅門上的朝陽藤花的黃色，刺痛了我濕潤的眼睛。

二年後妳結婚了。跟畢業東大法科的鄭仲明，他是彰化市出身的望族兒子。天池的姓又改變爲鄭之後，有一天妳說：

「我們保持永恆的友情，希望你跟仲明也有一樣的友情。」

「妳幸福嗎？」

妳點了頭，臉頰的線比以前豐腴多了。我以羨慕的眼神看妳。因而我就不再去找妳了，一天比一天更苛烈的空襲，成爲我的藉口。

經過妳，我認識仲明，是戰敗才有了機會。在演劇協會服務的我，跟別的日本人一樣，戰敗後失業沒有生活的依靠，就要淪爲路邊攤販，而伸手挽留我的是妳的父親，不，是妳。

「因爲，我們是朋友嘛。」

失意，常會感到眼前黑暗的我，妳就不斷地鼓勵我。有一天我去找妳，仲明告訴我。

「直截了當地說，請你不要生氣。我們台灣人由於日本戰敗了，今天才能以同等的立場跟你們講話，感到高興。老實說，以前都要隔著一張幕。台灣人和日本人，當然不是一視同仁，不過能夠交換眞誠的友情，是從今以後，我這麼想。可是，日本人爲甚麼那樣卑鄙？昨天在門前豎立的太陽旗子，今天卻換了靑天白日旗，眞沒出息。不過這還可以原諒，今天，我竟收了這張海報，你看，『台灣已經變成中國了，我們日本人應該認台灣人爲兄長，而爲中國盡力效勞』，這種專事逢迎話，使我感到悲哀。如果日本人是眞心這麼想，我會輕蔑曾經我受過的日本教育。這種不當主人就是奴隸的兩極端想法以外，沒有處身的方法嗎？」

我知道印發這張海報的人的名字。那是年輕的記者們，意圖代替一夕之間沒落的原來的指導者們，想操縱日本人的野心。

「那是一小部份的日本人想策動的作爲，有心的日本人都在哭……」

「是眞的？那還有救。我雖然變了中國人，但是相信日本民族的優秀性。有史以來，沒有人喊叫亞洲的解放而發動那麼大的戰爭，這不能以一句帝國主義就能解決的。戰爭的失敗與否是今後的問題，確實這給亞洲民族的刺激相當大。令人感到悲哀的，不是日本的戰敗，卻是今天的日本人不得不唾棄的卑鄙性、劣等感吧。」

仲明激動的要敲桌面似的滔滔而論。很久沒有這樣誠心談話了，而一起喝的高砂啤酒味道也特別好。

惠蓮啊，那天妳穿著和服倒酒款待我。和服是被遣回日本的朋友贈妳的。妳那美麗的和服姿態跟狂熱的仲明的性格，現在回想起來，陷害了仲明。不，也陷害了妳墜進不幸的深底的，是仲明那種狂熱的性格，是不是可以這麼說？

惠蓮啊，再一次看到妳穿和服的美姿，是聽收音機在播送「軍艦進行曲」的二、二八事件的第二天。

台北市街還有部份鬥爭在展開，但是街路的通行並無阻礙。我到近淡水河的六館街妳的住所去看妳。

「戰果報導，在桃園街我們的街民同胞，無流血占領了縣政府，另有一隊以空軍倉庫奪取了武器彈藥。」

聽過「軍艦進行曲」之後的廣播報導，仲明感到興奮了。報導全島各地台灣人衝破官衙的消息，使他欣喜而拍著膝蓋笑了。可是他忽然很認眞地吐露一句疑惑的話，我並沒有聽錯。

「不過，這樣子發展下去可以嗎？」

我實在沒有揷話的餘地。二、二八事件是遲早必會發生的，只是在計劃還沒有樹立，從偶發性的事件進入暴動化，才懷胎了悲劇。我想起了，曾經跟妳去喝過茶的太平街天馬茶房，就是發生事件的地點。二月二十七日夜七點半，公賣局的稽查員六名和警察大隊的警官四名，來到這附近稽 查私製香煙，排攤子賣煙的男女得到消息便頻頻跑掉了。只有茶房前停仔脚的寡婦林江邁被抓到了。早年死了丈夫，過了四十歲的這位女人，爲了養育數名家族，跪下來哀求請他們同情寬恕她。稽查員不聽，把香煙和現金都搶去放入汽車裡。女人不甘心挽著稽查繼續要求，有個警官舉鎗用 鎗床亂打了她的頭。頭皮破了，流了很多的血。

周圍的民衆目不忍睹稽查員的橫蠻。

「原諒她吧，她是可憐的女人。」

「不要對弱者那麼苛刻，應該去抓那些貪污歪哥的大官。」

發出怒號的民衆包圍了稽查隊員。起哄的群衆越來越增多，於是恐惶的稽查員拔出手鎗開始亂射，同時發動汽車開走了。一粒鎗彈打中了一個台灣人——陳文溪的頭部。

陳當場死亡。群衆激憤了。像斜魯比亞的青年開了一鎗引起第一次世界大戰的爆發一樣，射殺一個台灣人的一鎗，便成了事件的引火點。被射殺的陳，是弄獅樂社的俠義之士。引起他夥件的憤怒，抬出演藝用的巨大獅頭，敲銅鑼打太鼓闖入警察局去。無數的群衆跟隨在後。

「逮捕殺人犯！」

「警察在做甚麼？」

但是毫無成效。群衆改向憲兵隊去。隊長張謨陶始終不講話完全不理睬。憤怒不消的群衆重重包圍著警察局和憲兵隊，度過了一夜。

二十八日早上，群衆改爲進入示威遊行。台北市所有的樂社都出動參加，銅鑼聲音的喧囂一刻也不停。除了獅子，龍舞也出陣了。大街的商店都呼應，全部關了門，溫厚的商人也加入了遊行的隊伍，不知不覺之中也有各種各樣的旗幟飄揚起來。

活動的隊伍湧到南門的公賣總局，總局的大門關閉著，配置武裝的警官戒備很嚴，連螞蟻進入的空隙也沒有。群衆都無法接近。

「去襲擊大街的分局！」

有人大聲喊。群衆便折回三線大路，奔過關門的繁華街像怒濤迫進分局。眞是意外，在分局正好是局員在路上焚燒沒收的私煙，憤怒的群衆便湧上毆打局員，二個被撲殺，四個人被打的半生半死。另一群人跑進局內，把室內的桌椅、紙帳簿册、酒或官製香煙，所有的東西都搬出來，放進火堆裡燒。

還有一群人翻倒公賣局的大型汽車，打開汽油放火燒了。火焰燒到第二天還沒有熄滅。看到焦天的紅蓮火焰更激動的群衆。

「再一次回總局去！」

這一聲又引起大衆奔向總局，甚麼武裝警察也不怕了。

「射擊！」

中國人的長官發出命令，但是台灣人的警官，瞬即把鎗口指向天空，轟然響起鎗聲，促使群衆的血液沸騰，發出奇異的喊聲，群衆直向警官隊衝過去。警官們難予抵抗，大門的門扇被衝破了，雪崩似地繼續湧進來的人群，塞滿玄關不能動彈。

「放火燒，打倒阿山！」

「不，派代表。」

「對，代表，派代表。」

喊聲集中了，選出前面六名，推著局員們湧進局長室。然而，局長陳鶴聲早已跑掉了。

「局長到哪兒去？」

「辭職了。」

一位年輕的課長機智的回答。但是代表們不干休。

「辭職該有後任，叫新局長出來！」

「不叫出來，就放火燒。」

局員們不得不推出局長之下的主管任維鈞出來。代表們提出四項條件。

一、在民衆面前把射殺犯人鎗殺。

二、慰勞賠償犧牲者的遺族。

三、停止查緝私煙。

四、新局長要向民衆道歉。

如果拒絕條件，即以武力解決。

代理局長臉色蒼白，但是不回答。時間一刻刻流逝了。每過五分鐘就有一個代表出去玄關，向民衆報告交涉的經過，群衆怒罵中國人的聲音便喧譁了一陣子。

「我沒有權決定這些條件。」

對代表的要求，代理局長終於這麼說而低垂了頭。交涉決裂了，群衆發出歡呼聲，衝進隔壁的煙草工廠，把土砂撥入機械，拿鐵槌亂打。附近的局長和主管宿舍也遭遇了同樣的命運，家財被拋出院子，被無數的泥腳踐踏。

最後一個步驟，只有向行政長官陳儀直接請願而已。午後一時，從三線道路的北、西方，群衆的旗幟波浪，淒壯的銅鑼響聲，衝向長官公署。激昂的民衆，有人拿擴聲器喊「打倒陳儀商店公賣局！」

「長官閣下特別允許接見代表。」

得到這一報導，群衆才肅靜下來，慢慢走進公署前的廣場，人數超過了一萬二千。衛兵們在公署樓頂陽台走來走去，而等到群衆站滿了廣場，便毫無預告開始機鎗掃射，一瞬流血的慘劇，染紅了廣場。

「打死阿山！阿山都是台灣的敵人！」

悲憤的暴風，不到二十分鐘傳遍全台北市，報復理念燃燒起來的台灣人，開始拿武器對付了。被遣回的日本人留下的日本刀，是這個時候最好的工具。到處發生市街戰和焚燒汽車的慘劇。機敏的一群很快占領了擴播電台，把暴動開始的情況和台北的革命成功，傳播了全島。地方的中國人不論官或兵，陷入恐怖的深淵，不戰而投降了。陳儀驚慌失措，立刻發佈戒嚴令，但是起義燃放的煙火，已經擴張到全島各個角落，成爲不可收拾的局勢，而且仍然在毫無組織，又沒有領導者的情況下——。

「沒有領導者，沒有眞正能夠領導的人！」

仲明呻吟了一聲，顯然坐立不安。

「跟中國人一起，就把五十萬的日本人趕走的台灣人，令人慨嘆。台灣人對政治的貧困，遇到今天才眞正感到悲哀。假如日本人還在，或許會協力解救這種混亂。對加拿大的開拓盡力的法國人，英人並沒有放逐他們。今天台灣省的建設，不是阿山開拓的。住在台灣的日本人，不能跟侵入大陸的軍閥同樣看待和處理。趕走日本人之後，台灣人發動革命，卻吃到了無法收拾的苦楚。不久從大陸會湧來更多的阿山，是可以料想得到的。看今天興高彩烈的台灣人，我確實感到害怕。」

「假如，日本人還在，他們會只站著傍觀而已吧，不要把日本人評得太高。」

「像對鄭成功的求援，坐視不救？是嗎。」仲明凝視我，「我不這麼想，日本人不應該那麼非人情。五十年，不是像兄弟一樣有了感情？台灣人受過日本教育都變乖了。聽開羅條約知道台灣交給中國，就立刻認同中國人而高興。然而接觸了眞正的中國人，才知道他們比異民族的陌生人還 厲害。今天，不管你問哪一個台灣人，回答都是一樣。說血濃於水，但是五十年的日本感化，似乎把這一格言撕破了。台灣人不是日本人，卻更不是中國人，是日本人使台灣人改變了的，道義上，日本人不應該對台灣人無情，我相信……。」

惠蓮，仲明的話使我感動，同時由於戰敗而不知不覺之中喪失了自信的我，自己感到羞恥。仲明又改變語氣說。

「今天，我看到了一張呼喚學生的海報，寫的是『特攻隊的勇士們，跟著前輩奮鬥！』」

於是他跟著這一前言，談了在東海岸的臨海道路發生的事件。

臨海道路是花蓮港到蘇澳，因爲中央山脈接進東海，在那大懸崖中腹掘鑿了蜿蜒一百二十四公里世界屈指的公路。剛好有一部東海巴士載客行駛這條路，在路上遇到了武裝的一隊中國兵，指揮官舉手叫巴士停下。

「軍部命令，乘客全部下車！」

在這種地方下車，就進退兩難。台灣人乘客們雖不講話，但臉上現出無上的憤怒，下車集中在懸崖的公路一邊。士兵們便爭先恐後乘上巴士，擠滿到會從窗口溢出來那麼超載。

坐在司機旁邊的指揮官說。

「要去救援暴動，開去台北！」

司機聽了這一命令就想，該怎麼辦？

「快！快開啊！」

焦急的指揮官把手槍指向司機。司機卻鎮靜地回頭看很不安地站在車門邊的女服務員。

「我想妳很辛苦，但是麻煩妳下去，從這裡還有一段長路，請妳小心帶這些客人走到蘇澳去，而把這情況報告公司。」

司機等到女服務員下車走到客人那邊，便握起把手，滿載中國兵的巴士慢慢地開動了。癡呆地站著目送巴士的旅客，蒙上車輪揚起的砂塵，誰都不敢發出聲音，連女服務員也兩腿發木地站著。

然而，下一瞬間，客人們卻聽到車上的司機大喊了一聲「台灣獨立萬歲！」，同時看到了巴士巨大的車身，從大懸崖路上，頭朝下滾落於白色浪波的海裡去……。

「那位司機是戰爭中，當過特別志願兵，受過日本軍隊訓練，發揮了日本神風特攻隊一樣的犧牲精神。住在鄉下的青年的想法極為單純，他敢做出這種行動，你認為怎麼樣？」

仲明又凝視我。這個時候，惠蓮，妳剛好進來。仲明卻沒有聽我發言就站起來。

「我出去一下，不會有問題。」

便穿上長筒鞋，下樓去。

槍聲還會從遠方傳來。沒有組織的革命必會瓦解，只是時間的問題，他明知道這一點，卻還要出去履行自己的任務。

三月七日，國府軍進攻的情報傳到了。行政長官陳儀的態度改變硬化，八日駁回台灣人要求的處理大綱四十二條。九日國府軍第二十一師開始繼續四晝夜的台北市大屠殺台灣人。仲明是不是逃過了這一劫？對，確實他逃過了。

可是，在台灣的小治安平定了之後，卻因爲指揮過學生志士的白虎隊有人檢舉，被警備司令部逮捕了。

惠蓮，那天回到家，哭盡了淚水，然後祈禱似地說過。

「即使再出世七次，也要雪淸這一次恨！」

親愛的惠蓮！給我難忘的回憶，是在六館街度過的那一夜。我要回家，妳卻說：

「還早，還早嘛。」

要我多逗留一會兒。當然我並不急得要回去東門街的租屋。看我站起又坐下來，妳就高興地，拿起熱水瓶倒了一杯紅茶給我。妳那纖柔的手引誘我想過幾次，要吻妳那嫩滑的手背。

陰天的夜，從開了的窗口看不見淡水河的水面，只聞到院子裡的含笑花香味，飄進來。

我喜歡的阿那多•法蘭西的小說，有一則描寫聞到木犀花香，引起慾情的聖僧感到苦惱的場面，才知道含笑花也一樣會誘惑人心。我無法警覺妳當時纖細的感情如何，但覺得妳挽留我的動機必會是孤獨而寂寞的關係吧，或許因爲惱人的花香引起的？妳和我都喝著紅茶，讓吹進來的沙風擾亂頭髮。

鄰近的家屋似乎都沉入深睡了，靜寂地沒有聲音。在沉默裡，我感到心悸。

除了一句話之外，其他該講的話都講過了，還有甚麼話題？世情的風評或講些中國人的貪污壞話，都像飛蛾在燈火周圍旋迴似的毫無意義。一點也沒有感到時間晚，我卻講出違心的話而站起來。事實覺得難捨難離的心情，妳不也跟我一樣嗎？

直接通往街道的樓梯，我一步步很慢地走下去。妳緊跟在我背後，我感到妳的呼吸吹在頸部熱熱的，瞬間轉身過來擁抱妳……的話，這是好機會。可是我壓制感情，走下到舖石路來。

「晚安！」

握手的時候，妳那蒼白的臉，像要倒下去似的軟弱姿態，眞感到不忍心，但我還是豁出去走。妳跟著我走出一步，卻遇到雨滴落下來了。我仰頭看天，妳也看天。我操起快步走，走到街角轉彎，妳跟著我走到電線桿下，雨滴變急而大粒落在我的肩膀，落在妳的臉上。

「雨下大了，等到雨停吧！」

我們相擁著肩膀，又回到妳的房間，同時，雨沛然傾瀉了。妳慌忙把窗邊的仙人掌花盆，拿進房裡。雨滴從妳關窗的手臂滴下來，用毛巾擦拭手臂，妳看我艷然笑著。

「住下來吧，回不去了。」

隱藏著內心的喜悅，爲了掩飾難爲情，我點一支香煙抽了。妳沒有等到我回答，就拿眠床上的毯子來放在長沙發上。

「我睡在這裡，你去睡那邊。」

妳手指那邊的眠床。

「不，我可以睡在這裡。」

「可是。」

爲了接毯子，手和手碰到了，我默然拉著妳，把頭埋在妳的胸脯，手默默擁著妳抖著的背脊。

「惠蓮！在草山溫泉說過的話，讓我現在再說一遍好嗎？」

妳不回答，而在我的胸前做了『不』的姿態。我認爲那是妳女人羞恥感的表現，而用力抱起妳底臉，要求妳的嘴唇。妳卻把臉頰靠近我，瞬間避開了嘴唇，不許我吻。

「惠蓮！」

「原諒我！」

「我倆不是互相愛著嗎？」

「雄二桑，老實說，我早就喜歡妳。」

「那，爲甚麼要逃避？」

「但是，我跟仲明結婚了，他是我的丈夫，我不能放棄忘了這一事實。」

「……」

「那天，刑警慘酷地把他拉走的時候，仲明告訴我，說他有了萬一，要我求你幫忙，他說，你是唯一可以信賴的人。」

「啊！仲明知道妳的心思了。惠蓮！我們兩個人，是應該有緣結合的，妳不這麼想嗎？」

「雄二桑，如果，仲明沒有說過那些話，或許我會依順你，可是他那麼寬容，表示他關心我，愛我那麼深，我決心終生是仲明的妻子，不應該有變卦。前次，我們不是也講過，你我永久就是好朋友，男女之間必也有眞的友情存在，你不這麼想？我要你維持這一原則。我是女人，難予忍受也要忍受，何況，理性的你，沒有不能忍受的道理……」

「惠蓮！」

「明天還要上班哩，你安睡吧！我要熄燈了。」

在黑暗裡，豪雨的聲音又繼續了一陣子。

離近一公尺的地方，妳睡著。這麼一想，我怎能睡得著覺？或許妳也跟我一樣吧。我好像聽到妳輕微而無奈的歎息。

妳表現得那麼堅強，可是妳的身體卻在求我。必需拿出勇氣，我停止呼吸，想起身……。剎那，閃過我腦裡的是，二、二八事件的爭執中，仲明說過的一句話。

「日本人不是無情的，我相信……」

我翻身伏在長沙發上。在我的心裡深處，對於仲明不幸的死，有沒有暗中覺得高興？我感到自責，咬緊嘴唇感到羞恥。

不知道過了多少時間，我聽到異於雨聲的歔欷聲音。一時鎮靜下來的我底心又燃起了慾火。然而，眠床那邊的嗚咽停了，接著聽到的是煽起扇子的聲音。無意中我嘆了一口氣。

「太熱了，睡不著覺，給你扇子要不要？」

妳打亮了眠床旁邊的檯燈。淡光浮現出妳的臉，跟在黑暗裡欷歔的妳，是完全不同的另一個臉。

妳給我的扇子，記得是仲明被槍殺的那天，妳拿在手裡的薄象牙骨刻有花紋的那支扇子。接下來煽一煽，好像剛才的慾情便逐漸冷靜下來了。

快天亮的時候，似乎熟睡了一陣子，但覺得整個晚上都在清醒裡渡過，妳也是一樣？溫柔的妳，卻遞給我一杯早餐的咖啡，而說：

「睡得好嗎？」

我仰頭看了夜雨完全停下來，撥出四月晴藍的天空。惠蓮啊！

惠蓮！我想起「屠城」這一句話。像蝗蟲大軍蠶食地上的穀物一粒也不留那麼地，侵入了一個城市就不分男女老幼全部屠殺的意思。浮屍塞滿了河溝，人血脂油浮在水面，好不容易從淡水河的死屍中，幸運甦醒過來的男人，曾經告訴過我。確實二、二八的悲劇，可以說是類似屠城的事件，可是政府的發表，卻說：

「這一次民變的戡定，是由於日本軍帝國主義戰爭被徵召赴南方戰線的台灣同胞煽起的，他們參與共產黨員，乘機煽動、暴亂，提出政治改革的要求。然而他們的建議當中，大都逸脫地方政治的範圍傾向，政府才派遣軍隊前往慰撫……」

就那麼簡易地解釋結案。如此爲台灣奮鬥的精神，被抹殺了的，不僅是仲明而已吧，其實，仲明參加在日新國民小學舉行的「台灣同胞陸海空軍軍人大會」，指揮學生們組織的白虎隊，祇是維持市街的治安，沒有殺過一個中國人。他也不是原日本軍人，更不是共產黨員。跟六名純眞無邪的學生同時昇天的仲明，現在也許在天國提出抗議吧。

想到這裡，惠蓮！難怪妳會提出以牙還牙的抗議。雖不像明智光秀的三日天下，可是爲了「台灣七日民主」而流血犧牲的仲明，妳拚命要安慰他的靈魂，誰敢責備妳？

不但不敢責備，我該怎麼向妳賠罪才好呢。妳爲了仲明戴著嚴肅的假面具，最初我害怕的是妳或許會追隨仲明而殉死。

那是六月，對啦，是妳的生日，我帶了眞珠項鍊的小盒去六館街訪問妳。

「眞美！」

妳立刻把它掛在胸前，然後說：

「我去買點東西，竟忘記買仲明喜歡的 Johnny Walker 回來。」

「那，我去好了。」

「不，就在這附近嘛，其他也要買些東西。」

轉過身子，妳輕快的步子就走出去了。請妳原諒我。由於一個人無聊，我打開衣櫥，欣賞妳蒐集的小木偶。可是妳久久不回來。忽而，我看到衣櫥的抽屜裡，裝滿著絹製的內衣，我好奇地把臉埋入內衣堆裡，聞到甘美的香味，那是染上妳底體臭的香味，情不自禁地用雙手捧起那些衣類，瞬間有個重量的東西丟落，是包裹在絹布裡的手槍，露現一半槍身。

剛這個時候，我聽到急速踏上樓梯的腳步聲。慌忙地，我把絹布一起塞進自己的口袋裡，那時我的臉色變得好怪吧，妳奇異的眼光看了看我，但立刻恢復妳原來明朗的親和力。

「我馬上準備好，啊！你先用這點心吧。」

妳把買來的干棗子，放在小盤子捧給我。甜甜酸酸的棗子味，浸透在心裡眞是難忘。

在口袋裡接觸到大腿的手鎗硬硬的，使我豎起尖銳的神經，坐立不安。我忍耐著，吃過晚飯，帶著妳的手鎗，告退回家去。嗣後，妳對手鎗的事都不提一句，我自己卻以爲妳沒有手鎗而打消了自殺的念頭，從自殺的不安救了妳，感到做了好事，也把這件事忘得一乾二淨。

然而，沒想到這件事，反而把妳踢進執迷不悟的地獄！

二、二八事件一週年紀念無事過了之後，我竟愚劣地提起了我對妳思慕的苦情。睡不著覺的那天豪雨晚上，不斷地使我回想而痛苦、又羞恥。我壓制著想要去六館街找妳的慾望。四月，仲明的一周忌那天，準備公司下班之後去妳那兒一起祭拜，但是到了三時過一刻的時候吧，突然公司裡內都騷動起來。

「有位女人意圖殺死警備司令，而那位女人好像是社長的女兒。」

風聲傳播得很快。有人像似自己親眼看過一般講得很眞實，眞僞難辨。但是不久，武裝警官便闖入社長室來了，證明風聲不是無根據。惠蓮！

妳就像斜珞特、吾爾迪一樣，拿著短劍要暗殺警備司令。可是司令比馬拉──運氣好。自從那件事發生以來，他就平常穿著薄鋼鐵製的背心。妳立刻被逮捕了。

惠蓮！妳不知道我多痛苦。假如妳拿的武器，不是短劍而是那支手鎗的話，必會是達成了復仇。這麼一想，我就坐立不安。我從公司跑出來，跑去警備司令部，當然是禁止進入，警戒非常嚴密。我知道得不到妳的任何消息，但是想多聽一點有關妳的事情，而跟民衆站在廣場探聽。

在我空虛的腦裡，忽然閃光似地想起了妳在六館街的家。我立刻跑到那兒去。這裡也被搜查過了。房間裡散亂的衣服，一些器具、被翻得亂七八糟。眞是慘不忍睹。而遺落在地板上，被泥鞋踐踏過的一支扇子，不錯就是妳的那支扇子，使我心痛得流淚了。

惠蓮！正式知道妳的死，是那天晚上十時。

不願被慘殺者的手殺害絕命，說妳在獄牢裡自行服毒死了的。

啊啊，脫離了汚辱的世界，妳那瘦身必定安心昇天到遙遠的仲明那兒去了吧。可憐的是妳的父親。那麼善於處世的人，卻被罵成「半山」，而被囚於牢獄，公司也倒產沒收，我便遭遇遣返日本的命運。

惠蓮！妳的姿容永不會從我的腦裡消失。可是爲了仲明，爲了妳，我發誓離開台灣同時，要把一切記憶放水流走。這是因爲日本發動了錯誤的戰爭，害了你們成爲悲劇的主角，你們卻不埋怨而寬容，信賴了日本人的我，至少該讓我贖罪啊。

依靠在後甲板的欄栅，現在我要把扇子投進白浪波的海裡去。扇子會沉入千尋的海底吧，帶著我所有的追憶一起……。

閉下眼睛，聽得到的，只有潮騷的聲音和引擎的響聲而已。

——譯自一九九〇年六月二十三日發行「アンドロメダ」第二五〇號，譯文發表於一九九四年二月廿四～廿六日自立晚報本土副刊。

# 神明祭典

## 起章

鄧大尉望著升上的月亮，一直向前走。蟲鳴不停。撥開搖動的茅草，爬上去就到樹林了。滑溜在枝椏上的月光，照亮了樹木的下枝幹。

暖風吹來，忽然出現了一隻巨大的老虎。老虎低垂頭，頻頻做些怪異的姿勢，叉開腿用力踏地，就挺起腰部上身。

大尉丟棄斗笠，握緊拳頭，擊打老虎的額際。老虎退後二、三步，搖一搖頭，張大了裂開到身邊的嘴。嘴裡像火般紅紅，露出牙齒要咬人似的，伸長舌頭舐一舐兩顎邊，使對方萎縮，忽而把前腳抬高站起來。

以飛鳥的快速，大尉跳進老虎腹下，拔出銀紙的劍，在電石燈下亮起……。胡琴提高聲音，跟著大鼓鳴響了一陣子。

樹枝搖一搖，黑雲飄流過去。

月亮被掩蓋一半。老虎張開前肢，一瞬鼯鼠般跳越過大尉的身軀。硬固的尾巴，碰到狹窄的舞台柱子，發出碰撞的聲音。老虎回過頭，眼光怒視，張開了紅嘴。

大尉撿起斗笠。老虎逼近過來，斗笠當做衛盾，老虎的牙齒咬不到大尉，三次、四次，幽默的動作，讓觀衆大笑了。在笑聲裡，大尉拿劍準備要刺老虎的姿勢。

雲離開，月亮撥出光線。老虎扭轉身軀跳上來。刹那間，銀劍衝刺過去，刺進了老虎的白腹。

流出粘粘的血糊，老虎倒在草地上。

泰然自若，大尉把染血的銀劍拿高仰望。

奏曲改變了安靜的哀調，七孔喇叭的聲音很悲傷。然後操傀儡師父的歌聲，恬靜地從舞台後面流出來。

忽然，林間有位美女出現，美女歌唱著。那是引誘大尉的歌。蒼白的電石燈光亮著。

美女繼續獨唱，獨唱的美女是死去了的老虎精——。

靠近我底肩膀，彩娥專心在看布袋戲。被擠在人群裡，她的手指嫩嫩地一直玩弄著我的手。我回頭看彩娥，她蒼白的額上浮現著汗珠，眼瞳亮著。像舞台上的美女凝視天空的眼瞳一樣，那是誘惑男人的眼神。女人滿足自己的成熟，感到恍忽的眼，亮著溫柔地引誘男人的眼神。可是我，我的心情仍然沉重。

老虎死了。靈魂從老虎屍體跳出來，變成美女，要誘虜殺死牠的男人。這是一種復仇，復仇的化身。當然，操傀儡師並不知道靈魂的動態。女人只是操傀儡師釀造出來的美的世界，不，女人是脫離現實創造惡夢，沉溺在現實的世界。你看，那美女走路的嬌弱姿勢，還有，聽那低音的歌聲……。然而，剛才穿入布袋傀儡裡操縱老虎的那隻手，跟現在操縱美女，要誘惑大尉陷入林子裡沼澤的那隻手，不就是同一隻手嗎？插進在高度不到一尺的布袋傀儡裡的青筋暴露的那隻手，可以說是輸入傀儡鮮血的動脈。老虎的精靈，借著操傀儡師的手，再生爲美女的肉體，要完成復仇的願望。

復仇，我的身體顫抖著。

「怎麼啦？」

「你，沒什麼。」

「你底手很燙，是不是感冒？……，要回家嗎？」

彩娥拉著我的手走，把觀衆的感嘆聲和胡琴的奏樂留在背後。我們穿過榕樹的路邊樹，走過交叉路中心的小公園。圍在公園的三層樓建築物的門窗很黑暗。月光太亮了。噴水噴出一條白線，在空中跳躍，而落到花崗岩的圓盤上。落下的水溢滿，沿著岩石流進蓮花盛開的方型水池裡去。

「請等一下。」

彩娥走向水池邊的攤販去。透過路邊樹，看得見群衆的黑影和縮水了的布袋戲的舞台，映在電石燈光裡蠕動的兩個影子，那個大尉是不是已經陷入沼澤裡快死了？老虎的精靈，操傀儡師的手，美女的歌，靈魂再現。我看我自己青筋浮現的手，「復仇」兩個字，在我底手掌裡發射出粼光。這隻手，是我的手，卻不像我的手，是流著血，喪失肉體的男人徬徨的靈魂，停留在手裡。燃燒的電石燈光很刺眼。被圓圈的光線包圍著的美女喲，她那蠟般蒼白的臉，烙印在我的腦裡。

「這，怎麼樣？」

吊在彩娥的手指，香包搖晃著。五月端午賣剩的吧。幼小時候，到了端午節，我也要母親買給我鳥獸形的香包。用紅絲線吊著奇異形狀的香包，我很喜歡。媽媽說，這就是避邪的香味，而給我五錢硬幣。

「給我看看。」吊在紅絲線尖頭的不是象、鶴、花籃、或麒麟，也不是魚，卻是老虎，是有黑斑紋的黃皮老虎。怎麼又是老虎？驅邪的楠木味嗆人鼻子。「買這種東西，要做什麼？」

「我，我想吊在眠床前，也可以掛在腰帶，這樣子，怎麼樣？」

彩娥把香包拿到東身的藍色薄長衫腰邊貼著，癡情地看我。

走進亭仔腳，店鋪都在拉下裝飾玻璃櫥的窗。我在巴黎鐘錶店前停下步子。

「妳看，那個方型紅玉的戒指？」

「哪個？哦！那顆紅玉？很美……」

「喂！喂！」

我向正要關窗，拿著鑰匙的年輕店員搖手。彩娥有點意想外地望著，做夢也不會想到我會買戒指。方型的紅寶石，很適合患了病的瘦身女人手指戴的。她，這位女人，曾經把吐出來的血痰，偷偷用手帕包起來藏了。我知道，她是薄倖的女人。

本想帶上中指，她卻把戒指換在無名指戴著。我擁抱著她的肩膀，走上四海樓的樓梯。

「吃火鍋怎麼樣？」

「太浪費了，我想吃炒麵。」

「好，吃炒麵和燒鴨。」

我告訴店裡的小弟，然後回頭看廣大的店裡。在畫有海或長衫美人的海報牆壁的角落，有兩個年輕男人在吃炒麵之外，沒有客人，很冷清。

「你怎麼啦？」

「爲什麼？」

「臉色有點，無精打采。有點不對勁，還有，買這種東西給我？」

彩娥嘆著息，看一看白色無名指。餐館的淡光電燈下，磨亮了的紅玉反射著透明的彩色。

「我不要妳的手指太寂寞……」

我望窗外。剛才走過的小公園，透過檳榔樹間看得清楚。夜晚了，還有人影不斷，因爲明天是城隍爺生日。城隍爺，就是這一天，已經有十多天，我等了這一天的來臨，感到興奮。

「不，我感覺到，你，好像有什麼事情，瞞著我？」

她尖銳的聲音引起角落的男人，奇異地看這邊。女人改了小聲說：

「你，好像獨自在鬱悶？」

踏著樓梯聲音，剛才的小弟，捧著注文的炒麵和燒鷄上來。我們開始吃排在圓桌上油膩熱燙的炒麵。用筷子挾起油衣包著的燒鴨，染點芥子，正要放入嘴裡，卻感覺彩娥一直在看著我。我抬頭，兩個人的眼神就相碰了。

牆壁角落的兩個人站起來，整一整腰帶，吹著口哨，走下樓梯去。從樓下忽然傳來了閩南語的廣播新聞。

「爲什麼不講話？什麼事不能告訴我？」

「彩娥，請妳原諒我，我本想不告訴妳，一個人默然離開這個地方……」

「去，去哪裡？」

「去遠方……屏東。」

「屏東！木瓜很多的地方，還有原住民的部落……」

「妳知道那個地方？」

「我不是告訴過你嗎。我曾經住在屏東近郊的鳳丹，我的不幸是從那個土地開始的，父親死亡，哥哥離家出走，我要負擔母親的生活，好不容易，才不得不出來當藝妲……」

「那麼，妳的母親還在？」

「在，我讓她住在淡水。我住的地方，有顧客的來往很不方便。孤獨的母親，我去看她，就爲了哥哥的事發牢騷……」

「嗯！我知道了，知道你常不在家的原因了。可是妳哥哥，還是行踪不明？」

「早已經絕望了，不過我還是常去媽祖廟祈願，因爲我這種身體，希望哥哥回去媽媽身邊——。然而，劉先生，你爲什麼要去屏東？」

## 承章

我煩惱，我輸了。在下奎府街的淡水戲院後面，四棟洋房的最後一棟二樓，彩娥的房間，我忍不住把所有的秘密告訴她了。因爲這一個晚上過了就要永別，使我感到難過。

「妳知道吧，在台灣傳說的靈魂，是人睡熟了，靈魂會脫離身軀去遊玩，所以人才會做夢。假如用五色紙貼上睡著的人的眼睛，那麼靈魂回來會找不到自己的身軀，那個人就會死去。當然我沒有經驗，不知道眞有這種事，但是我還是會想，找不到身軀的靈魂在陰間會怎樣徘徊？如果是病死了的人的靈魂，當然有安住的地方，而人活著卻迷失了的靈魂會怎麼樣？彩娥，我唯一的胞兄，是活生生被害死了的。哥哥的靈魂找不到身軀而迷失了。殺死哥哥的那個傢伙，還在這個世間逞強威風。我想到哥哥的靈魂，就很難過。我終於決心了，要殺死那傢伙。」

「殺人？你……爲什麼不告警察？」

「警察？哈哈哈，警察只會判斷哥哥的死是自殺行爲，怎能相信？妳沒看過報紙嗎？一個月前，在城隍廟裡一位童乩的死……」

「啊，那個……」

「妳也應該知道，全大稻埕的人都知道，但是沒有一個人知道那是殺人事件。殺死哥哥的那個傢伙逍遙自在，在大稻埕進進出出活著。我要用這隻手，跟哥哥流著同樣的血的這隻手，向他報仇。」

「可是，爲什麼警察不會發覺是殺人事件？」

「妳有沒有到城隍爺去拜過？」

「沒有，媽祖才常去，但是城隍爺有點害怕，不敢去。」

「難怪，城隍爺的黑鬍鬚相當有威嚴。在陽間，地方官是知事，在陰間，城隍爺是主宰靈魂的世界，等於靈界的地方官，也是裁判官。所以陽間的新任地方官，必會去拜城隍爺，報告任務祈求順利。我從小就喜歡占卜吉凶，因此唸書塾畢業就當算命師，而哥哥做童乩。

我們兩兄弟都走入相似的職業，或許是父親在廟裡當從事祈禱的司公有關吧。妳有沒有看過童乩？」

彩娥搖了頭。

「常人看了會覺得很奇怪。坐針蓆，或用劍割傷自己的頭背，童乩這些動作並不是爲了好奇，卻是要把身體的壞血液流出來，進入無念無想的境界，從痛苦中見神明的一種過程而已。我哥哥不像我，他不喜歡念書，易經、算命都覺得很懶，他才求自己的身體直接接觸神，哥哥就常在忘我的世界看到神，把神的旨意轉告信者。彩娥，妳相信吧，做童乩的哥哥這種行爲有什麼錯誤？哥哥在跳童的時候所講的話，都是城隍爺的明示，然而有人卻因此怨恨哥哥。他們以目前的城隍爺廟宇小而髒爲理由，計畫要改建，要哥哥問神意。哥哥用好多支的針插入身體祈求神意，結果神意不准改建。由於藉改建之名謀求私利的那些假士紳，用計要說服哥哥，但是哥哥不敢違背神意，拒絕了他們的要求。他們認爲哥哥阻礙了他們發財的計劃，便採取惡毒的手段，抹煞哥哥的存在。妳聽過沒有？晚上很晚走過城隍廟前，常會聽到悲傷的叫喊聲……」

「我聽過。聽說城隍爺都在半夜審判罪人，不招供認罪的人就會受到鞭打。我從小就聽過，所以晚上很害怕，連廁所都不敢一個人去。當然害怕去拜城隍爺。」

「嗯！現在人世間有法官、檢察官、還有警官，用了很多人調查罪犯一樣，在城隍爺那邊也有文判官、武判官，牛爺或馬爺，糾察司、速報司、獎善司、罰惡司、延壽司、增祿司等六神爺，還有你也看過吧，身長很高的謝將軍和身長很矮的范將軍，他們都是城隍爺的部屬，都在調查人的罪惡。壞人在睡的時候，謝、范兩將軍會把靈魂帶到城隍爺面前來。不招供認罪的靈魂，就由牛爺和馬爺輪流鞭打。」

「我看過牛馬將軍的畫，牛爺拿槍、馬爺拿鋼叉，記得兩位將軍的眼光都很銳利。」

「所以晚上都沒有人要去拜城隍爺。能夠被允許看到城隍爺的裁判，只有神的使徒童乩而已。那個傢伙就利用這個機會，他用童乩的工具，像栗子果毬般植有很多針的莿毬，這是哥哥平常在神靈附身的狀態時使用的。莿毬附有鐵鏈，先端有把手。哥哥是一邊唸咒，一邊握著把手，激烈地揮動莿毬，揮了起勁，莿毬就在空中飛，發出聲音飛，飛到最高潮的時候，讓莿毬碰打身體，從碰到的地方鮮血噴出來，哥哥的臉變蒼白就昏過去。呼吸也斷斷續續，好像會停止，卻會甦醒過來。哥哥是在那種血淋淋的苦悶當中，轉告神意。這種作法的情況，我跟很多信徒一起看過幾次。但是我的兄弟之情，總是忍不住看到最後，因爲我的本性十分軟弱。」

「……」

「就在一個月前晚上，哥哥跟平常一樣揮著莿毬，進入忘我的境界。但是很不幸，莿毬打到的地方不對，終於沒有甦醒過來。聽說，哥哥的頭部被打破的情況像石榴，滿身鮮血倒在地上，手拿著莿毬把柄瞑目了。然而正在那個時候，有位男人經過廟前，聽過悲傷的叫聲，以爲是城隍爺的審判、好害怕，立刻跑開那個地方。警察根據那位過路人的說明，把悲傷的叫聲判定爲哥哥的苦悶聲音。其餘就跟新聞報導一樣，認爲是童乩在作法當中，神靈附身而過失自殺，就結了這個案子。」

「可是你認爲哥哥的死是他殺，爲什麼？」

「哥哥絕不會在作法時會有過失自殺，他不是那麼不成熟的童乩。經過我的占卜，卦圖顯示的是他人侵逼。畢竟人有經過五官可以感知和不能感知的。主宰不能感知的世界是城隍爺，童乩或算命就是接近其世界的一種手段。要相信人說的話，我寧可相信占卦顯示的現象。那天晚上哥哥並沒有拿莿毬，而是把莿毬放在旁邊，只拿著一支竹籤，進入童乩的境界。那個傢伙偷偷走近哥哥，就拿起莿毬，從背後橫揮。莿毬從右側飛過臉前打中了哥哥的頭部，然把莿毬的把手塞入哥哥的手掌握著，傢伙便逃掉。可是那個傢伙怕竹籤會成爲證據，匆忙把竹籤拿走，突然之間沒想到把竹籤放回祭壇的竹筒，這就是人常有的疏忽，緊急的時候難免會發生。」

「……」

「我跑到廟裡，首先想到探問神占，而拿起竹筒，要用竹籤代替筮竹問卜，便把竹籤分成八組，但是最後一組欠了一支。全有六十四支竹籤，爲甚麼欠一支？一看，是第三十四號的大凶竹籤不見了。或許有愚劣的人要驅除不吉，也會帶走吉籤。因此我立刻想起前來威脅哥哥的那個傢伙。那個傢伙常在日新町的流氓結社、靑面團進進出出，我便跑到靑面團附近去查看了。而在日新學校邊的水溝裡發現竹籤的斷節遺棄在那兒。你知道當時我的心情嗎。

彩娥喲，我煩悶，痛苦，苦悶達到極點的時候，我決心爲了救回哥哥的靈魂，要衆人環視之下殺死那個傢伙。復仇，必須選擇那個傢伙最得意放心的時候。那個日子就是明天，我選在明天城隍爺的祭典，一年一度，擁擠在大稻埕的人最多、最瘋狂、最熱鬧。由於各結社、社團的協力，慶祝城隍生誕的遊行列隊，要經過太平街，在群衆歡呼聲裡，謝將軍和范將軍會以奇異的姿態在大街上亂舞。」

彩娥低著頭不講話，我把雙手放在她的肩膀，繼續說。

「彩娥，妳知道嗎，殺死我哥哥的傢伙，就是明天要戴謝將軍神像遊行的人。雖然是新來的團員，但是因他的體格大而有力，才被選做謝將軍遊行。是靑面團的洪老闆推荐的人，聽說，他能完成了明天這一任務，就會擠進靑面團四天王之一呢。因此我跑去反對派的大蟲社，拜託林老闆推荐我擔任范將軍出場，好不容易批准了。謝將軍和范將軍，兩尊性格完全不同的神，協同籌辦慶典的時候，必定要由不同的兩個結社推荐人選，我就是利用這一規則交涉成功了。誇大行動遊行，拿著鵝毛扇子，大步走路的范將軍，跟身長高大的謝將軍高傲的架子不同，可以表現其醜惡的黑臉性格，不管碰到甚麼或對觀衆都能允許亂暴旋舞。我要糾纏謝將軍，利用機會殺死那傢伙。」

「可是你這樣殺人，你會：：」

「嗯嗯，如果成功而遊行結束，我立刻逃到屛東去。在那兒有大蟲社幫派的社員、義俠心很強的大哥們，假如靑面社的流氓後來察覺了實情，屛東的大哥們也會保護我。雖然范將軍的名字是范無救，不救犯罪者的意思，但是城隍爺都知道事情的來龍去脈，我一定把那個犯罪的傢伙，在最放心欣喜的遊行中處分掉。謝將軍的名字是謝必安，謝罪了就必安，這是沒有道理的，那個傢伙怎能原諒！不過，彩娥喲，我唯一難過的，就是離開妳，雖然這是命運，但是希望妳能夠瞭解……」

說完，我便精疲力盡似地，把頭埋入彩娥的大腿裡，彩娥用手撫摸我的頭髮而說：

「我瞭解這是不得已的，不得已的……」

透過玻璃窗，能看到戲院彎曲的屋頂，反射月光呈現藍色而霧茫。

昂奮的情緒鎮定下來，我手指著剛才女人拿出來放在桌子上的香包說。「對啦，能不能把這個老虎香包給我。大蟲是指老虎，香包會保佑我吧。我要像剛才那個布袋戲的老虎精靈，把那個傢伙誘進無底的沼澤，打倒他，打破傢伙自誇的眉間的黑痣，踐踏在泥土上。」

「眉間的黑痣？」

「是啊，在眉間有個大黑痣，像佛祖的眉間。哥哥說過，來恐嚇的男人綽號叫「三隻眼睛」的傢伙，是從外地流浪來大稻埕的新人，諂媚洪老闆，爲了發展社內的勢力，才狙擊哥哥的。」

「……」

「希望妳明天晚上也到太平街來看熱鬧。對，妳可以站在四丁目的角落，在那兒看我復仇的情況。彩娥喲，妳怎麼啦，不要那樣感到悲傷，妳應該笑一笑，預祝我報復成功。」

# 轉章

在衆人環視裡，不露出破綻，能確實殺死對方，這並不簡單。算命是我的專業，但殺人的手法，我是個門外漢。使用匕首，是最素朴的原始手段，但是加害者最容易被發覺，這種方法不必考慮。那麼用手槍？還好，我有日本人讓給我的一支小手槍。排著蜿蜒的遊行隊伍，跟著謝將軍和范將軍的後面有三十六神將，在神將的周圍，穿著白上衣和艷麗的粉紅褲子，綁著綠色腰帶的結社社員，同在遊行中不斷地燃放爆竹花炮，那些聲音比手槍的聲音還大，而且范將軍本身在遊行中的亂舞，容易走近謝將軍身旁，瞄準那個傢伙的胸部狙擊一槍，多麼容易自在。可是槍聲之後瞬即會出血，因爲謝將軍所穿的蒼龍畫在衣袖的白絹服裝，不像范將軍所穿的，誘有銀絲白虎的黑襦子服裝，血液會很快染上白色衣服上，而槍彈打中適所的話，那個傢伙就毫無苦悶地死去，那麼加害者的嫌疑必定就是我，這種手法並不高明。我的本意，必須讓傢伙有某種程度苦悶的時間。那傢伙當了謝將軍，背著雨傘，手揮著羽毛扇子，悠然自樂的時候，突然感到死期臨頭而慌張起來，周圍的人都不會知道，隨之那個傢伙倒了下去，卻查不到傷痕，被認爲是因不明的怪死，能夠做到這種結果眞是最理想的方法。不然就是要在死因還沒有查淸楚以前，留給我逃亡的時間。必須採取這種方法才行。

我一直在想，想了很久，最後想起了好友沈華元。沈華元是蛇族研究所主人，因占卜的事常來找我。蛇，對啦，這個方法可能最妙。謝將軍的神像，在衣服下面是細竹子編成的骨格，上部有大眼睛和操作垂下的紅舌頭會動的裝置。謝將軍神像經常佈置在城隍廟裡，可以事先在神像體內的裝置放進毒蛇，那傢伙不知道有毒蛇，操作裝置時毒蛇必會襲擊他，這種方法太新奇了。不過，必須再考慮的，蛇是活的生物，不一定在遊行當中出動咬他，不咬或在遊行當中丟落地面，只引起一陣騷動，而無法達成目的，這也不行。

然而，我不能把蛇的方法放棄不用，於是三天前到上碑頭去訪問蛇族研究所。說研究所似乎比較嚴肅，其實這裡主要是收集台灣所有的毒蛇，製造蛇的精力劑的一種蛇屋而已。在啤酒工廠的後面，有古老水池的草地用木柵圍起來，裡面蓋有木造的洋房，我敲叩門上的鐘，洋房的窗就開了，熟悉的沈先生探頭出來。

「哦！這是甚麼風吹你來了？請自己打開前面的棧門進來。」

依照他說的，我打開棧門把腳踏進去。

「請你走路小心！」

「咦！」

「這附近有百步蛇、雨傘節、青竹絲、龜殼花，要小心喲。現在是白天，都萎縮在陰涼的地方不會出來，可以放心。」

「不要嚇唬人。」

房間裡排滿了浸在酒精瓶裡的蛇，試驗管、蒸溜器，還有沒見過的各種實驗用具。在這兒講話，當然是有關蛇的話題。

「蛇毒那麼強的話，把毒塗在針上，刺動物會死掉吧。」

「當然會死！」

「嗯！那能不能把猛毒，給我一點？」

「要做什麼？」

「就是我鄰近的狗，太騷鬧了，眞的妨礙營業。要在飼主不在的時候，偷偷毒死。」

「哦！那，就這樣子吧……」沈先生說著，從玻璃櫃裡拿一小瓶子，裡面有濁油似的液體：「這是飯匙倩的猛毒，看「台灣府誌」的記載，飯匙倩頭扁平如飯匙，看到人會抬頭高二、三尺，尾巴滑在地上，從鼻子發響聲音。」

「多少時間就死？」

「立刻毒死。」

「那太乾脆了。平常煩得太久，這點怨恨，該讓牠痛苦一點，之後才死去！」

「咦！劉先生，你這種怨恨，比蛇還執拗，不是嗎，哈哈哈！」沈先生笑著，「那麼，改用百步蛇毒精好了。這就是中毒了之後走一百步的時間。」

「剛好！」

就這樣子我帶了百步蛇毒精回來。那個小瓶子在我眼前，我把像皮套套在手指上，很小心地從小瓶子拿出乳白色的蛇毒，塗在針上。這支針是泰雅族人吹箭用的針，塗上蛇毒而亮

著。這支針就要奪走那個傢伙的生命。

到黎明，還有點時間。昨夜很晚從彩娥那兒回來，還沒有睡。一直整理房間的東西，商用工具龜甲、算木、筮竹、筶、易書等，跟衣服一起裝入行李箱，現在該睡一下了。

# 結章

農曆五月十三日。這一天的黃昏終於等到了。街上到處都有鞭炮的聲音。我用小鉗子挾起毒針，一支支插入銀細管裡，然後用蠟紙輕輕包起來，放入口袋裡走出門外。

太平街街道的家家戶戶，黃燈都亮了。

經過永樂街市場露天攤販的人群，走到城隍廟的橫側，就能看到燒金紙的火煙，從瓢簞型的大火爐煙窗，濛濛漩渦著昇上天空。手拿著線香的善男信女，邊唸著城隍爺的聖名，祈求靈魂的安息，邊走進廟裡去。我擠入人群裡，從大鐵香爐的旁邊也被推入內陣。

「神啊，請原諒我的復仇！」

搖晃的紅蠟燭火光那邊，有鎭坐著嚴肅的黑鬍鬚的神的臉。我把祭壇上紅香爐的竹香灰，輕輕彈在白紙裡，疊成小小一包，放入胸前小口袋。因爲這一天能夠得到竹香灰，就能夠達成祈願，這是老年人的口傳。帶著方型首枷的孩子們，排在寫有「罰惡」大字的牆前，戴著紅頭巾的司公，站在前面唸經文。阿梨、那梨、闍那梨、阿那盧、那覆、拘那覆。病弱的孩子們啊，你們還沒有遇到人世間的惡業，怎麼要背負現世的折磨？不過，我比你們更難過，假如復仇失敗了，我的靈魂也會跟著哥哥的靈魂，未來永劫不救……。

城隍爺神本來是人靈魂的再生。「在生當不到長官，死後當做城隍爺」是自古以來參加科舉考試者的理想，但是像我沒有受過正規學問的人，死了也沒有資格參加當城隍爺的登庸考試。只有在水裡溺死一條路，而溺死變成水鬼的靈魂，會不斷地遭遇折磨而痛苦。因此要拖別人溺死來代替自己，自己才能再生為人。如果不拖別人溺死，而自己能夠忍受折磨的痛苦，經過五年，必定因其功德而當城隍爺。溺死的人還有幸，但是被人殺死，復仇的意志無法達成的人，連城隍爺的獄卒都當不上，只有遭受畜生、修羅的業苦。啊！五姓妖魔改姓亂堂，我必須口裡吐出三昧的火，眼睛放出蓮花的光、如霹靂完成復仇才行。

從內陣走出中庭，也到石榴樹蔭下的城隍夫人祠去參拜。祭壇台座的龍眼，在微暗的黃昏裡放出青光。我把彩娥給我的老虎香包放在手掌上，向夫人祈禱。

「——龍騰雲起，虎嘯風生、祈願保佑」走過大火爐前，轉過金銀紙店，來到集合場地廣場，就看到以火把光為背景的諸神神像，還有載著藝妲們做活人像的高藝閣，像海市蜃樓般浮出在昏暗裡。在胡琴或月琴騷雜的奏音裡，我終於找到了四腳踏著蓮花的老虎刺繡，上繡有大蟲社大字的笨重三角旗。

「大家都在等你，快來，快！」

林老闆搖著下顎指揮著。正在換褲子，社員們就把范將軍的像，給我載在頭上。巨大的臉，廣闊的肩膀，太笨重了。不過，在胴體裡拉起繩子作勢，就傳出外形，可以自由自在遊行，比想像還不困難。從大鼻子孔和張開的大嘴巴，可以看到外面昏暗裡的人群。搖搖擺擺，以大架子的身子行動，開始走路的一丈五尺高的神像們，白衣金帶的姿勢，看起來眞奇怪。

放射三次煙火，拿著指揮旗的今年祭典的主持人，市會議員蔡天來走到壇上站著。兩個男人拿著「霞海城隍爺」黃色橫旗的左右木棒做先鋒開始遊行。戴絹帽穿白大衫的委員們跟著後面，再有街上的士紳們組成的南管團，奏著古雅的「江南春」曲，以悠揚的步子跟著走。在竹椅上搖晃的遊行用小城隍爺神像之後，拿著小旗的信徒代表，還有七孔喇叭隊，繼之追求紅毬燈扭轉著長一百八十尺長的身軀游泳的龍舞，胴體有藍色小電珠明滅著。弄龍師們投擲的鞭炮發出像雲的白煙。

童子軍敲打大鼓的一隊，打響銅鑼開始走。依照信號，身高的謝將軍，悠悠走到我的旁邊來，好像從陰間走路出來的姿勢。嗯！他竟不知道這是死的引誘。可憐的男人啊，你那垂下來的紅色長舌所象徵的是，在這一個小時之間，你就要去黃泉！

謝將軍和范將軍在前世是結拜兄弟，兩個人在福州做傭工。有一次他倆去旅行，在南台橋遇到下雨。謝說：「在橋下等我，我回去拿雨傘」，可是他回到家，突然肚子痛了，躺在床上不能動。雨下很大，因豪雨衝進河水增加到橋邊。范履行約束等謝不敢離開，雙手抱住橋樑，水一直增昇到胸部，又增昇到頭部，被水浸到全身的范痛苦的溺死了。范的臉十分醜惡而黑，就是痛苦的表象。范很生氣而死，對於歃血結盟的兄弟不遵守約定的憤怒，范的靈魂永不允許人家道歉。等到肚子不痛的謝跑來南台橋，看到范已經死了。謝知道自己的罪而投身河裡自殺，但水已經退了很多，而且謝的身高淹不到水，沒辦法死。不得不爬上山頂懸樑而死。因此他是背著雨傘，垂下了長紅的舌頭。這是范對謝的一種報仇。

拿著羽毛扇子的謝將軍把手舉起來。我邊跳邊纏著他。我搖頭，垂到腳根的黃色紙製頭髮就發出沙沙的聲音而搖晃。跟著我的後面是趙元帥和紀仙姑，再後面還有連聖者、五龍官、趙大將、金舍人、倒海大將、馬龍官、枷大將、康舍人、移山大將、馬加羅、咒水眞人、食鬼大將、虎加羅、呑精大將、殷元帥等三十六諸神，全都出現在人世間，是一年一度的神明祭典。

十三夜月懸吊在張東泰洋行的五層樓上。大街所有建築物的窗，都有觀衆擠滿著。他們都在撒播造花，花瓣飄飄，不斷地飄落在柏油路上。鞭炮爆響不停。龍扭轉尾巴，搖動身軀向左右扭來扭去，抬高指爪要捕捉毬燈。從洋行的屋頂百雷落下，火花粉飛，花和火和龍都在瘋狂地舞著。

我抬架范將軍開始亂舞，躍進排列的群衆裡，群衆就發出狂亂的聲音傾斜。彩娥一定在群衆裡看我吧。

來到四丁目的角落，從館懸掛到另一個館裝飾的電燭燈光下，剝開裝針的銀色細管銜在嘴裡，我準備好，現在，我回頭，從正面接近巨大的謝將軍胴體，在胴體的腰部有可以窺視的窟窿，在窟窿裡面有那個傢伙的臉。

大鼓和銅鑼的響音，還有七孔喇叭、爆竹等所有的音響，剛從我的聽覺隔絕，我的全心全靈集中在眼睛，我要狙擊。為了狙擊，接近謝將軍，描準謝將軍胴體的窟窿、窟窿裡面的臉、眼睛。

正要把毒針吹出去，一瞬，我停止呼吸。不對，不對，眼睛不對。那對帶著悲傷無力的眼睛，不對，不是那個傢伙的眼睛。那麼，那個傢伙，不，不會吧，是我的錯覺，應該要吹，把毒針吹進去，失去這一瞬間，怎能報仇、復仇啊！

然而，我終於沒把毒針吹進去。為了避免觀衆懷疑，我拉起繩子，讓范將軍的手繼續搖動。又把范將軍的身軀迴轉一次。再一次，看那隻眼睛，我看清楚了，在皎皎的燈光下，那個眼睛不對！啊……。

就在這一瞬間，長身的謝將軍，忽然搖擺起來，同時屈膝，巨大的身軀崩潰似地倒下來了。啊！

在周圍觀衆的叫喊聲，叱詫蜂擁過來的群衆的怒號，護衛人員跟警官們瞬即之間造成人牆。我匆忙從口裡拿出銀管，這是怎麼啦？是不是我在無意中吹出毒針？不，沒有，我癡呆地站立著。

從倒下去的謝將軍體內，身材短小的男人被拖出來。不，詳細一看，那是女人。我看到長頭髮，纖細的手指，帶著紅玉！

彩娥！不是彩娥嗎？那對眼睛，顯然就是彩娥的眼睛……。然而，爲什麼，我並沒有吹出毒針，她爲什麼會倒下？

不錯，我過於顧慮針的處理問題，都疏忽了彩娥的情況。病身的彩娥，怎能有力操縱謝將軍的巨體？雖然是竹片編成的神像，但是巨大的胴體還是很難支撐的，難怪她會倒下。

然而，神明的祭典不能中斷。依照我原來的計畫，在三十六尊神將當中，能夠把蒼白了的那個傢伙的屍體拖出來，而我，由於歡喜又興奮地，悠然走到遊行終點的台北橋。可是現在，不得不放下所愛的彩娥，而繼續亂舞下去，不無埋怨這意外的遭遇。

換了一個男人進入謝將軍的胴體，謝將軍恢復了原有的活力、繼續動作應有的眼睛、長舌頭、揮著羽毛扇子的手——。

觀衆向蘇生的神歡呼。我跳大步，接近觀衆、搖頭、拉繩子。飛來腳下的鞭炮頻頻爆破，我想哭。

哥哥啊，靈魂啊，既然如此，那個傢伙到底怎麼啦？卑鄙懦弱的三隻眼睛的殺人鬼。怎麼會把自己的情人，當做犧牲？

花飄落。帶著首枷的童子，口唸著稱號，好多人走過我的身旁而去。我繼續亂舞，好像快瘋了。彩娥啊，從范將軍的牙齒窺視，一丈五尺高的三十六尊神的長身，像豎立著的林木，浮現在背後。

而在衆神頭上亮著的是懸在半天的十三夜月。

遊行結束了，立刻跑到彩娥就醫的博愛醫院，她還在昏暝睡著。離開她的床邊、坐在窗前眺望熱鬧過的街景，一切都是意想外的惡夢。那個時候，如果沒亮光的電飾，我必定會吹出毒針，那麼：：，一想，我就顫慄。甜蜜的香味，從桌子上花瓶的白素馨花飄出來。

在她的病房，無爲地度過了一個小時。我的復仇，怎麼辦？怨恨的情感逐漸冷淡下來。

「劉先生！」

回頭，看到彩娥的臉在白色枕頭上微笑著。

「怎麼樣，好一點了嗎？」

彩娥點頭，又伸手要我靠近她。

「你，還是來了。」

「妳，爲什麼，是妳，眞傻瓜，差一點我就殺死妳。那個三隻眼睛的傢伙，怎麼啦？」

「我求你，請你原諒我。你說三隻眼睛的那個男人，其實，他是我唯一的哥哥。」

「什麼？妳：：，爲什麼不早一點告訴我？」

「昨天晚上，你說過眉間有黑痣的男人，使我嚇了一跳。因爲我哥哥一誕生眉間就有黑痣。爲了求眞，今朝我去找青面團的洪老闆，他告訴地址，到那個地址我看見了尋找很久的哥哥，跟離別時一樣眉間有黑痣的哥哥。你一定會很生氣，但是他是我唯一的哥哥。我告訴他，媽媽病得很厲害，只想見哥哥一面，請他趕快去。果然，哥哥很焦急，而說，今晚的祭禮要當謝將軍，必須去請人代替。可是我知道你今晚的計劃，怎能叫別的男人犧牲。還有事後，你知道犧牲的人不是你要找的人，你必會很痛苦啊。」

「……」

「因此，我要求哥哥說：『我從小就抱著要在那個身長高大的謝將軍神像裡大跳舞的夢，這是一次機會，讓我代替哥哥的職位，沒有問題，我一定能勝任，完成職務，遊行結束後我會馬上乘汽油火車去淡水媽媽那兒。媽媽在淡水聖、特明哥岡上，砲台埔三十八號，佛特車庫後面，很好找，你趕快去吧。』由於幾年不見的兄弟情誼，哥哥答應了，親自拜託團裡的同事，他們也都默認了我……」

「眞是瘋狂，妳……」

「媽媽已經老了，勞苦了一生，哥哥還是比我能夠依靠，我知道媽媽的心情。而且我這樣的生病，能夠代替哥哥，在我愛你的歡喜當中，爲你死去，我不會後悔。但是，你爲什麼不下手殺我？」

「妳倒了，在前一瞬間，我本想要吹出毒針，在一刹那之間。」

「啊，那個時候，我看到你的眼睛，好兇惡，可是我在一整天的緊張、那個時候全都鬆弛下來，頭昏昏、就失去了知覺。」

彩娥咳嗽了一陣子。

「要不要關窗？」

「不，不必關。現在哥哥一定知道被騙了。可是媽媽一定很高興。哥哥也必會回到媽媽那兒照顧媽媽。我求你，請你，原諒我哥哥？以我的生命換給你。」

我看過布袋戲演完之後，操傀儡師把所有的傀儡疊進行李箱的情況。那些傀儡是靈魂脫離了之後的軀體而已。沒有心靈的空殼軀體，令人感到寂寞。啊，現在的我跟那些傀儡，沒有兩樣。

在我全身裡驅策我的復仇一念，已經飛離我抓不到的地方去了。眞沒出息！我憐憫自己所遇到的慘痛。

「彩娥！」

「你還帶著嗎？我給你的老虎香包？」

「當然！」

我把手插進口袋，掏出老虎香包，銀色筒管丟落了地上。撿起來一看，不知道什麼時候，針尖揷在老虎香包裡。我眞疏忽，忘記了自己帶著針，如果針尖不揷在老虎香包，而揷入我的手指：：。我感到全身顫慄起來。

「請你拿這香包去獻給城隍爺，拜拜，然後再把祭壇的竹籤算一算。竹籤確實有六十四支沒有缺少。今天午后，我去祈禱的時候，看到帶著首枷童子的田莊老人，拿著三十四號竹籤去還。我問他，他說因爲孫子患病去祈禱，抽籤結果是三十四號大凶，感到恐惶，便偷偷把竹籤帶回家，請村裡的司公祈禱驅邪，孫子的病好多了，所以帶鴨子牲禮來答謝，同時把竹籤送回來。我並不袒護哥哥犯了罪，但是我爲了唯一的哥哥，願意把我的生命還給我所愛的人。然而，我不知道哥哥，是不是眞的有罪？」

彩娥把話說完，便緊緊握住我的手。紅玉戒指在她的無名指上亮著，很美。

——譯自一九八四年十月十日東京人間之星社出版台灣小說集《神明祭典》，譯文發表於一九九三年十二月五～七日自立晚報本土副刊。

# 月夜的陷阱

—達朗帝拉，達朗帝拉，帝拉帝拉旦旦。

異趣的奏樂聲，今夜又在響。已經不知繼續幾個晚上，夜深就會聽得到。像似信號，從遠方傳來奇妙的奏樂聲。

是不是在部落舉行土地公祭禮，或有個土豪家辦喜事，雇來布袋戲團繼續演幾個晚上？把手伸進布袋傀儡的胴體，讓傀儡自由自在舞踊是很有趣的，少年時候玩偶的快樂，確實忘不了。

打開二樓的窗玻璃，跟著流進來的二月的暮色，樂音會聽得清楚。聽起來好像在東邊的部落奏的樂音。夾板、南唐鼓、大鑼、小鑼、水擦、單皮鼓、胡琴，達朗帝拉、達朗帝拉、帝拉旦旦，像滴雨的單調聲音，偶而滲雜著喧鬧的七孔喇叭聲。月亮已昇在搖晃樹枝的森林上，街上的屋頂滋潤地亮著。我住的中山路，很多是平屋。從這裡能看到很多屋頂和林子，好像是王者在高樓上望世間的心情。可是這幾夜繼續聽到的達朗帝拉奏樂聲，叫人心緒不安，阻礙晚上的睡眠。那種帶有悲傷，單調的韻律，究竟是誰在奏樂？

對，我應該出去確認，查明眞相，不然，無法安睡。穿好衣服，急忙下樓。滿月的光線，散落在大麵包樹像錦蛇般扭轉的枝椏，洩露在院子裡。

走出街路，樂音有時低落，有時很遠，是被家屋遮欄住的關係吧。走過有教會的小公園、進入三條通向東，街的盡頭有小小的用水路，並展開了平坦的原野和田園。中間有竹叢的地方就有人家。反射月光像一支白柱，是上埤頭啤酒工廠的煙囪。

樂音是從煙囪的方向傳過來。好像很遠的地方，或許是松山機場附近吧。半夜啦，已經沒有人在走路，只有月光照著田園，石礫路彎曲著通向東方去。

從秋到冬，我已算不清走過幾次這一條難走的路了。爲了跟如今已經去世的巧嬌。她說不上是美女，但是具有吸引男人的魅力。肌膚像肥的豬肉那麼白，中等的身材，腰臀部的豐滿，使人聯想上元祭天公時牲禮用的燒豬肉，引起男人的慾望。也因此巧嬌似乎很難得到自己肉體的滿足感，沒有男人是活不下去似的。由於她生爲農家女才是不幸的開始。像她那麼大身材的女人，當做藝妲是不是幸福？是另外的問題，但是如果她是藝妲，至少可以自由玩弄男人，誰也不會干涉，自己也會得到快樂的生活哩。對於我來說，如果巧嬌是個賣春的女人，不論是藝妲或私娼，我也不會感到那麼痛苦。

「先生，要不要買魚？」

從籠子裡小竹葉下抓出活生生的鯉魚。她那豐腴的手在晚夏的陽光裡有點晃眼，而戴著斗笠下面的臉，蒼白地吸引了我。我凝視她，不貶眼地接受鯉魚，想要支付錢。她又閉了一隻眼，艷麗的信號使我嚇了一跳，無意中抓住她的手說：「要不要跟我來？」

女人把感情喜悅呈現在臉上，脫下了斗笠。比想像還年輕，下顎很光滑。

「先生，只有一個人？」

「無憂無慮的生活，單身一個。」

「眞令人羡慕。我家卻是丈夫不爭氣，讓我一直操心。」

女人穿水色的短衫、光滑的黑褲。她進來就坐在廚房的椅子，我倒了一杯熱水瓶的烏龍茶給她。

「從哪兒來？」

「上埤頭」說著，女人環視房間的家具類，「先生很富有——哦！這眞是好茶。」

「正鐵羅漢茶。」

「先生，我不想再出去叫賣，剩下二條魚，請你買下來，好嗎？」

「買下來，也沒人吃，我一個人嘛。不然，你替我料理好，陪我吃？」

女人從腳下的魚籠，抓出鯉魚放在切板上，拿起菜刀。

「啊，眞的答應了？可是你先生不是在等妳回去嗎？」

「不，我要感謝你的邀請。反正回到家，也只有我一個人。」

「咦！你先生不在家？」

女人不回答，解剖鯉魚的肚子、洗淨臟物，點上爐火，然後放鐵鍋子，注入豚油。

我和巧嬌的接觸是如此開始的。傭人回鄉村已有四、五天，正過著不便的自炊生活時，巧嬌的太太樣態，眞是好極了。喝點米酒，她很乾脆乾杯之後，現出高興的眼神看我。

「他討厭作田，我的丈夫。……卻整天，有空就玩傀儡。」

「啊，布袋戲？」

「那，還不錯，布袋戲會賺錢嘛。我那個丈夫，偏偏要玩傀儡戲。」

「那眞稀罕。」

「你知道？」

「沒看過。」

巧嬌看我搖頭，而自己倒酒，繼續喝了兩杯，已經不陌生地說。

「把傀儡當做唯一的親人，帶到眠床上，像妻子似地抱著睡，實在迷戀了傀儡，可是傀儡戲，頂多是天公有祭典才會邀請演出。沒有像布袋戲那麼景氣好。時常有人邀請演出的話，還可以過得去。但是，不行，傀儡要用絲線操作，走路都軟軟不精彩，令人害怕。」

「雖然妳這麼說，但是妳不是知道他的性格，而嫁給他的嗎？」

「嗯，六郎他是招婿的」，巧嬌拿筷子挾著鯉魚肉，放入嘴裡。「當然，作農是很辛苦，平常沒甚麼娛樂，他卻組織樂社，有空就奏著音樂玩一個晚上。然而，六郎這個人，等我雙親過世了，就把農田的工作放掉不顧，專心去玩傀儡。聽說，他一直是偷偷地召集村裡的衆人，不管多忙也在玩……」

好像對丈夫十分不滿足，巧嬌的話，從她那薄薄的嘴唇不斷地跳出來。於是我知道她那叫六郎的丈夫是傀儡戲團「小飛虎」的團長，接受台南的某天公廟修築工事落成典禮，帶了全體團員去演出。她卻爲了賺點所費，捕捉自家池裡的鯉魚出來賣。我握住她那不太粗的手指，欣賞了一下，說：

「那麼今晚，我是不是可以去訪問妳。」

用嘴唇接觸她紅紅的耳朶。女人點了點頭，然後突出了她的下唇。

等到天黑，我才出來走這一條路。月已沉落，路是黑暗的，只有天空的星星閃閃爍爍，火星流入西邊，天馬亮著，已經是秋天了。

微風搖動了竹叢，民家的燈火十分誘人。以啤酒工廠的煙囪做目標，根據巧嬌說的路程走。但是只有星光，很難上路，一直向東，走石子路去。突然在前面看到燃燒的火，是野火嗎？不，好像很強烈的火勢，但火光並不擴張。走近去才知道是舊式磚瓦工廠的火。那是燒一整夜不停的，好一個路標。

渡過河、走近竹林，巧嬌就在約定的池邊站著。初時我以爲池面白白的是路。仔細一看。女人手拿的油燈照在水裡搖晃，才知道巧嬌白天抓過魚的水池，相當廣大。迂迴池邊，走近巧嬌身邊，她便吹熄油燈的火，在黑暗裡手指跟手指糾纏起來，我被帶進竹叢裡去。曾經日本官吏認爲竹叢很不淸潔不衛生，而獎勵了民家周圍的竹叢要砍伐，其實這是他們認識不足的行爲。竹叢的風韻奇妙，又可用爲日常器具的材料，也可防寨匪賊的襲擊，保護烈風來襲。尤其像今晚，就把我和巧嬌從部落的眼睛隔離了，成爲連結魚水之夢的城砦。

田莊粗簡的土角厝，但也有正廳、左右廂房，共有六個房間。巧嬌帶我進入西廂，在草茅屋頂下，大竹梁吊著暗淡的電燈，而堅牢的眠床佔著房間的一半。

把入口的草蓆門關了。

「等你好久了！」

巧嬌的雙臂纏繞我的項部，我吻了她的眼睛。她帶上白天沒有的翡翠耳環，搖著耳環把麻布蚊帳放下。我想要坐下來，卻看到大眼睛約五歲大的男孩子，垂下雙手站在那兒，而嚇了一跳。

「不必怕，那是傀儡！」

巧嬌毫不在意，而脫下綉有花紋的布鞋。然後用雙手按摩赤裸的腳趾。她捲起來黑褲管，使露出的腿顯出更白而十分妖艶。

轉過視線，又看到傀儡，愈看愈感到不對勁。白色的臉好像浮現出嘲笑的神情，雖是木偶，好像在監視我的行動，眞是討厭。

「把它拿下來，怎麼樣？」

「把六郎！」

「六郎？」

「是傀儡的名字，我丈夫以自己的名字命名，經常這樣掛立在這兒。」

巧嬌站在眠床上，要把木偶從釘子拿下來。她的手指卻撥了木偶的絲線，忽然傀儡的右手高舉起來摸了女人的乳房。我頭一次看到傀儡戲的木偶，那是沒有靈魂的人像，毫無生氣。可是拉了它的絲線，就會跟人一樣動作起來，眞奇怪。人家說，妊婦絕不能看傀儡戲，好像很有道理。然而這尊木偶的名字是六郎。

全身拿下來把絲線纏在手上，六郎便舉起雙手、抬頭、嘴也張合了幾下，好像向巧嬌告訴甚麼似的。巧嬌看了周圍，想不出要把它掛的地方，就伏身，刻薄地把六郎拋進眠床下，碰到床柱似地發出了木頭相撞的聲音。

「沒有妨礙物了！」

向上看我，就用右手巧妙地解開短衫的鈕扣。

水池的青蛙拚命地鳴叫著。

竹林沙沙地搖，風從屋頂和土角隙間吹進來。巧嬌把眼睛閉上，在粉紅色汗衫之間呼吸的心窩兒，流點汗。

在昏暗下，看到厚眼瞼、搖晃的翡翠耳環、喜歡男人而突出的下唇，在下唇用無名指擦上上海製的白磁盤裡粉紅色口紅，都令人難忘。思慕那樣女人的姿態，我才像求火的飛蛾般，遇到黃昏的黑幕籠罩下來，就無法鎭靜，以磚瓦工廠的火爲目標，踏上難走的石子路去幽會。不知有多少夜晚，我在這條路上看過月亮的盈缺三次。

只要有煤油提燈的火映照在水池面，每次幽會都安全。由於認識了這個女人，我被痴情俘虜，忘記了生活，廢棄了工作。記得初見面時巧嬌說過我很富有，其實眞正有錢的是女人。她的手腳能夠保持得優美，是因爲把田園工作推給僱用的男人做，自己不做粗工的關係，或許在我狹窄的經驗範圍，所知道的女人都會說謊，因此對於她說的話都不會去挑剔。寧可沈醉於巧嬌的魅力才較心安無事。看過亡父留下的廈門版鴻雁老人著「眞美人」一書記載，如漆的黑髮才是美人的要素，這一點巧嬌可以說具備了美人的資格。比較豐滿而沒有霸氣的臉，她那雲髻的美眞是上等的。老實說，看著女人在窗邊照著月光小睡的容姿，我就想起張祜的詩句「翠髮朝雲在，青蛾夜月微」而感到難忘。不過，鴻雁老人認爲美人標準的細腰蓮步，肌香佩薰，她卻遠離了這些條件的腰大，腿脛豐肉，畢竟是一位農家女，她那有彈力的……。不，對於她的回憶，確實不是完全那麼甜的一面而已。

忽然聽到「拍達」的聲音。

「是甚麼？」

把臉靠近她，她卻厭煩地搔頭。

「是鯉魚飛跳的聲音」。

難道水池的聲音會傳到這裡來？我爬起來窺伺窗外，卻在傾斜的月光裡，看到提木箱子的男人影子，從曬穀場向正廳前面走過來。急忙搖醒貪睡的女人，因沒有逃避的地方，倉皇躲進眠床下。醒過來的女人整頓身衣，和男人要打開網門，叫一聲：

「巧嬌！」

是同時的行爲。

「怎麼啦，這個時候，天都還沒亮。」

穿鞋的女腳，走過我匍匐在地面的鼻尖前。

「因爲提早結束了。」

「今晚不是在大龍洞演的嗎？我不是說過夜路很危險，你還敢⋯⋯」

「白天，一點都沒睡。所以今晚，愛睏又冷，不能熬夜到天亮嘛。」

男人粗魯地在眠床坐下而打了呵欠。

「眞是麻煩的工作，能夠在還沒夜深以前做完回來睡覺多好。」

「不要開玩笑。從前沒有人在夜間十二時以前開始演傀儡戲的，那樣做會受神罰的。」

「所以說嘛！你是那麼保守，傭俗得很。」

「累死了，連一杯茶都沒有，還要囉嗦。」

「正睡得最甜時被吵醒嘛，眞討厭，還要找麻煩。誰叫你愛那種死傀儡，錢也賺不到。」

「呸！又做了甚麼虧心事了？妳這個女人，爲了掩飾自己的過失，就要大聲叫嚷。」

「哼！是我不對！」

「說妳也不懂。」男人好像在眠床躺下來。「究竟傀儡戲這一行業，原來就是玉皇上帝最關心的戲，並不是玩票。不去看人的是非善惡，也不能不看戲給神的這一演藝。所以必須一心一意操縱絲線，我的情感和木偶的心一致的時候，上帝的意旨就會像照魔鏡般映入我的心。巧嬌，妳看不起我的演藝和這些傀儡，都不想看一次，但是不要後悔。像今夜，也是上帝叫我早一點回來的。」

「眞無聊！」

女人說著，我感覺到女人的腳在顫抖。

「咦！六郎、六郎不在，拿到哪兒去了？」

男人跳起來，我的心臟開始忐忑著，眞是疏忽，忘記最重要的一件事。六郎這個傀儡，滾落在離不了我一尺的地方，以嘲笑人似的臉向著我。

「我討厭，才放在別的房間去了。」

「在哪兒？」

「不管在哪兒，你要，明天早上拿給你。」

「這個女人，妳知道自己做了甚麼事嗎？那個六郎是我的替身。我不在家時，它都替我看著一切事情。我想要知道，可以半夜操縱它，它會開口全部告訴我。喂！巧嬌，把它放到哪兒去了？說啊，哪一個房間？」

「你，你不聽我說過多少事。那個死木偶比活著的我還重要，那麼重要，你自己去找吧！但是我也有我的打算。」

她把話還沒講完，卻被狠狠踢倒在地上。

「我恨你！你該後悔。」

不管女人叫讓，男人穿了鞋子，粗暴地跳出房間去。

「趕快！現在……」

女人倒在地上，靠近來，手指門外。我拿起藏起來的鞋子，不回顧地，就拚命地跳出門外，穿過竹叢，跑過池傍。青蛙聲停了，西天的月亮躲入雲端，還好地上有點昏暗，我在昏暗裡一直猛跑。

跑到大河邊，才察覺手拿著鞋子還沒有穿。似乎沒有人追，鬆了一口氣。坐在河邊的石頭上穿鞋子。過了橋就是蜿蜒的石子路。彈掉衣服的塵埃，用手梳頭髮卻梳到蜘蛛絲，討厭自己遭這種慘劇，眞活該。然而那個女人，忽然感到憎恨女人，這是甚麼心理的變化呢？知道女人會說謊，可是她那種毫無一點羞恥感，令人感到可怕。不過，我還是因爲她的謊話得救了。

那刹那聽到急忙跑來的腳步聲。躲在石頭蔭蔽下，看到巧嬌裸著大腿，跑過眼前的草叢，睡衣大衫敞開著，哈—哈—喘著大氣。

「巧嬌，在這裡！」

我叫她，迅速跳進懷裡來，緊緊抱住。

「好可怕喲！」

「怎麼啦？」

「他，在眠床上，開始操縱六郎。」

「找到六郎？」

「六郎彎曲手臂、纏腳、啊！好可怕。」

「傻瓜，妳怎能逃出來，等於自招認罪……」

「可是，六郎是傀儡，卻張開嘴巴，講起話來了。」

「咦！眞的？」

「死，死掉，一起死，不然會被殺……」。

「啊！危險。停一下，停下來，會掉落河裡，啊！喲……」

哎！一切都是惡夢。達朗帝拉、達朗帝拉、帝拉帝拉旦旦……。眞討厭，可怕的單調奏樂，難道，那是傀儡戲的伴奏？無論如何，是不是傀儡戲的伴奏，也得要究明其眞面目，不能回頭。眞是令人不安的樂音。尤其今晚這麼光亮，沒有一點雲，天空的滿月，照明遠遠的連峰大屯，面天、還有七星等雄大的山容，顯明地浮現在半天。

來到看得見磚瓦工廠的火，樂音忽然響得很近，動搖了我的心。已經是大河了。咦！達朗帝拉、達朗帝拉、帝拉旦旦，有人在河岸上跳舞呢，且有兩個人在跳。二月，風這麼冷，怎能那麼瘋狂，在這樣河邊跳舞？

我偷偷走近去看，哦！那不是人，是傀儡木偶。有兩個人用雙手掌握絲線操縱木偶。可是操縱師穿著灰色服裝，在月光裡像影子很模糊、只有艷麗的傀儡的臉顯明看得見。奏樂師三個人，坐在低矮的草叢邊拉胡琴，打夾板、鳴大鑼，敲著急調的單皮鼓。

嗯！或許爲了溺死的巧嬌演戲慰靈的吧？這麼一想，忽然股間癢癢的，感到肩膀很冷。人溺死了，就會成爲水鬼。水鬼接受閻魔王的裁判要再轉生爲人，遇到有人經過，就把他拖下水當自己的替身。如果是女鬼會利用姿色誘騙男人溺死。聽說在幽鬼當中最恐怖的該算是水鬼，因此有人落水溺死，全部落的人就會捐款僱用戲團，演傀儡戲安慰死者的靈魂。

因而這種傀儡戲的觀衆是水鬼，假如有水鬼以外的人看了，會怎麼樣？哎！不管那麼多，瞧一瞧有甚麼關係。戲題是甚麼，不會是「艷陽樓」或「迷人館」吧？嗯！俏皮一點來加進水鬼的伙伴當觀客吧，怎麼樣？不，想起那天晚上，差一點自己也會變成水鬼。南無阿彌陀佛！

突然七孔喇叭鳴響了。傀儡轉過頭來。啊！曾經看過的臉，那，那不是六郎嗎？六郎的嘴巴活動著。手摸頭髮聽著的是女傀儡，女傀儡的臉轉過來，藍色短衫、黑褲子，把手伸向六郎，手臂白又嫩，啊，是巧嬌的肌膚顏色。

單皮鼓、大鑼、水擦、胡琴又鳴響一陣子？——達朗帝拉、達朗帝拉、帝拉旦旦。六郎開始走，走到操傀儡師腳下，躲入木箱裡去。然後從木箱裡跳出另一個男的，以黏黏叨叨的步伐走近女傀儡的身體。女的彎扭著把臉轉向橫側，男的舉手拉著女的肩膀囁嚅，女的又轉向臉伸出下唇，輕輕把眼睛閉上。唔，那是巧嬌，光亮的白臉，是巧嬌被救活過來了？女的脫鞋，巧妙地按摩腳指，是進入床時巧嬌的怪癖，我已經看不到操傀儡師的人影，只看得見三尺高的傀儡表演的怪異默劇而已。—達朗帝拉、達朗帝拉、帝拉旦旦。女的和男的在糾纏，女的閉著眼睛向後仰，女的背後有如鬼火般燃燒的磚瓦工廠的火。突然男的雙手勒緊女的脖子，手指的力量很強，女的搖晃仰後倒進草叢裡。燃燒的遙遠的火，啊，巧嬌死了，眞的死了……。

激烈的頭暈，畢竟這些沒有靈魂的傀儡們在演甚麼戲？我流了冷汗，該走了。不趕快離開不行。但是兩腳不動了，像灌進了鉛似地很重，重得難耐。由於恐怖，臉色蒼白，勉強拖著腳一支支互動著。可是很重，像有人追逐著。達朗帝拉、樂聲、帝拉旦旦、樂聲。是誰？從後面勒緊脖子的，是誰？

路面很白，好像女人的肌膚。影子跳過石子，叢毛搖晃。淨白的小腿，撓起來的腳指，跑，跑，腳還很重，像別人的腳。脫掉鞋子，跑，二十米，三十米，倒下，踢到石頭，痛苦，苦，還是跑，爲了逃避那恐怖的傀儡戲！可是還有人在追逐，掩著耳朵也不行，達朗帝拉、達朗帝拉，怎麼辦？連月光都像巧嬌的腿的顏色，反射過來，帝拉旦旦，眼睛很痛。

爬回到自己的房子，喘著息，喝了一杯茶，熱水瓶的茶。「哦！這眞是好茶」

「先生，我不想再出來叫賣……」啊！巧嬌，走開、走開，巧嬌，妳要做甚麼？「啊！

危險、停一下、停……會掉落河裡的……啊！喲……」我的全身顫慄起來。

妄念消失了。只有樂音，繼續不停地響著。那些沒有靈魂的木偶，要那麼瘋狂而不厭煩地演到甚麼時候呢。我把玻璃窗關了，但是奏樂聲音還會聽得到。

我想掩耳，卻聽到有人踏著階梯一步步上來的腳步聲。糟糕了，過於慌張而忘記鎖門。是誰！巧嬌嗎？夜這麼深還會有人進來？咻──一聲，門被打開了。沒有人出現，背脊流過一陣戰慄，忍不住叫一聲。

「誰？」

從柱子旁邊毫無聲音地，伸出孩子的臉，不，不是孩子，是六郎，浮顯著令人害怕的微笑，那確實是六郎的臉。

「哇！」我喊叫而跳起來。達朗帝拉、達朗帝拉、帝拉旦旦。六郎露出全身軀站在門口。

雙眼怪異地亮著，六郎舉起右手指，指向我的臉。我無意中退後一步。六郎卻開口說。

「你，勒死了女人的，是你。」

一句又一句，六郎這麼說。頭一次我親自看了傀儡，聽傀儡講話，聽得很清楚。巧嬌在最後沒有說謊，她說過六郎會講話，像從地下發響出來的傀儡的聲音。如果這是人講的聲音，我是不會那麼害怕，可是，我在恐怖的下層裡叫喊：

「不，不對，是那個女人糾纏我，我只是想甩開她而已。」

忽然，六郎的雙臂毫無力氣地垂下來，死了似地，懸吊在從柱子後面跳出來的男人手裡。

「是這個傢伙，害死了我的妻子……」

男子睥睨著我吼叫。頭一次眞正看到巧嫱的丈夫，那就是六郎。跟著男人顯身的，不錯就是刑事。

「瘋，瘋子，你說甚麼，你的太太是……」

「哈哈哈，這十幾天，每晚我在河邊演傀儡戲，就是因爲要等你自動出現，我相信一定會抓到你。」

刑事在我雙手掛上手銬，然後向巧嫱的丈夫說。

「眞漂亮，埋伏那麼多天，終於有了效果。不過沒想到這麼快就抓到了。我們以爲你的太太是跳水自殺的。不過，你的傀儡戲和腹語術，技藝高超，深得其妙……」

—譯自一九八四年東京人間之星社出版台灣小説集《神明祭典》，譯文發表於一九九三年十一月廿一日民衆日報「星期小説」。

# 青鯤廟的艷婆

## 〈第一章〉

## 在元宵夜的女人

「那，一定會好，確實沒有錯！」

我無意中說了這一句話的時候，從路邊幽暗的榕樹樹蔭下，有一個女人跳出來。

「請問，剛剛說過『一定會好』的是哪一位先生？」

她阻止我們的路站著。在艋舺龍山寺橫側，農曆元月十五日，滿月正在中天，地上像一片蒼茫的海，深夜的一刻，令人發愕。

「是我啊。」

女人便靠近我說。

「拜託你，請你救救人，到我家來救救。」

一看，穿著華麗的直線紋長衫，垂著電過的長髮在肩上，還年輕。沒聽到我開口，畫家鄭志哲卻搶先說。

「喂！妳這樣子太唐突了，乘夜陰來襲擊。不過，今夜的月很亮。究竟是甚麼事？」

「我是來請聽香的，聽到他說了好吉利話，因此。」

「啊！是聽香。」

鄭志哲點了點頭。但是我卻莫名其妙。

「是甚麼，聽香？」

「哈哈哈，這眞是美極了。難怪，村田君，你不懂。不過，爲了救人，應該去的。佳人來求路，不亦樂乎！」

「喂！不要開玩笑。」

「拜託你，先生！」

女人做了一個鞠躬。瓜子臉、眼眸大，屬於美人型的臉。可惜在明亮的月光下，能看到臉上有點哀寂的影子。

「那麼，我先失禮，今夜的冒險，改天再聽你講。」

鄭君滿臉笑著，舉起左手，搖動手指表示再見。那是他嘲弄人家時的癖性。女人低下頭走在前面，好，不管它，男人該有膽量，走吧。

一年一度的元宵夜，慶祝俗稱天公的玉皇上帝的誕生，造了兔子、麒麟、蛙、獅子、鳳凰、花鹿、蝦，還有巨龍、花鼓、關刀等各種型態的燈籠，以元宵燈飾滿了有歷史的艋舺街，爲了觀賞這珍奇的熱鬧，跟著鄭君來到龍山寺公園，沿途，兩個人正在商量將要創刊的趣味雜誌的計劃。

鄭君說：

「乾脆用各種各樣的元宵燈畫成封面……」

我才立刻贊成而說了一句話，卻惹出了這樣的結果。

「倒底，要我做甚麼？」

「對不起，麻煩你啦。」

「嗯，陪妳去，當然沒問題，在這麼漂亮的月夜，妳又漂亮……」

「妳眞會講話。」

「不過，妳應該說明，讓我知道甚麼是聽香，聽香是做甚麼？」

「寫聽和香兩個字，唸聽香。從古早以來，有許願的女人都要在元月十五日深夜，躲在路旁，聽過路的人講的話，做爲吉凶禍福的判斷。」

「妳要占卜甚麼？是妳自己的戀愛？」

女人搖頭說。

「是祖母的病，已經臥床一個月多，最近又惡化了，所以想不出怎麼好。」

女人從龍山寺的鼓樓右邊，轉向近淡水河的入舟町去。布袋戲的音樂吧，胡琴、大鼓的響聲，還會斷斷續續聽得到。月亮越來越清朗，把我們的影子照在地上。女人在水銀燈下停下來望我。

「到了家，請你在祖母床前，說祝福。」

我感到有點憂鬱。鄭君嘲弄說夜晚的冒險，使我想像有趣的事情發生，卻只是要當祈禱師的任務而已。我妄想月夜裡的《一千零一夜故事》的騎士，不但落空了，竟要在乾枯了的老年病人床邊祈禱，眞慘。我最討厭的是病和蛇，這位孝順女兒當然不會瞭解我的心情。

「一定會好，就像剛才你講的，講這一句話就好。」

「有效嗎？像我這麼一個貧窮書生的話。」

「不要冒瀆神明，今晚是元宵節，你還敢開玩笑？」女人睜大眸子，「剛才我聽到的那一句話，正是天公借你的嘴講出來給我聽的⋯⋯」

我摸一摸下巴想，這樣的迷信，確實不符合我涉及的，趕快去把不祥祛除算了。

「我知道怎麼做了，小姐。」

「叫我小娥，我已經不是小姐。」

「對不起，那麼妳先生也在家？」

「不，我和祖母兩個人，所以假如有萬一，我竟不知道該怎麼辦。啊！就是這條巷子。」女人先走快一點，又在轉角處停下來說：「我很討厭的一位叔叔來在家裡，但是可不要理他……」

紅磚的門柱，門的鉸鏈壞了，木扇關不好。走過前院子的玉蘭樹下，女人踐踏鋪石而進屋子裡。從正廳的八仙桌上，拿了一支線香，女人把線香轉給我手上說：「請！」，然後從後房走過有水井的中院，進入中廳。

「阿媽！」

女人叫一聲。月光照到門口，而從幽暗的房間裡傳來回音。

「小娥，等妳這麼久，請不要離開我，我已經不行啦。」

「不會，不會。神明不是指示過聽香就會好。所以我帶來了女子中學的老師，太高興了，能夠請到老師來。老師，請。」

這位女人，又把我裝成女子中學的老師了。好吧，老師就老師。不過，這個房間太陰鬱了。喝過的酒也全醒了。我走近病人的床邊。

「一定會好，阿婆，請妳放心，開朗一點。」

「不，我知道自己的身體。老師謝謝您來，鹿港的叔叔也來看我，是天公引導的吧，眞感心。……小娥啊，聽我說，不知道妳是甚麼星運誕生的，眞是不幸的女孩。早就跟雙親死別，現在我又要永別妳。如果妳那丈夫不離家出走……。嗯！發怨言也沒有用，忘恩負義的傢伙，不會有好運。小娥啊，只是我死了，沒有甚麼留給妳，我擔心妳的將來，心裡很難過。不過，我有一點貴重的東西要給妳，請老師、鹿港的叔叔作證人。小娥啊，妳要記清楚，在台南州北門郡佳里街，那兒海邊有個青鯤廟，是林姓祖廟，妳也知道我是那邊林家出身的……」

「阿媽，您該休息啊，講那麼多話，會影響……」

「現在能夠講而不講，只是掛念，反而不好。妳要記得，那個廟裡奉侍媽祖，還有一尊西洋的女身像。我的父親非常疼愛我，他怕我嫁出去以後，預備萬一而留給我一條蜻蜓珠寶玉，但是不想讓兄弟們知道有那麼一條寶玉，就把它藏在那尊西洋女身像裡。幸好，我嫁來的妳那祖父很能幹，沒有讓我窮苦過，用不到那條寶玉。現在該把那條寶玉給妳，妳照顧我這麼久，這也是老師教得好的結果，我拜託您老師，還有鹿港的叔叔，請照顧小娥。這個寶玉的秘密，誰也不知道，只有我一個堂弟，跟我很好的林石濤知道。」

「他在甚麼地方？阿媽！」

「還住在佳里吧，很久沒有通過信，但是跟我是竹馬之交的堂弟，他會幫忙妳的。妳繼承父姓姓李，當然是我唯一的孫女，去告訴廟的管理人，把女身像給妳……」

「怎麼啦，阿媽！」

「要把蜻蜓珠，怎麼拿出來……」

阿媽的聲音消失了，小娥擁抱著她。

「哈哈哈哈」突然在昏暗房間的角落，聽到嘲笑似的笑聲：「老婆的頭腦，好像有問題，說起青鯤廟的寶玉，講故事，誰會相信。」雖看不清楚男人的臉，但是他交叉手臂傲然站著。那就是小娥說過不要理他的那個鹿港叔叔吧。

# 〈第二章〉

## 照映在紺青海中的廟

一望無際的赤土地帶，滿目荒涼。到處滾落著石頭，青草都難予生長，也沒有行人。滿是砂礫和鹽分的土地，誰也不會來耕作。偶而看到小沼池，可是鐵銹的水色，似乎沒有魚能棲身。向日頭傾斜的方向走，這不是人走的路，而且從大陸吹來的季節風，不斷地捲起砂塵，令人感到不安。

我不敢示弱，鼓勵她。

「快到了，加油！」

避著風，小娥點了點頭。旗袍纏在腳腿，她斜著身子，專心加速快步。如此帶著女人，跟砂塵決鬥著一步步前進，如果愛嘲笑的鄭志哲看了，會說：「現代版的特里斯旦和伊唆魯跌，故事會怎樣展開呢？」而搖著大殼頭諷刺吧。因爲那天晚上，小娥把我當做老師又變成祈禱師再變成騎士，才會到這樣偏僻的三角洲地帶來了。

小娥做事都依自己的判斷做得很乾脆，這才吸引人能親密的性質，像她這麼溫和性格的女性不多吧。經過這次五天的旅行，她的一舉一動確實給我相當的好感。或許是年輕人—不過已經二十三歲—的特徵，毫不客氣，卻又不是膚淺，而含有神秘感的她，自己說喜歡「倩女離魂」的綺譚。由於愛而離別肉體追逐男人的靈魂，多年同居了之後，不顧家人的驚嚇，回到靈魂女和肉體女合一的生活。喜歡這種故事的內容，也可以察覺她的性格。既然如此，她的行動，自初見面以來，就堅持一貫的原則。

因爲十幾年來稀罕的濁水溪大水氾濫，火車停開了，不得不停留台中無法南進。她卻臨機應變，提議：「趁這機會到鹿港去看看，我還沒去過。」而拖著躊躇的我去觀光。其實她不是能夠悠悠自在觀光的身份。記得那天晚上，小娥看護祖母安息，是在月光照亮門口的場面道別的。後來才聽說，因爲沒有錢繳電費，才被切斷了電源。她在那麼窮的環境裡，卻毫無一點自卑。

在鹿港過夜，當然住不起好旅館。就在只放一張眠床狹窄的房間，我呆立不動，她卻毫無恐懼地說：

「你頭放那邊，我在這邊分頭睡！」

她便迅速解開腋下的上衣扭扣，手伸背後把長衫脫下來。要說思無邪或說大膽，她這種行動，使我忘記解下領帶就躺下來。看起來有點瘦身型、但她的肉體卻相當豐腴。

「只有一張毛毯怎麼辦。嗯、對，老師你帶著外套嘛，穿著外套、可以吧，這張毛毯就讓我用。」

說完，用毛毯包裹身軀，面向那邊就睡。此時我才知道，鄉村的台灣式旅館不用墊被，屬於亞熱帶的台灣、在藤製眠床上放草蓆是不會寒冷的，但是這種習慣，害了我一個晚上睡不著覺。而小娥卻毫無感覺似地，睡得很甜。

第二天眼睛很酸澀。她用小弟送來的面盆水擦掉化妝之後說。

「老師、早安。火車還不能通嗎？」

「不要老師、老師好不好？」

「不，稱呼您老師、我才有安全感。」

向著眠床上的鏡子裡的臉笑著，眞像頑皮的小女孩。

「說甚麼？」

她的臉，怎麼看也看不出丈夫離家出走之後，獨自到公賣局的樟腦工場做女工，用微少的工資養護祖母，那種勞苦過的跡象。有點令人感到哀寂，是她的嘴唇，不，是她過於澄清的眼眸的關係吧。她穿著襯裙背著我，用熱臉巾掩著臉。

「妳來到憧憬的鹿港了，不去看看妳那個叔叔嗎，妳不是說過他住在豪華的自宅。」

「誰要去！過二天就告別式了，還說小娥，我的生意很忙，而不顧一切就走，那樣的人。那個叔叔，我死了也不跟那種斜伊洛克般的男人要求甚麼。」

「哼，威尼斯商人？妳知道得眞不少。」

「我在學校演過戲嘛，當過波西亞。」

「眞的？」

「有甚麼稀罕。那個叔叔，自稱是叔叔卻一點血緣也沒有。他說是我過世的母親的義弟而出入我家，不知甚麼時候拉攏了祖母，然後來到台北就來纏著我說：小娥，妳該死心了呢，妳那個丈夫不是人。聽說他在廈門娶有三個妾，怎能會回台灣來？妳還等那種丈夫，不是傻瓜是甚麼？死心吧，寧可到我家來，連祖母一起，我會好好照顧妳。眞厚臉皮地敢說這種話，那是甚麼叔叔？」

我發誓不再談到那天晚上自稱李水潭那個人的一切話題。爲了等待火車開通而逗留鹿港，原來兩天就可以到北門郡海岸的路程，竟花了五天，從台南乘輕便鐵道去佳里，又從佳里用徒步走到將軍庄。本想住台南的旅館，不過經過鹿港時有了住過田莊旅館的經驗，才選擇離目的地比較近的地方，——還有考慮到小娥的經濟狀況，因爲她堅持費用均攤——，於是在將軍庄找了叫做鯤溟館的便宜旅社住下來。

來到這村子還有路，但從這兒出發，就跟前面所述的，完全是曠野。

「是海浪聲？」

小娥豎起耳朵聽。似乎疲勞了，那只是吹過的季節風聲音。風把地表的砂塵吹上天，天空變成了灰色，連太陽也茫茫像蠟玉。默然繼續走，避免講話時砂塵吹進嘴裡。

在前面看到砂丘，丘的右側是木麻黃林。被風吹彎了的木麻黃樹搖晃著，像在鄭君畫室裡的那張有拉曼克的素描。

「爬上那砂丘，就會看見海吧！」

很自然地我倆牽手互為照顧著走，纏腳的野蔓草或會侵入鞋裡的灼熱的砂，也都不能阻止我們的前進。像孩子般兩個人牽著手跑向砂丘去。

海！廣闊的靛青的海。看膩了赤土和灰砂的眼睛，海的顏色眞美。沒有塵埃污染的藍天，那麼晴朗。風來梳髮，捲起長衫的衣裾搖動，她便伸手押住。

「妳看，在那兒！」

我舉手，指向突出的海角，海角那邊屹立著一座廟，廟影映照在像油畫顏色濃濃的藍海中。

## 〈第三章〉

## 女神像被用斧頭敲破

走近去看，廟比想像的還要老舊。經常被海風吹揉，孤立無援而豎立在荒野上。不過向天彎曲的綠色屋頂，有二條蒼龍抓著白色寶珠，吐著火炎睥睨天空。朱色圓柱間的兩扇厚門，畫拿著大刀的神荼和抱著矛子的鬱壘，是避邪的門神，上面的匾額刻有：「青鯤廟」的字。

在南部，使用「鯤」字的地方很多。有名的熱蘭遮城所在地安平，曾經叫做「鯤身」，現在是陸地相連。但是以前是七個丘突出在海中，依其形狀各有一鯤身、二鯤身到七鯤身的名字。鯤在「莊子」裡是「鯤之大，不知有幾千里」，在「列子」裡是「其廣有數千里」，所以可認爲是大鯨的意思。鯨魚在這裡的遠海也會出現。是否這種緣故，將軍庄一所便宜旅社命爲鯤溟館，同樣憧憬廣大的意思，而稱爲青鯤廟，當然這要查問建立的人才瞭解。不過，像以前的安平，在起伏的海角、廣漠的曠野的盡頭，能望著顯明的靛青海面的這座廟，沒有比青鯤廟這個名字更美妙的名稱吧。

發出吱吱聲音門開了。午后的陽光跟著流進來。但是廟裡還是很暗，只有石榴型的小窗，引進光線才看得見內陣。幾十，不，幾百，一看數不清的朱底金字，有三尺至五寸，大小不同的位牌排列在分爲五段的正殿，眞是絢爛，這就是林姓一族的靈魂群像。

欄間有一塊「海天靈貺」的匾額。而在祭壇中央深處，戴著銀板附帶透明寶珠垂條的奇異帽媽祖，張開半眼，雙手拿笏坐著，披著用淡黃絲帶裝飾的朱色外衣，掛在脖子的水晶大念珠，好像在笑又不是笑的臉，是黑黑的烏面媽祖。我閉一下眼睛再張開，房子裡的各種匾額就看得較清楚。「女中堯舜」一匾額是於二十八歲昇天，之後成爲海上的守護神的媽祖，比喻爲堯舜來讚美的。

對，我想起了一般的一族一姓家廟，都只祭祀位牌而已，像這座廟奉祀神像是很稀罕。一時想不出其原由，但是媽祖的本姓是林。於宋太祖建隆元年，生爲福建省莆田人林愿的女兒，長時間不哭不出聲才叫默娘，八歲燒香讀書，十三歲得到道典秘法，後來顯現各種奇蹟，而於康熙四年，在湄州海角白日昇天。死後乘雲披朱衣，遊於島嶼之間，守護海上往來的旅人，世人稱爲「媽祖」表示親情。媽是福建地方爲母親之意，孫子思慕祖母一樣，也把二十八歲的處女神稱爲「婆祖」。跟大陸本土的交通，受台灣海峽的狂浪煩惱的台灣人，崇拜這位女神，在全島各地建立媽祖廟，或稱天后宮。而這一家廟顯然是異質的，是以林姓的本源，林姓一族的守護神，祭祀了媽祖。

小娥虔誠地跪拜。她奉拜插上的竹香煙，安靜地昇上媽祖的臉。莫那・莉莎，不，比那個微笑更深，是東洋式的，女性本體的美，像泉水從胎內湧出來，閃爍在莊嚴的女神臉上。微微的笑容，越看越吸引人心。或許鄉下人害怕艷麗的微笑，才把媽祖的臉擦成爲烏黑的顏色也說不定。小娥站起來，便拿了神前的筶，祈念之後丟於腳下，以平面向上，筶在搖動。

「——笑。」

小娥因恐懼而呆立不動。從長衫的下襬露出的鞋一樣黑色的筶，在顯示半吉。

「再擲一次筶吧！」

「我害怕，如果顯示是凶，怎麼辦？」

小娥看著筶做深呼吸。女人遺忘了一切的瞬間是世間最美的時刻。有點興奮的臉，很刺眼。我把筶拾起來，放回神桌上。

小娥又跪下來唸詞。我獨自走進祭壇後面昏暗的房間。看到台上有一艘大船的模型，滿是蜘蛛絲而褪了色，是信者帶來供奉的吧。我的鞋尖碰到硬體的東西，蹲下去一看，是木像。這正是西洋的帆船，爲了航海的守護，奉侍在船舶仿造瑪莉亞的女身像。挺胸而雙手伸在後面做了弓形的姿態就是明證。我把祂抬到媽祖的祭壇前面來。

「啊！」

小娥用手指指祂，表示驚嚇。慘不忍睹，女身像的頭到胸脯的部份裂開了。不是老舊而破開的裂紋，是用刀器強力打裂的。剝落白色塗料，臉上顯出自然優雅的木紋，是哪一個不講道理的傢伙來破壞了的？

我檢查傷口，但是裡面沒有洞孔。這尊女身像的甚麼地方，能夠隱藏蜻蜓蛛？小娥的祖母說的話，是不是如李水潭嘲笑的那樣，只是臨死前的妄念而已？不，不會吧。

「爲甚麼這麼殘忍？除了瘋子，古早的人怎麼會把東西隱藏在不破壞不成的地方？」

小娥蹲下來，摸一摸女身像的傷口。

「吱吱吱吱……」

突然從廟裡發出難予形容的怪聲，我倆都毛骨悚然地站起來。怪聲是從裡面的房間傳出來的，以爲沒有別人，卻有人在監視我們。

「吱吱吱吱吱……」

搖著手，大頭而身矮的孩子，對，眼鼻口都看起來是大人，但還是小孩子吧，由於頭大脖子細小，便有點像跳躍的姿態走過來。孩子的手指指著腳下的女身而歪著嘴，又發出怪聲。他的臉頰，有一條跟女身像類似的割傷，噴出的血跡乾了且還粘著。搖著的手，握著閃亮的細小東西。

「給我看！」

我走進一步，孩子把手拳藏到背後，退身到牆邊去。

「這個送給你：：」

小娥從手提包拿出昨天在鹿港買的糖果紙袋。孩子張開著嘴看它。小娥從紙袋提一粒放入自己的嘴裡。小孩仰望突然「吱吱吱」叫著走過來。

「這個孩子、啞巴嘛。」

小娥回頭看我時，房裡突然黑暗起來。莎莎莎，翻倒砂礫似的聲音傳進來。

「下雨啦。」

門外下著濛濛的驟雨，雨腳射進砂地，海上一面黑，湧上三角波浪。我倆在看外面的時候，孩子抱著女身像，唔唔用力把它搬到祭壇去。但是他的力量不夠，很困難，便把它放下來，茫然站著。小娥想把糖果的紙袋給他。他嚇著了似的退後，但是知道那是糖果，又「吱吱」叫著看小娥把手伸出來。小娥表示要他張開手掌。孩子接受紙袋，才好不甘心地張開手掌。

「啊！這種東西。」

小娥從他的手裡拿起一支金色鋼筆。窺視紙袋內的孩子，抬起頭，便迅速地從小娥的手中奪回鋼筆，猛然跑向水煙濛濛的廟外去。

## 〈第四章〉

## 聽浪聲過夜

「那支鋼筆，我記得，沒有錯那是李水潭帶著的……」

「這傢伙，搶先了一步。」

我倆互相看了一眼，在腦裡描繪他的計劃性行動，感到可怕。我再一次查看女身像，爲甚麼沒有破成兩片？是不是剛才那個孩子來妨礙？這麼一想，也會瞭解孩子臉上的傷痕是怎麼來的。想把女身像抬起，卻發現像腳的部份橫動了，用手指壓下，裡面有個洞。

「這兒，就是這個地方。」

然而，洞裡是空的，沒有蜻蜓玉。

「還是，李水潭那個傢伙……」

小娥的聲音顫慄著。

「爲甚麼要打壞？」

「開始時不知道，想打破，由於打的彈力，腳的部份剝開了，像剛才，才停止打……」

我感覺悔恨，一切都晚了一步。小娥失望之餘差一點昏倒，我撐住她的肩膀。

「怎麼啦，爲了這種事，不要灰心。我們還有事要做啊，首先要找到妳祖母說的那位堂弟林石濤老先生。」

小娥面朝下、點了點頭。雨繼續下著不知經過了多少時間。小娥手壓著太陽穴，離開了。我看得出來，她是很難過，想要哭。我走入裡面房間找一張細長的凳子來，擦拭塵埃，讓小娥坐下。然後走到門口看看外面，灰黑的天空，雨還不停，聽到海浪的聲音，雨滴碰撞石疊的飛沫、冷涼地潤濕了我的臉。

「老師。」小娥抬頭說：「把您拖到這麼遠方來，很抱歉。那個蜻蜓玉，啊！是做了惡夢，算了。」

「妳說甚麼？我對旅行本身覺得很快樂，假如這樣空手回台北也不後悔。小娥，忘掉它，甚麼蜻蜓玉，那種古董得不到，我還是想繼續照顧妳，不讓妳生活無著。」

我說著走近小娥，手放在她的背脊，一瞬，她躲閃了，卻立刻放鬆了心身，依順地說。

「……可是，我不能完全依賴你。」

廟裡完全黑暗，只有小娥的臉，像葫蘆花浮顯著。風還很大，有時發出碰一大聲，神茶的門扇搖動扇開，雨滴會被吹進房間來。

二個小時，繼續二個小時的豪雨停了。可是外界已經黑暗看不見。我們決定，也不得不在廟裡過夜。從被打開的門扇，很快看到星空，海浪的波音繼續響著，風似乎也停了。

「小娥！」

我耐不住包起她的肩膀。在黑暗裡聞到年輕女體的芳香，那是新鮮的植物味。在視覺發生不了作用時，嗅覺就特別敏銳起來。她激烈的呼吸動作親切地傳到我，靠近嘴唇，心火辣辣地鼓動著。

「不行……」

她無可奈何地轉了臉。

「我求妳。」

「不，原諒我，在這樣的地方。」

「為甚麼？」

「牠在看，媽祖婆在看……」

我鬆了手，小娥轉過身，便走到祭壇前面去。

空氣的波紋溫柔地擦過我。我站起來時，廟裡忽然亮了，是小娥點了火柴，火瞬間又消熄，可是瞬間照亮了小娥的臉，顯出妖艷而興奮的美。那是觸及了新的生命，整個身體燃燒起來的美。我感到歡喜而顫慄。

我走近她二、三步。小娥把點了火的竹香，豎立在香爐、然後在媽祖前跪了下來，做了很長時間的祈禱。

對於流在體內的民族信仰的差異、距離，使我感到痛苦。對於我，台灣的女神只不過是一種異國情緒的象徵，但是對於小娥，卻是她絕對尊崇的對象。我眞無奈地凝望著竹香的一點光。

## 〈第五章〉蓮霧樹蔭下的老醫師

爲了尋找林石濤，我們花了整整二天的時間，這還算運氣好。首先我們到佳里街役場（公所）查看全部的街民名薄，但是沒有找到林石濤的名字。要把南部所有市街庄的住民名薄去查，不會如所想那麼簡單。我們覺得茫然，把名薄還給書記時。

「查到了嗎？」

年輕的書記問小娥，她搖頭。

「是甚麼名字？」

「林石濤。」

假如是我一個人，他們不會這樣好意對待吧。書記立刻查問在場的所有辦公人員。於是有一位女職員說。

「有一位叫林石時，他住西港庄。」

「西港庄？能不能告訴我地點？」

小娥積極地問，請他們畫了地圖，然後走出役場。

「名字不對麼。」

我懷疑她說。

「一定是兄弟，因爲名字差一個字，依照台灣的習慣。」

確實，如她說的，這才有了頭緒，在第三天傍晚，我們見到了在將軍庄開業將軍醫院的林石濤。

醫院的院子有棵大蓮霧樹。一咬，會發出清脆聲音的唇色果實，反照夕陽懸吊在枝椏上的情景是很美的。在樹蔭下坐在椅子乘涼的老醫師，帶著金框的眼鏡，好意地迎接了童年竹馬之交遺下的孫女。

「那個蜻蜓珠，我知道，不但知道，而是我保管著。」

我挺身，看小娥高興地紅潮了臉。

「那，叔公，能不能給我？」

「如果是林阿媽正當的繼承人的話。」

「那、不錯嘛。」

「我跟小娥小姐毫無利害關係，是第三者，我可以證明。」我自動地說：「因爲林阿媽要我做證人，所以專程來。」

「嗯！我當然希望能相信。」醫師點了頭，在他柔和的眼睛浮現微笑。已有較深入人生經驗的老醫師，似乎察覺我兩互相的愛情吧，他嘆了息說：「可是，在此三天前，有一個說同樣的人來過。」

「李水潭！」

發誓不再談他的我，無意中說出他的名字。

「對，就是他。」

「您給他了？」

「那個人沒有帶甚麼證據，也看不出是林阿媽正統的繼承人。」

「那麼還在這裡？那個蜻蜓珠。滲雜有阻礙的人，該早一點交給小娥小姐，對您所有疑問問題，她都會詳細地告訴您。」

「不、不必問甚麼。她跟林阿媽年輕時一模一樣。那已經是四十年前，我們在長大的佳里老家，一株苦楝樹下，我跟林阿媽面對著坐在樹下……。對，那是春天。她跟妳現在一樣的年齡，頭髮是梳成以往女孩子的髻髮，我在唸書、阿媽在聽。忽而互看一下，我放下石版印刷的女劍俠故事書，站起來，摘一朵苦楝白花，好調皮地插在阿媽的頭髮，蒸上來似的芳香，啊……，那些好像是昨天的事，記得很淸楚。阿媽要回去的時候，好多鵪鳥向西天飛走，漂亮的餘暉……」

老醫師輕輕地眨了眼睛。春天還遠的天空，還有騷鬧的季節風吹著，黃色的晚雲飄來飄去。家人捧著茶來。老醫師從診察室傍邊搬小桌子，把茶盤放在桌上。

「請用！」

茶是正鐵羅漢，很香。醫師繼續說。

「你們年輕人當然不知道。以往這一帶是平埔族的蕭壠社。由於是海岸地帶，這裡的原住民相當開化。傳教師達尼威爾、克拉比斯，從巴達維亞東印度會社借了四千魯幣，買了一百多隻牛，爲了教化贈給平埔族。沐浴如此文明的恩典，蜻蜓珠也跟以往不同。由傳統的技巧加上荷蘭工藝的手法，才有了稀罕的新品出現。林阿媽的父親得到的，也就是那種蜻蜓珠，有七粒星，就稱七星蜻蜓，難怪部落民都很羨慕。這條珍珠就留給阿媽，藏在安那女身像的腳部份。」

「安那？」

「女身像的腳下刻有羅馬字ANNA，或許是在台灣海峽遭難的帆船「安那號」船頭的護航身像吧，不知爲甚麼，那隻女身像漂流到那個廟的附近海邊來。發現女身像的人就是阿媽的父親，可以說是西洋的媽祖。因此建築青鯤廟的時候，阿媽的父親便同時把牠祭祀了。不論多麼壞的人，都不敢偷竊祭壇的東西，因此當做隱藏的地方最爲適當，能夠安心。然而，爲甚麼我會把那個蜻蜓珠拿回來？村田君，請你不要誤會。在台南，是不是學校多起來？或許日本人來得多的關係，因此一下子考古學，一下子民俗學，這種騷動影響到附近的部落來。常有那種人來到這裡尋找墳墓或寺廟，說爲了學術研究或蒐集資料，當然有他們正當的理由吧，這邊被尋覓的對象，就成爲被害者。有人看中了那尊女身像說，應該送去台南的歷史館保存，而不斷地來攝影，眞的，差一點就被拿走了。」

我聽到小娥嘆著息，醫師把茶杯放回桌子。

「你們有沒有見過，廟裡的那個像孩子的男人？」

「啊，見過，有點怪怪的。」

「很可憐，他也是大人。他的父親曾經是廟的管理人，才讓他繼續住在那兒。」

「那他就是管理人？」

「嗯，可以這麼說。像你們看到的，他是殘障者，不能說會完全履行管理的任務，不過，因爲離廟比較近，依據林姓一族的委託，我當監護人讓他看管。雖然不伶俐，但也有他認眞固守的好處，一旦有異常，立刻會跑來報告。有人來攝影女身像，使用閃光燈閃亮幾次，他就以爲發生了大事件，慌張跑來報告。也因此蜻蜓珠才能平安無事，放在小盒子裡，保管在我這裡。小娥，本來應該現在就可以交給妳，可是還不行。」

「爲什麼？」

「我已經跟李水潭約定過。因爲在此以前我還不認識妳，只要有資格的人出現，我就把蜻蜓珠放回女身像交給他。所以我告訴李水潭，如果能帶來有資格擁有這個珍珠的人，我會馬上交出來。李水潭發誓，要我等他五天，他一定會帶人來。約定的時間到後天正午，我要到廟去見他。以媽祖的信譽，我不能違約。現在，我知道除了妳以外沒有正系的人，但是我不能毀約。」

## 〈第六章〉絕世淒美的嗟嘆

打敗鄭成功的子孫之後，平定台灣的水師提督施琅將軍，依其勳功，朝廷賜與此地爲世襲的領土，因而有將軍庄的地名。老醫師說，土地留下來了，但土地領主的施氏一族，卻沒有一個人住在這裡。似乎是鄭氏的怨恨趕走了他們。回想歷史的變遷，地理的推移、這個三角地帶眞是茫漠稱適。

走下砂丘，到達青鯤廟是上午十時。老醫師按下刻有ANNA的腳下，把小盒子的蜻蜓珠放回女身像。

「眞殘忍，弄傷得這麼厲害。」

老醫師眨了幾次眼睛。我幫忙醫師把受了傷的女身像，安置在媽祖的祭壇。

從神荼、鬱壘的門扇，打開一線空隙，能看到天和海的砂丘，季節風還在吹搖木麻黃，海浪的聲音也不斷。

我一直盼望李水潭的出現。或許過了正午，他仍然不出現，不發生甚麼異變，才會無事，這麼一想，心裡就忐忑不安。

昨晚，老醫師像迎接自己的孫子那麼款待我們，讓我們住在醫院裡一個房間。我倆在那兒約定，雖然沒有老醫師插上林阿媽頭髮上的苦楝花，但是我們的心，我們的愛情，眞是熱得發悶。正午快到了，從女身像得到蜻蜓珠，我們回到台北去，選好吉日就結婚，一定邀請老醫師當貴賓。鄭君必定會爲了我們的結婚，畫一張小娥的肖像做禮物吧。我有無盡的夢。

正午二十分前，砂丘上還沒有人影，只有蔓草葉搖晃著。十五分前。

「來了！」

小娥手指的地方，一個是李水潭，不錯，身高頑強的身體。可是另一個人是誰？似乎很勞累，走幾步，就停下來伸腰。李水潭卻是像趕牛似地揮手督促他。爲了趕時間吧，不管另一個人的痛苦。不知道他是年輕或年老，拐著手杖、慢慢走下坡。李水潭又拿出背心口袋裡的鍾錶在看。

「請你們暫時躲在裡面的房間，一開始就喧鬧了不好，不要正面衝突，先聽聽他們要講甚麼……。」

溫和的醫師才會有這種考慮。我半擁抱小娥進入後面婚暗的房間，夢想著這一刻之後的圓滿結局……。今天，那發出奇異怪聲的孩子，不，按照老醫師的話是大人，可憐的殘障者，不知道在哪兒，到道具房也沒有看到他。

「林石濤先生，我們依照約定來了，該把蜻蜓珠給我吧。」

沒有錯，是元宵夜聽過的聲音。終於在約定的時間到達了。正午三分前。

「他是甚麼人？」

「喂！你自己來向這位愼重居士的老醫生，自我介紹吧，大聲一點。」

「我……」嘶啞的聲音。在砂丘上拐杖走下坡的陌生男人說話了。「林阿媽的孫婿……李朝成……」

突然，小娥把我推開跳出去！我急忙追她。

「啊！妳，是我、小娥。」

激烈的衝擊，男人把手杖丟下了。伸出雙臂，向小娥的身軀搖晃過去。兩個人擁抱著，淚水從男人的眼睛流下來。

「啊，林石濤先生，你瞭解了吧。林阿媽的蜻蜓珠交給小娥的丈夫，沒有錯吧。喂！朝成，以爲一生無法見面的妻子出現了，高興吧。約定就是約定，要相好，等交出蜻蜓珠再講。」

老醫師並沒有動搖，溫和地說。

「你自己去打開它，朝成，蜻蜓珠在那身像裡。按一下腳下那個地方就會彈開。」

離開妻子，李朝成走近祭壇。以戰慄的手伸向女身像，但是搖擺著身軀倒下來了。

「哼！不要做戲！走開，我來。」

「那不行，你是沒有資格。」

「什麼？」

李水潭握緊拳頭，脾睨老醫師。正要訴於暴力，突然聽到「吱吱吱吱」的怪聲，那個殘障者疾風似地從光亮的戶外跳進來。面對著李水潭，立刻露出牙齒，像猴子般衝向去。那是打傷過自己的仇敵，恨死了的仇敵。巨大身軀的李水潭不但避不開突然飛來的攻擊，一時失去了身體的平衡，仰後倒了下去。

「等一等！」

老醫師發出聲音的時候，纏住李水潭的殘障者，又像疾風似地，搖著大頭跑出廟外去了。

「啊！」

小娥驚嚇了。那支金色的鋼筆，正揷中在李水潭柔軟的咽喉，搖動著。老醫師輕輕地把它拔出來。

經過老醫師的救護卻是無效。李水潭終於沒有甦醒過來。據說，倒向後面時打到頭部，引起了腦溢血。

現在，放在小娥掌上的七色蜻蜓珠，應該怎樣形容呢。蛋白石、貓眼石、土耳其玉、翠綠寶石。不，不，不像那些西洋式寶石的美。比螺鈿、七寶更沉潛，從寶石本身發散出來的是妖艷的優雅的美。每一顆玉紋都不一樣，顏色不一樣。推移在黃昏一刻的淡藍，浮顯在黎明東天那古代薔薇的雲色，或者映入湖水的曇天正要消失的霓虹七色，啊！這樣比喻，也都沒有辦法寫出她那手掌裡的蜻蜓珠的彩色了。也許畫家鄭志哲也會丟下畫筆，只是嗟嘆而已吧。

坐在凳子上，痴呆般只喘著氣的丈夫，小娥像侍女，愼重地伸出手掌。

「這、這是你的寶玉：：」

在手掌裡，寶玉發出輕微的聲音，互爲照亮顏色，變換了色調。眞是奇異的美。

「你，把手伸出來！」

小娥把蜻蜓珠一粒粒轉入丈夫的手掌裡。然而望著寶玉的李朝成，眼睛是空虛的，經過一場激烈的情緒衝動，因被監禁過長時間的他，像是活著的屍體。然而，經過老醫師的照顧，對於老醫師的詢問，就慢慢地回答。

「他是魔鬼，好可怕，那個李水潭：：」

耽迷小娥的姿色，李水潭很巧妙地誘出李朝成出去旅行，而監禁在鹿港的密牢裡。假如，李水潭不因貪婪小娥祖母的蜻蜓珠，李朝成會永遠被關在地獄牢，沒有被帶出外界的機會吧。該被咀咒的守財奴。爲了這個稀有的珍品，才把小娥的丈夫拖出來交換，而帶到這裡來。

「老師！」我感覺小娥的呼吸熱熱的。我倆稍爲退到廟的角落來。「請你原諒我：：，我還是他的妻子。心身受了傷變成廢人的他，我沒有辦法袖手不管。這些原因都是由我而起的……，我更不忍心，只要他活著一天，我決心要服侍他……」

「小娥！」我叫她一聲，但是心裡的激動，把要講的話塞住了。我回頭看媽祖，披著朱色外套的媽祖，顯出神秘且艷麗的微笑，以童貞女的身勢昇天，成為護海的女神，天上聖母。啊！剛剛，林阿媽的孫女決意要回到丈夫的身邊，這似乎是媽祖的聖意吧。

小娥抱著丈夫在媽祖前，手拿一支竹香，正在奉拜。季節風還在吹。我獨自走出廟外，癡癡望著閃爍的海……。

——譯自一九八四年十月十日東京人間之星社出版台灣小說集《神明祭典》，譯文發表於一九九三年十二月廿九日，及翌年一月五日台灣時報副刊

# 鍊金術

台灣的廟，必有磚瓦建造的巨大火爐，叫金亭。是依據現實社會的金錢，在靈魂的世界不通用的這一觀念，才要燒金（銀）紙。

金紙是用竹的纖維手製的粗劣紙，紙中央貼有固定尺寸的錫箔，再用刷子刷上槐花，明礬、煻淘等混和的金藥黃汁。銀色的錫箔接受金藥，會立刻變化黃金色，在其上面再用赤紫色的膏油印神像等花紋浮出來，眞好看且具有民藝品的風味。

去廟參拜的善男善女，祈求神佛的加護及後生的安穩，便到金銀紙店大量買來金紙，投入大火爐的金亭焚燒，火很快就舐嘗金紙，化成一片灰。

台灣全島的金紙焚燒量，在物價暴漲以前的正常經濟時期，也要年年超過一百七十八萬五千圓之多。這是絕對不能忽視的，便以荒謬絕倫的迷信，禁止在寺廟燒金的風習。發出這一命令的是台灣總督府的官吏。還有利用這一禁令爲奇貨可居，想出獲得巨大財富的人，是我的朋友陳博士。

當時，一九三七年，我住在台北大正町二條通。在大門前巨大的麵包樹上，懸掛「媽祖書房」的木刻牌照。那不是因爲開書店，是由於趣味刊行以台灣女神「媽祖」做爲册名的限定版雜誌之故。那天是很多白雲的夏天晴朗午后，一位瘦身的年輕青年來訪。戴著污穢的麻織盔形帽，戴上太陽眼鏡。

「先生的書房，是教媽祖的哪一教條？」

他開口就問，書房這個名稱在日本是用於書店，但是在台灣是指書塾，教授「千字經」、「百家姓」以及四書、五經等漢文。因此常常有些分不清書房性質的村夫子模樣的青年，來到我的門前徘徊。所以對這位男人所質問的意思，我馬上就瞭解了。於是，拿了雜誌「媽祖」來說明書房不同的原因。

他聽完了話，就翻開馬拉美•波，或奧瑪•介耶姆等譯詩的紙面，然後說：

「嗯！就是這個吧，這一次被禁止的。」

他呻吟了一聲，在雜誌內頁，由於我的好事癖性，連續貼有實物的金紙三張。他拿下眼鏡看了一陣子，而急促地說。

「啊！今天收穫很多，今後請多指教。」

我仔細看了他的名片，沒有地址，只印著拙劣的明朝體鉛字「陳博士」而已。

「不妨礙的話，請告訴我地址。」

「永樂市場，很好找。」

「市場？啊，在那兒研究甚麼？」

「做了一點古董，請你來玩，店名是『萬珍齋』。」

他像風似的走了，奇妙的博士。台灣人的學位，大都是醫學，而說古董，有點怪，是不是謙虛才那麼說？不過，「萬珍齋」這個名字，也太俗氣。我眞不懂。

經過半個月，順便散步到了市場，仍然很喧噪的地方。走過油膩的許多餐館，近於城隍廟，在鞋店和五金店中間，有一間門口四尺寬的店，掛著「萬珍齋」的看板。進口處放有拂塵、銅鑼、布袋戲木偶，椰子杯等好多東西。是眞的古董店嘛。探視昏暗的房裡，就跟拿著鐵槌回頭過來的先前那個男人，碰到視線。

「喲！歡迎歡迎，託你的福，我開始研究了。」

他張大了眼睛，手指裡面的桌子。那兒有直徑一尺的鐵爐，不知在燒什麼，一直在噴出白煙。

旁邊放著鐵梃或挾子、乳缽，也有硫黃塊等東西。

「實驗什麼？」

「是鍊金術！」

他昂然回答，我集中眼神。曾經我看過侯漫或烈尼的小說，常遇到中世紀式的怪異的情景，卻沒想到台灣人街的角落，會遇到現實鍊金術的博士。

「請坐吧！」他指著木造的圓椅子。「調查的結果，金紙也有很多種類。大太極金、大極金、天金、壽金、割金、中金、盆金、福金、九金，每一種都相當好，從這些金紙，不能說採不到黃金吧。」

他這種意想外的話，叫我吃驚。我想他是不是瘋啦？感到很無聊，我還是告訴他金紙的製造過程。可是鍊金術的博士卻很認眞地。

「不是那樣子吧！如果是如此，總督府爲什麼要禁止燒金紙？只是粗劣的錫箔紙，燒了也沒有弊害。假如原料是錫，塗了藥品，既然會變成爲金紙，必會含有黃金，看顏色也會知道。你知道那座城隍廟吧，那座廟並不像日本的神社接受捐獻的香資，但是持有莫大的財產，爲什麼？必定是在金亭偷抽黃金的吧。日本人並不是傻瓜。必定是最近在大學或者中央研究院，發現這個大秘密，才慌慌張張發布命令禁止了。警察在店頭沒收金紙，那是戰爭需要好多黃金的關係。」

我不再抗辯，喝了他倒給我的烏龍茶。

「那，你實驗的結果，採到黃金了嗎？」

「很遺憾，可是那是因爲我還未熟練的關係。不久我會發現，必定會發現，反正我已經收集了很多資料，超過一萬張的金紙了吧。」

「怎麼收到那麼多？」

「禁止燒金、閉鎖金亭，受到爲難的是來廟的參拜者。雖然不得不把金紙放在廟的周圍，但總是沒辦法想開。畢竟，金紙是不燒成煙，就沒有效用。燒成煙，才會昇天通入神的旨意，也才能達到祈願目的。於是，我暗中宣傳，讓參拜者可以把金紙拿到我『萬珍齋』的爐來燒。這裡位在廟的橫側，煙必會跟在金亭燒的一樣，昇上天神那兒去。確實也如此。」

看他指示的櫃子上，眞正堆積著好多金紙。

「我就是這樣子很愼重地每天繼續燒。很多人都表示感謝而帶金紙來。警察要取締，這已經有幾百年的風俗習慣，怎能一朝一夕把它廢止？」

博士在說話的時候，確實也有兩位老婆進來，從黑色上衣下襬拿出一尺四方的大太極金四十八張裝三束。還有在不到三十分鐘之間，信者送來的壽金、割金和天金，大小合起來必然超越千張以上了。

「燃燒，竹紙部分就成黑灰，金的部分成白灰。奇怪的是神像的花紋會變紅黑色留在白灰上，而這些神像要到紙形崩毀以前，還會看得很淸楚。這使我得到暗示，正在實驗只燒竹紙，而游離金的部分的方法。剛才用硫黃滲著燃燒，但還是不行。明天，那個常來這裡的醫學校學生會帶乙醚給我，想先把乙醚塗在金的部分試試看。」

「你在化學，也拿到學位？」

「學位？」博士發愣一下，忽然笑出來：「啊！你是指那張名片？是最後一個字，印刷廠排錯了的。還要重印，在這時期覺得很浪費，所以就這樣用了。我只是小學畢業。」

此時，我看到牆上掛有一張營業執照，「古物商許可，永樂市場內、陳博士，二十八歲」是台北州燒印的執照。完全出於自己的誤會，感到十分可笑。黃昏了，聽到市場的鴿子在哭，我辭退了他的實驗室。

此後，陳博士——還是尊重他印錯的字——長久沒有出現在我的面前。或許跟貝爾特蘭所描寫的護守沸燙的蒸溜器那鍊金道士一樣，「還不行！」而抱頭在研究吧。反正鍊金術的修法，必要有師傅的口傳，不然就是天才的靈感啓示，或根據金科玉條的斯道權威書以外，是做不成功。可是，我那位陳博士，卻不依上述的法則，卻專依其貧乏的空想，要完成空前未聞的大事業而不出門，必定會很頭痛吧。

然而，時勢的潮流，到了「媽祖」這一雜誌名稱也不得不規避，我呑下眼淚，印到第十六册把這本雜誌廢刊了。看了金紙，就會想到奇人陳博士的面容，回憶不已。

從此不久，當局召集了我們，就胡琴音樂，有無亡國的情調，而諮詢我們的初夏的一天，提出答覆交卷了之後回家，卻看到陳博士在我的書房等著，一見面他就伸出手說。

「先生，賺到了，我賺到了錢！」

無疑就是古董商人的口氣，我苦笑著說。

「你的鍊金術成功了？」

「不，那是失敗了。但是，金銀紙店全部停止製造金銀紙了。感到恐慌的是那些愚夫愚婦。不，是忠實信仰的善男善女，沒有金紙，死了後生不得安穩啊。就拚命尋找金紙要買，但是甚麼地方都沒有，只有我的店裡才有。其實用在鍊金術的研究，花不到五百張。因此賺到了。」陳博士笑得很快樂。「然而，先生，假如那天我沒有到這裡來，沒有看到那本雜誌裡的金紙，或許只是看了金紙而沒有志向鍊金術，會怎麼樣？」

「那，是不是就變成克烈奧巴特拉的鼻子啦？」

「不是鼻子，是肚子的問題。我會沒有飯吃，有可能吊樑死了。戰時，古董被視爲奢侈品，要繳意想不到的高稅金，『萬珍齋』的古物，誰也不買……。」

本想要永住下去的台灣，不得不被遣回，我全家要離開台灣的時候，陳博士專程來送行。他帶來刻有「保佑平安」的銀飾贈我做紀念，還有一盒肉脯。肉脯在遣返的船內，一家六口以代替米菜吃掉了。「保佑平安」的銀飾，現在還放在我的桌子上。

—譯自一九八四年十月十日東京人間之星社出版台灣小說集《神明的祭典》，譯文發表於一九九三年十一月四日自由時報副刊。

# 閻王蟋蟀

（——所做事情全不如意，每一件事都失敗，這樣子，除了上吊自縊以外，還有甚麼辦法呢？）

王四郎抱著膝蓋，倚靠在大天后宮陽光照亮的石柱下坐著，已經過半個小時了。

這，本來就不能埋怨誰害的，還不是基於自己懶惰，且因爲好賭，落得身敗名裂，到了最後，所持的一切財物都囊空如洗了。

然而，看那些裝飾漂亮，駕駛自家用車來參拜女神的幸福的男女，就想起一個月前，還在米街一家販賣店當老闆的自己，感到後悔。

（——母親在做甚麼？已經三天沒見到她。看到家被查封了，是不是想開了搬移到妹妹家裡去？或者還在沒有人在的那個家，驚慌失措地在哭？騙她那珍貴的翡翠耳環，就是挫折的開始，之後像滾落下坡的石頭一樣，失敗又失敗，毫無出運的機會！）

聽到內陣的大鼓聲音。又有穿流行洋裝、電頭髮的年輕女人，跟著情人來拜天后媽祖婆。手伸入口袋，摸到剩下的銅幣一個，拿在掌中，輕輕擲上，接著落下來的，自嘲似的一看，意外，是錢的表面—「陽」，意味吉祥。

瞬間，臉上紅潮了。可是只是一個銅幣，怎能會轉好運？抱著膝蓋，下顎靠在膝蓋上，四郎的眼瞳虛脫而茫然。

「喂！你在這兒做甚麼？」

回頭看那聲音的人，是熟悉的酒店鳳美樓的老闆。苦笑著敷衍他，老闆卻窺視似地。

「剛才在大舞台前，碰到你那半瘋的母親，眞可憐。算了吧，該回去啦。」

「回去？家已經是別人的啊！」

本想這樣回話，四郎卻講不出來。老闆站著看他一陣子，然後嘆息一聲，走向有龍的前門石柱那邊去。看到他的姿影消失，四郎才站起來。大舞台，離這裡只有一百公尺而已，不一會兒，亂了頭髮的母親必會找到這兒來。而這個時候見到母親，不知道該怎麼對付。

不管遇到怎樣痛苦，也不敢責罵不肖兒子，只會慨嘆自己嫁給台灣人而成爲寡婦的厄運，是溫柔的日本女性，使四郎更加自責。

走過香煙濛濛的祭壇前，看一看壇上披著朱色外套，張開半眼的媽祖神像，進入幽暗的後殿，在左右兩邊牆壁，點有紅蠟燭三支，淡光照著寬大的橫樑。

四郎的身軀發抖了。昔日，清朝大軍攻擊台南的時候，明朝最後一位王侯寧靖王，在這橫樑掛繩自縊了。

(怎麼跑到這兒來?眞不吉利哟。永遠發跡不了的寧靖王的幽鬼，就要伸手來抓：：)

四郎越想越害怕，隨即打開後門。

晃眼的陽光散落滿地，經過光線下，急忙走向隔鄰的武廟。這兒是古都，才有這麼多廟，要藏身毫無困難，覺得很合意。

正如預期的，武廟跟香火不斷熱鬧的大天后宮不同，祭祀嚴肅的男神關羽，比較寂靜。

(——看起來會害怕的神，母親可能不會到這兒來)

他倒臥在石板長椅上。石板很冷。朱色的屋簷和屋簷之前，看得到白色積亂雲的山峰。

(母親的事姑且不論，那我自己該怎麼辦?同是混血兒，我卻沒有鄭成功的氣魄。錢、錢、需要的是錢。然而，索求關公怎能得到錢?——)

迷迷糊糊想這想那，忽然飄來了一種香味。咦，四郎抬起上半身。不知道甚麼時候進來的，半白頭髮的一位老人，跪在關羽神像前，一心在祈禱著。

不去有求必應的天后宮，卻對毫不風雅的這尊男神在祈求甚麼?令人感到有趣，而比這更有趣的是老人捧在頭上的東西。那是塗上綠色鮮艷的鳥籠，很可愛，但不知道爲甚麼鳥籠的四方角隅結有紅布小標幟。

四郎站起來，等那老人祈禱完了便走過去。他以爲是鳥籠，走近才知道不是鳥籠。裡面放有一隻昆蟲。

「那是甚麼?」

四郎彎腰,指那昆蟲。雙重顎的老人微笑著,眼睛瞇瞇地,好得意的說。

「是飛龍女將軍。」

「飛龍?……」

四郎不懂那奇妙的名字,奇異得看老人。

「你看不懂這個嗎?」

老人的手指小標幟。不錯,結在角柱的四條布幟都寫著「飛龍女將軍」黑字。老人抱著籠子悠哉游哉走下石階的走郎。四郎匆忙跟著他。

●

蟲聲竟如此複雜微妙且具豐富的韻味,四郎活到二十八歲才懂得這一點。

爵爵、爵爵。莉莉莉莉,玲—、玲—

其里其里其里,其—吉翁

吱吱吱吱,吉—吉

豎起耳朵聽,這些自然的交響樂,眞是聽不厭。不是專家,當然聽不出哪一種聲音才是金琵琶、或紡織娘、或蟋蟀,但根據白天那位飼養昆蟲的老人張先生傳授的方法,拿著提燈,在繁茂的草叢裡到處尋找。

把上衣拿去當舖借錢買來的提燈和五支蠟燭。這些燈火沒有用罄以前，必須收集到蟋蟀。

依照張老人的說法，是用低聲哀音鳴叫「莉莉莉莉」才是蟋蟀。能聽清楚「莉莉莉莉」的聲音，好極了，小心踏腳步走近去，伸手去抓，卻跳到肩膀來，糟了，改用手掌覆蓋它，忽又跳入草叢去。比想像的還敏捷，要捕捉相當困難。

爲了捕捉一隻蟋蟀，四郎一下子站起，又要蹲下，或跳過去又跳過來。人家看了會以爲是瘋子吧，但是四郎卻非常認眞。

下午，四郎和張老人談過話。結果引誘他在沒有月光的暗夜，專程到郊外開元禪寺，滿是草叢的院子裡來。

「老先生，那個蟲，倒底是甚麼？」

「不要開口就說蟲，蟲，這是飛龍女將軍。」

「女將軍，我知道。但是請您說明這些由來。」

「牠讓我賺了錢，才給牠一個尊號。像你這種年輕人，也許只以爲普通的蟲，可是遇到出場競賽，就是有名的女將軍，立刻給我賺到二萬或三萬，都沒問題。」

「那，那是蟋蟀嘛，過世的父親講過有這種蟋蟀戲……」

「還好，你知道嗎，起源溯自唐天寶。到南宋的賈似道在半間堂讓蟋蟀決鬥，才開始有名。」

「比賽是甚麼時候？」

「已經開始了。這十五日，第三次在竹溪寺。我才到關帝爺廟來祈禱女將軍的勝利。」

「蟲，哪個地方的蟲最好？」

「說蟋蟀將軍，蟋蟀將軍的產地直隸易州、湖北的西陵才有名，但是要輸入很困難。」

「告訴我，請你告訴我，在這台南，哪個地方的蟲，不，蟋蟀將軍最好？」

「水仙宮的石垣下，霹靂宮的田園、保安宮的石龜邊，都有長處和缺點，如果說算數的，應該是開元禪寺。」

剎那，四郎決意將最後的命運賭給蟋蟀戲，而焦急地等夜的來臨。

克魯、克魯，莉莉｜、莉莉｜、莉莉

在腳下，有強烈的鳴叫聲。放下提燈，跳去拚命用雙手覆蓋。抓到了，抓到了，在手掌裡癢癢卻舒適的感覺。後肢很堅強的大蟋蟀。用手指挾捉放進袋子，再擦了額上的汗珠。

莉莉莉莉

鳴聲較弱，但是清亮的另一種聲音，四郎又轉身跳上去。

從風吹的七絃竹，到吊有水桶的紅毛井，在廣闊的禪寺院子，走到精疲力盡，共捉到了九隻。每次要抓必需放下提燈，因此提燈也燒了，到最後變成了殘骸。在晨光下查看，也滲有其他昆蟲，眞正能用的蟋蟀只有六隻。

鳳凰木像火焰般盛開紅紅，豪華地搖晃著。走過台南車站前的路邊樹，四郎意氣揚揚回到了武廟。

忘記了睡眠似地，把六隻蟋蟀抓出來，放在石板長椅子上。全長十七公分左右，全體黑暗色，頭上有灰色斑紋的五隻，還有一隻是同樣顏色但是有光澤，只有顏面是黃色，長有二十五公分的閻王蟋蟀。是四郎最初抓到的一隻。

蟋蟀們像互相採取示威運動似地，搖動著長鬍鬚、睥睨著，可是看到閻王蟋蟀開始動作，全都轉了方向，不理牠。

四郎不知不覺地笑了，向得意的蟋蟀說：

「喂！全部靠你啦，兄弟！爲了這個窮哥哥，振作起來啊。」

●

四郎把這隻強大的閻王蟋蟀命名叫「七郎」。「七郎」並不辜負他的期待，一天一天增強了牠的威力，因而沒經過三天，他的五隻蟋蟀中，三隻的腳就受傷了。

「七郎」很強當然高興，但是不要爲了訓練而傷了其他，四郎便忍耐著，等到十五日的來臨。

那天，穿著骯髒的襯衫、黑褲，十分落魄的姿態，四郎等不及太陽昇天，就走向竹溪寺去。時間還早，沒有人來，聽著竹葉囁嚅的聲音，坐在三寶佛殿前的疊石上，才感到餓得肚子叫痛。很難過的，幾次跑去寺院廚房邊的水井去喝水。

到了八點，鳴響喇叭和大鼓的奏樂團做先鋒，主辦的委員們便來了。也看到張老人，四郎急躁地走過去。

「請，請讓我也參加這次比賽！」

「哦！是你。」老人記得他。「你找到好蟋蟀了嗎？」

四郎把麻絲的網袋打開。張老人觀察了一陣子，便跟同行們相量。

「今天的八對比賽，再加一對吧。不過，要依照規約，給自己出賽的蟲，賭五千圓以上。」

「要錢嗎？」四郎痴呆地站著，剎那哀怨說：「讓我補繳，拜託！拜託！」

「咦！你是新來的，以爲自己一定會贏？是不是要跟我的飛龍拚一拚！」

主辦的委員們都笑了。大家都知道張老人的蟋蟀很優秀，是他最得意的。四郎感到無可奈何，老人卻自動地無條件借給他五千圓。

本殿前面廣場中央豎立著「蟋蟀戲」的藍色旗幟，築有朱色的高台。高台的左右是檢查委員，中央有審判主任委員，而很多觀客都圍在周圍，選擇自己的位置。

由於小體積的昆蟲，沒有辦法讓所有的觀客都能看到蟋蟀爭鬥的姿勢。於是觀客們都只會依據飼養蟋蟀的主人的知名度，參加賭贏。

九點，最初的銅鑼響了。依照抽籤的結果，比賽的對象決定了，立刻公佈發表。

「一號，東、張的飛龍，西、蔡的海狼。」

「七郎」的對手是誰？四郎心胸忐忑地在傾聽。

「七號，東、王的七郎，西、張的飛龍。」

啊！四郎嚇叫一聲。由於四郎的臨時加入，增加一組比賽，張老人的「飛龍」要出賽兩次。可是怎麼那麼巧，抽籤結果「七郎」的對方，竟是「飛龍」。聽觀眾爭先恐後去買「飛龍」蟲劵，四郎覺得非常憂鬱。

奏樂團開始演奏「孔雀開屏」的曲子。東方是熟悉的綠色布幟的蟲籠，西方是掛有紫色布條的白蟲籠。

跟著樂音，出現在比賽台上的張老人的「飛龍」，雖是小型但後肢很大，蔡的「海狼」是鬍鬚很長，體格很胖。

拿天眼鏡的檢查委員查過了之後，就把張著紗的大籠子蓋在台上。

兩隻蟋蟀互相搖動鬍鬚瞄準對方，忽然跳起來的是「飛龍」，以猛烈的力量咬住「海狼」的頭。「海狼」拚命地要摔開而掙扎，「飛龍」又跳上來，再一次落在頭上咬。

看來令人可怕的鬥志。命名「飛龍」這個名字眞妙，四郎非常驚訝。但是想到下一場，沒有經過好訓練的「七郎」和那個「飛龍」的比賽，心理很不安，很想偷偷跑掉算了。

蔡的「海狼」力氣逐漸衰退，毫無反攻的意志，快死了。

審判員打銅鑼，宣判「東！飛龍的勝利。」

觀衆的喚聲，喧噪了一時。

四郎不再關心第二場的比賽，不安的情緒一直昇高。有人賺錢有人失財，在悲喜不同的騷動人群裡，四郎感到非常後悔。

（不該貿然來參加，「七郎」會受魁偉的「飛龍」銳敏的攻擊而慘敗，戰敗算了，可是借了五千圓怎麼還？）

窺視張老人，好像滿足最初的勝利，而快樂地吸著水煙。

「七號，東、王的七郎！」

他迷迷糊糊站起來，走近比賽台，用抖著的手從麻袋裡抓出「七郎」。聽到嘲笑聲，或許觀衆看到他那過份粗陋的蟲的容器而嘲笑的。

動動後肢，搖著頭的「七郎」，比起泰然自若的「飛龍」，怎能是對手？

「南無三寶佛，南無關羽，保佑吧！」

無意中，四郎握緊了手拳。「唏！」後面有人叱詫，匆忙縮身的瞬間，「七郎」走近「飛龍」兩、三步。頭跟頭差一點碰到的時候，「飛龍」突然飛高了。四郎閉下眼睛，心裡叫著「七郎，危險！」

提心吊膽地張開眼睛，「七郎」已經逃到台的角落，轉了方向，不知怎麼躲避了「飛龍」的攻擊？鬆了一口氣。但是「飛龍」又愼重地接近來。「七郎」的體格較大，而要攻擊的「飛龍」非常精悍。

「飛龍」再一次要跳上，身體浮起了。瞬間「七郎」的黃色頭部，咬到了「飛龍」的脖子，兩隻一起落下來。互相拍著翅膀，糾纏著，但不知為甚麼，「飛龍」毫無力氣地畏縮下來。銅鑼響了。贏的四郎，輸的張老人，兩個人的臉色同樣蒼白。湧起了騷鬧聲音，聽不清誰在講甚麼話。

「飛龍輸了……飛龍……」

老人抬不起頭，在哭。

「七郎！」

放在掌上像愛撫似地靠近臉，「七郎」跳到四郎的肩上，仍然很堅強。匆忙抓住牠放進袋子。有一位委員拿著一堆紙幣來。

沒有人賭四郎的無名的蟲。因此賭給「飛龍女將軍」巨大款項的七十五%，都流進不穿上衣的流浪者四郎的手中了。

抱著巨額的錢，四郎茫然站著。其中被風吹走了一張，也不去撿回。眼睛矇朧、紙幣茫然，有多少數目，也無法計算。把錢塞進褲子的口袋，連向老人借五千圓也忘了，像夢遊病患般走出來。

「反正，就是贏了！」

自己告訴自己，穿過寺廟高高的石門，走到小河邊。

「眞是精彩，剛才那場比賽。請，坐上來。」

那是穿著胭脂色長衫、搖晃著珍珠耳環的年輕女人。四郎毫不思疑地，坐上了那輛汽車。

「小心喲，那麼多錢，有人會搶，不小心，不行。」

四郎慌張摸了口袋，還有。

「這隻蟋蟀，名字俗氣，但是很強！」

「說蟋蟀將軍。這個眞正的名字是無敵七郎大將軍！」

「七郎將軍！眞好。」

女人靠近來。煽惑性的茉莉花香味，嗆鼻的體臭。透過衣服傳來暖暖的體溫。四郎甦醒了自己是男人的感覺。

「妳，妳是誰？」

「我叫彩彩。」

「彩彩？」

盯著看女人，陌生的臉。可是眞正的一位美人。小包車走過大東門橫側，進入異國情調的教會、神學校林立的新樓街。

正在舖修道路工程，車子大搖了一下，彩彩握緊四郎的手。

「你，是現代英雄。」

好像曾經聽過的台詞，但是聽起來還是很舒服。順著車的搖動而接觸的女體令人難以忍受。四郎乾脆伸手擁抱女人的肩膀。女人轉頭看他。

「英雄，不應該保持這樣窮相。司機先生，在西裝店前停下。不，百貨公司也好。」

小包車從赤嵌大飯店前扶輪社轉向西側，一直前往台南銀座去。

●

每天很快樂。有時會想起可憐的母親，但只是想起而已。因目前的生活過分幸福了。使他不願想別的。

「七郎，下一次比賽，也要靠你啦！」

從素燒的壺子裡抓出來，放在桌子上，「七郎」就挺直兩支翦鬚而走。

「彩彩，把那邊的胡瓜拿給我。」

白天還很懶惰地躺在眠床的彩彩，拉上滑落肩膀的睡衣繩子、穿了拖鞋。

「你，眞是迷上了七郎！」

說著，從窗邊拿了青色亮著的胡瓜來。

把它拆成一半，有潤汁的部份給「七郎」，就開始咀嚼。

對凝神看著「七郎」的他，彩彩說：

「下一場賺了錢，買一部車子好嗎，載我去安平兜風。還要買一套洋裝給我。」

「啊啊——」

「你聽見了沒有？」

彩彩走過來，突然坐在四郎的腿上，把艷澤的兩條手臂，圈住男人的脖子。

「眞討厭，不認眞的聽……」

把熱氣的臉頰貼在四郎的臉。眞是感情激烈的女人，像煙花，如此受到女人的愛撫，四郎的靈魂就要溶化似的。

「要不要買？自用轎車，是我從小以來持著的夢。」

「妳要幾部就買幾部給妳。反正，七郎獲勝了，就連串好幾部的汽車，豎立無敵大將軍的旗幟，請樂隊演奏，遊行全台南市的每一個角落，這不是很爽？」

「無聊，遊行有甚麼用？」

「爲了感謝七郎啊，他讓我賺錢，也使我得到一位美女……」

「哼！只不過是賭博師，你，眞是像孩子。那是七郎給你賺的錢，你要做甚麼我都無權反對。對用素燒壺子放蟋蟀，可是應該用嘉義交趾來放牠。」

「嘉義交趾？」

「葉王陶藝，用金門島的白粘土做的最好。」

「妳怎麼知道這種奇妙的事？是不是曾經跟蟋蟀戲師同居過？」

「眞討厭！我喜歡蟋蟀賭博嘛，常看過，怎麼不知道。」

「我不會生氣的，妳說，在此以前妳跟誰生活在一起？」

雖然還不到十天的同居生活，但對她開始有點戀情了，想進一步瞭解她。

「管過去的事做甚麼，我也不知道你過去的事啊，只要現在，幸福，不就好了嘛。」

「我想知道，知道妳這個女人的一切。」

撒嬌的孩子似地，彩彩抱著四郎的頭，用手指溫柔地梳他的頭髮。

夕陽沉落台灣海峽，熱帶特色的餘暉，飄流在周圍。

「七郎、七郎？」

從窗吹進來的涼風裡，四郎愕然站起來。

「啊！眞不小心！」

彩彩的臉色也變了。

「不要走，踏死了怎麼辦！」

四郎把彩彩推開。

「七郎！七郎！」

床上、桌子下，尋找七郎的四郎，眼睛充血著，發瘋了似的。

「這兒，從這兒逃走出去的吧？」

「煩死了！七郎失踪了，那是我的命根，如果輸了，絕不原諒……」

睥睨她，四郎的臉，相貌都變了。背靠在牆壁，閉著氣，彩彩只在望他。

●

「哥哥，是哥哥嘛！」

在攤販市場的人群裡，電石燈味濃厚的金魚攤前，四郎被緊抓了手臂。

「假裝沒有看見，眞是……」

搖著背上的嬰兒，以埋怨的眼睛看著，由於家務操勞而瘦弱的年輕女人。

「是誰？」

發出輕蔑的眼神望著，彩彩裝模作樣的口吻，問四郎。

「妹妹玉霞。」四郎無精打彩地回答，「喂！這位是我的太太，怎不打招呼。」

「哦！是太太？」

玉霞呑了唾液。然後以充滿敵意的眼神。看穿著長裙長衫、緊身束腰的對方。

「你在這裡做甚麼？」

四郎借兄長的威嚴，想擺脫妹妹。可是玉霞抓緊他的臂腕，拖他到金魚攤邊的空地。

「你連我在做甚麼都不知道，媽媽說你只是耽溺賭博，哼，其實是爲了女人，把財產都花掉了。那是甚麼太太，開玩笑，誰看了也都知道，不是正經的女人、老奸、專騙男人的、倒底交了多久？」

「這幾天前。」

「說謊。不管怎麼樣，我是你妹妹，丈夫失業了，還要把母親推到我這裡來。自己卻跟來歷不明的女人在一起，遊手好閒，這算甚麼哥哥，怎能認爲是哥哥？」

「被撤職了？那，妳呢？」

「沒有辦法嘛，在那邊賣魚丸湯！」

玉霞用下顎搖指榕樹那邊。哦！原來在那邊，拿著大碗，叫賣魚丸湯的就是妹妹。四郎在遠方看過，沒想到那是妹妹，眞感到汗顏。

「放心吧，我現在正在企劃一種事業，成功的話，二萬三萬的錢根本沒問題。」

「誰敢期待，如果有那麼親切心，現在就帶媽媽回去照顧吧，不要那麼不孝順……」

吐了一沫口水，玉霞不回頭就走進人群裡去。四郎癡呆地站著。彩彩好神氣地走過來。

「多麼不禮貌的女人，我才不喜歡來到這樣地方。討厭得很，回去吧。」

四郎不回答，只再一次地看榕樹那邊的人群，然後開始走。

（從小一起長大的兩兄妹，心地良善的妹妹，會講出那些話是萬不得已的吧。剛才，應該把所帶的錢全給她……）

「你妹妹，做甚麼事？」

「……」

「跟那麼髒的人做親戚，確實吃不消……」

「不要講啦，窮，我也討厭。不管那些，明天的輸贏才重要！」

「贏了！買汽車。」

撒嬌的聲音，心情恢復了的樣子。

來到市場盡頭，帶黑眼鏡的男人，手拿著響板，邊響邊叫喊。

「鐵斷命相！」

四郎被吸引了似地走過去。

「喂！判斷賭事。」

黑眼鏡的男人唸起咒文，拿起台上的竹筒搖了一搖，跳出來的是塗有朱色的筮竹一支。

「四十九！」他看了筮竹的號碼，從絲線編的長高提燈貼有好多籤詞中撕下一張，在嘴裡不知呢喃甚麼，然後說：「大吉，可以大賭，必定會勝利。」

「聽了沒有，彩彩！沒有七郎，明天還是會贏啊。」

四郎這才恢復信心。

（——走掉的「七郎」，原來也是偶然找到的，代替牠找來的「八郎」也許會帶來更多的幸運吧。母親常在說故事時提到古早的日本豪傑，鎭西八郎，仿效他「八郎」的名字，或許比「七郎」更強。）

●

哇！怒聲和嘆聲一起湧上來。

贏了、贏了，鐵斷命相沒有錯。確實自那天在天后宮用錢卜的結果，迄今運氣還很不錯。

「八郎」完全打倒了對方，有點殘酷，但很強，這隻「八郎」很強。

群衆還沒有鬧完的竹溪寺比賽場，把戰勝的「八郎」放回蟲籠，四郎很得意地看看後面的彩彩。女人也高興地臉上開花了似的很美。

「爲甚麼不讓七郎出來比賽？」

走近來，一直觀察蟲的是張老人。

「八郎較強嘛，天下無敵的喲！」

「是嗎？怎麼樣，打賭所有的錢，跟我比一比輸贏，要不要？」

「你的蟲呢？」

「飛龍！」

「ＯＫ！」

四郎答應了。心裡嘲笑這位老人瘋了，覺得可笑。

「八郎」跟「飛龍」的臨時比賽被發表，觀衆便沸騰了。老人得意的「飛龍」今天還沒有出賽。

「這一場，還是八郎會贏。」

「不，飛龍也不能輕視！」

觀衆的評論，四郎都聽不見。他有信心。

（同樣在開元禪寺找到的「八郎」，粘強力不比「飛龍」弱。）

這一場比賽，是今天最後一場最精彩的。

比賽一開始，果然「八郎」就一直開始攻擊，「飛龍」在退後。

四郎看得很高興。

（爲了報仇，才提出挑戰的吧！照這樣，賭贏的巨大金額，會帶很多夥件來吧。）

突然飛龍跳上來。四郎以爲那是飛龍僅有的最笨的技巧。可是，一瞬四郎嚇了。糟糕，被襲擊的「八郎」，倒著側面要翻過來反擊的時候，卻捻斷了後肢。「飛龍」很快離開了「八郎」，退到籠子旁邊，但不給對方轉身的機會，以猛烈的姿勢又撲上「八郎」的後肢。銅鑼響了宣告比賽的結果。

斷掉後肢的「八郎」在台上掙扎著。飼養蟋蟀的名人張老人，是從先前的比賽，識破了「八郎」無法對付從上面來的襲擊，而敢予挑戰的。

激烈的屈辱和憤怒，在四郎的體內流盪。在腦裡描畫的一切，發響著崩毀了，站起的力氣都沒有了。

（瞬間喪失了一切，還剩下甚麼？彩彩呢，對，回去把頭埋在彩彩的懷裡，治癒這巨大的創傷吧！）

好不容易恢復自己的意識，搖擺著站起來尋找彩彩，卻看不到她的姿影。

（——是不是在門前等候的車子裡？）

正要跑出去。

（喂！不要忘記帶回去。）委員告訴他，提了「八郎」的蟲籠，放在面前。

跟在群衆後面，走入禪寺前赤色的田園路，想著由於輸了就一個人先跑回家的女人，女人的無情，感到痛恨。

憤怒，就連輸了的「八郎」都討厭。站在小河橋上，四郎用力把蟲籠，丟進濁水的河裡去。

桶盤淺的路很遠，要找包車也沒有，口袋裡也沒有錢。

精疲力盡地回到水仙宮側邊的巷子，要上租房的二樓。

「你太太有傳言，這封信……」

樓下的房東太太探頭，提給他一封信。

「有事出去了嗎？」

「咦！你不知道嗎？因爲有緊急的，必須要搬走，剛才，乘汽車回來搬行李……」

立刻把信打開看。

「請不要追我，我該回去原來的老家，比窮苦的年輕男人，還有錢的老年人較能得到照顧。不必生氣。雖然是短期間，但是你也儘量享受過了吧。」

一切都是槿花一朝的夢。又恢復到原來空手無一物的四郎，毫無目標地開始徘徊。

（——該去哪兒？連那個女人也不要你啦，除了死以外還有甚麼好選擇？）

不久，夜已深，病了似的赤色月亮，懸掛在安平運河的上空。

（——在明天的報紙看到「賭博師的投身自殺」的新聞，妹妹會怎樣想呢？）

看著月光搖晃在運河的水，四郎坐在草坪上，反芻了跟女人生活的快樂。於是，生的執著，甦生在心裡。

想到不幸的母親。

（──對！趁這個機會，當做死了，重新做人，不再賭，不要使母親再痛苦。或可以幫妹妹叫賣魚丸湯也不錯。決心重新做人！）

輕輕躺在草坪上，赤色月亮浸透了心。忽然在頭上「克魯克魯、莉莉、莉──莉、莉莉莉」，聽到澄清的蟲聲。「哦！閻王蟋蟀！」

四郎反射似地抬頭。

剛才發過誓的重新做人念頭，不知拋去哪兒。他摒著氣，向蟋蟀叫鳴的那兒伸手而去。

──譯自一九八四年十月十日東京人間之星社出版台灣小說集《神明祭典》，譯文發表於一九九四年一月廿三日民衆日報「星期小說」。

# 獄帝廟的美女

蓬亂著電燙過的頭髮的年輕女人，在合歡樹下差一點撞上了須崎，女人卻向閃過身的他哀求說：「救救我，拜託你，救救我！」

便急速躲在他的背後，挽著他。須崎莫名其妙地停下來，夜已深，行人稀少。這是台南，在赤崁樓附近的小路上。

穿著青藍旗袍的女人喘息著，現出可怕的眼神看著剛剛跑過來的黑暗巷子。街燈照著細長的側臉，搖晃著的金色耳環，在嗆鼻的合歡花香裡，給人深刻的印象。

「怎麼啦？」

「被抓去，獄……」

還沒聽清楚下面一句話，女人忽而呑聲不語，由於過分害怕而拚命地跑去。隨後，追逐的雜亂腳步聲逼近來，三個男人從黑暗裡出現。

「是不是有女人跑過來？」

走在前面的高大男人傲慢的吼叫著，推一下須崎的肩膀。不知不覺的，他站在路中做著好像要阻止他們的姿勢。

「做甚麼！」

憤怒的，重新站好，面對著穿麻短衫的男人，對方也意外地看他似乎要抵抗，就握緊拳頭。

「要打嗎？」

那是被陽光曬黑了硬直的臉。

「不要理他，沒有時間打架啦，會被逃掉。」

另一個人邊走邊叫。面對的男人吐出口水，而說。

「我們是保鏢，妓女戶的女人逃跑了，不然的話，就打死你這個傲慢的傢伙。」留下一聲威嚇的話而跑走。

啊！是娼婦的逃亡。一時的緊張解消了，走了二、三步，不過，心裡湧進了莫名的疑惑。同時在黑暗的前方，聽到女人悲哀的哭叫……。

瞬間，須崎決意要跟隨他們。要說是新聞記者的第六感促使他有這麼決意，寧可說是，剛才只看到側臉的那個女人，覺得太美了，才是眞正的動機吧。跑到丁字路口，看到太子殿前有一堆人影。女人兩側被兩個男人挾著，半被拖著走路。她不再發出求救的聲音，很可能嘴裡被堵住了。

戒備的男人，保持距離走在後面，頻頻回頭看四周，但沒有注意到須崎，只督促一行人快走。

是討厭嫖客，或耐不住日日的地獄生活，而突然反撲的嗎？不管如何，逃亡失敗了，眞是可憐。被帶回去，必定會受到那些不講理的粗暴男人，難予形容的虐待吧。好吧，反正今夜是宴會之後的回程，帶有些零用錢，當做臨時嫖客，召來那個女人，或許可以從那些魔鬼們的手中保護她吧。劍道初段的須崎，卻也會感性的想去救美。

●

追隨著，仰望夜空，沒有月亮，而赤崁樓樓閣黑黑地豎立在星光下。那是昔日荷蘭人建築的普魯維亞遮城、鄭成功的承天府，曾經是全台灣的政治中心，現在變成觀光客的遊覽場所，附近一帶也就變成私娼寮了。

女人會被帶去哪一家妓樓？若被察覺結成仇怨就划不來。須崎很小心地怕對方走失，隨時調節步子。三個男人逐漸加快速度，走過私娼寮街，轉向左邊，到大天后宮前停下來。

奇怪？須崎似乎猜錯了。三個男人向著駛來的小汽車喊停，然後把女人推上去。

不行，須崎跑步過去。但是走到十步左右的地方，車子噴出黑煙，收起後尾燈，滑出深夜的街道消失了。

回頭環視周圍，看不到其他車子，眞不巧！須崎覺得遺憾，在夜裡，連車子的號碼都無法看清楚。

不是這附近的娼婦，那麼，是不是藝妲？雖然是瞬間的見面，要說她是娼婦，卻具有溫雅的品格。對她的消失，忽然感到無限可惜。茫然站著，回想剛才女人慌張失措的姿態和所講的話。

「……嶽……」

留下最後一個音，無頭無尾，不管是多麼能幹的社會記者，確實無可奈何。擔著紅色大挑燈，挑燈周圍用折疊的神籤裝飾著，一位抽籤卜卦師，右手邊打響竹片，從廟後門走出來，看到須崎，便叫一聲。

「判斷命相啊！」

像很愛睏的聲音。須崎覺得卜卦師開玩笑在挖苦他，而不理睬。

「嗯！不錯，就是一見鍾情，單身漢嘛，難怪。可是須崎君，只是說側臉很美，帶著金耳環，雖是社裡唯一專門採訪花街的我，也無法去尋找。」

擔任婦人、娛樂版的陳編輯，跟在接收後報社唯一的日本人須崎，是不二的好朋友。雖講話中會互相嘲諷，但是在把社務處理完後，就約好一起去逛妓樓。

果然他對此處十分路熟。

「晚安，你好！」

說一聲便進入，每一家妓樓的樓主都搓著雙手，表示歡迎。

「哦！要看看我家查某？沒問題。……是不是要照相？馬上召集全體來。對，先來喝一點甚麼吧。」

金鷄老紅酒和瓜子端上來。兩個人用牙齒咬破瓜子，巧妙地掏出白仁吃著，須崎且十分興奮地等著女人們出來。

然而，結果都是失望的，走到外面。

「剩下藝妲樓三、四家，是不是赤崁附近的私娼？」

「不是。他們從那兒乘上小汽車走掉的，咦！陳君，有沒有叫做甚麼，嶽，的酒家？」

「招仙閣、寶美樓、愛明樓、壽芳樓、鶯遷閣、小蓬萊」立刻唸出十幾個名字，「沒有，沒有那種酒家……」

「如果有的話：哎！」

須崎懊惱地抓一抓失去髮臘味的長頭髮。

「請那老頭子判斷運勢吧。」

走到大關帝廟前，看到「賣卜正宗」的看板，陳摸著下顎說。細瘦的老人，手拿著笠竹，背著斜陽，坐在看板旁邊。須崎咋一下舌頭。

「開玩笑，台南這個地方，爲甚麼這麼多寺廟和抽籤卜卦……」

「台南的開發，在明朝萬曆年間最早，只是我知道的寺廟數也有一百三十三處。從東邊開始是大人廟、彌陀寺、龍泉井廟、聖公廟、龍山寺……」喝了半醉的陳，認眞算起寺廟來了。會玩女人的他，畢業於東京駒澤大學，早就對寺廟很有興趣。「城隍廟、福德祠、清水寺、嶽帝廟，喂！須崎君，酒家沒有，但是廟有嶽、嶽帝廟。」

「那是怎麼樣的廟？」

「祭祀東嶽大帝，原來是山神，現在受道教的影響，主掌人的生死靈魂。」

「哼！跟女人沒甚麼因緣……」

「從這裡轉過去，就有一處女人們的家。」

陳走在前面引導。

「當做一場夢算了。反正被那些男人纏繞著的女人，見得到她，要娶她也不可能。」陳好像過來人似地笑著，「喂！要去哪裡再喝？」

●

然而，在夕陽沈落於安平海，餘暉染紅了屋頂的台南街上，須崎卻獨自走回接近大南門的宿舍去。

該找的地方都找過了。洗過澡後，須崎坐在籐椅子上翻開了書，但連一個鉛字都看不進眼裡。

拿出一支煙點了火，抽一抽，喘了一口氣，邊想，嗯，到嶽帝廟去看一看。或許落空了，也沒有關係，她，確實是值得我關心的女人。須崎這麼一想，便站起來換衣服。

嶽帝廟在台南也算是歷史古老的街。

掛有古色古香蒼然的大金葫蘆看板的茶舖。爲了鴉片癮者開有小窗口，掛「專一號」匾額，賣鴉片的土角厝。在屋頂上裝飾避邪的月形或素燒壺的民屋，那些房屋都是從古早以來，像幽靈所住的家，不無令人感覺到惻惻迫身的妖怪氣氛，使須崎昻奮得提升了冒險感。

向抱著竹籠的，十二、三歲賣油食粿女孩問路，她告訴他：

「從前面的舊鼓井轉左。」

按照指示的方向走了一段之後回頭，剛問過路的女孩仍然站立著看須崎，但是忽然，「哇——」叫了很大一聲跑掉了。這使得須崎嚇了一跳。

用缺口的甕埋在地面做路的狹窄小巷子，走快一點就會有滑溜的感覺，一個不小心就跌倒了，在眼前，看到低矮邊緣的古水井，心裡害怕起來。須崎逐漸後悔自己的無聊，而來到這種地方。

晚上十點，廟前沒有行人。廟比想像的還小、還整潔。反彎的屋頂左右兩側的龍，互相面對著扭轉。

「東嶽大帝」的扁字體宮燈一個，吊在金字門聯的中央，發出淡泊的光芒。

●

夜深，風停了，搖動過的芭蕉葉也笨重地垂下來。盛夏難眠，陳只穿一條褲子，裸著上身，把竹椅子拿到圓窗前，輕輕地敲打著揚琴。那是他得意的「梅花三弄」曲，他正陶醉在自打的揚琴中。

「是誰？」這個時候，「誰來了？」夫人皺眉的探出頭。「有人在敲大門！」

「打開看看！」

「可是，已經一點鐘了，我不敢……」

陳不得已把敲琴的兩支棒子放下來。大門繼續有人在敲打。

「是誰？」

「是我。」打開門，須崎就跳進來，「抱歉！抱歉！有話告訴你。」

「慌張甚麼？來吧，聽一曲我的揚琴怎麼樣？」

「哪有這種心情，不得了哪，是怪談！」

那須崎的臉色很蒼白。陳把光亮的黑色短衫穿上，然後請須崎坐竹椅子。「怎麼樣？有女人被殺了嗎？」

「不，不是那些，是今夜，我去過嶽帝廟。」

「嗬！你那麼勇敢，都沒有人吧！」

須崎點頭說：

「那，眞是奇怪的廟，進入祭殿，就有怪狀的牛爺、馬爺，像要抓人似地站著。在現世受過很多的苦，才要在靈的世界反過來虐待人。還有三尺四方的黑臉、矮矮的范將軍，拿著虎頭牌憤怒著。拿著火籤，身長有一尺高的謝將軍，吐長紅色舌頭，白色的臉像要哭出來。沒有半個人影，沒有一點聲音的廟裡，確實使我感到非常害怕。」

須崎喝了一口夫人送來的烏龍茶。

「不過，我還是鼓起勇氣，進入點有微亮提燈的祭壇。垂著長黑鬍鬚的東嶽大帝，披著朱色外套，嚴然坐在壇上。好像在苛責我，爲什麼到這兒來找女人，是不是瘋了？所以我移開眼睛，轉進後殿。那兒也有排列著可怕的幽冥界的衆神，那一尊是哪種神都不管、也不看，我所了解的是要找的那個女人不在而已。浸入心底的寂靜，越使我害怕，我急忙回去本殿，可是，陳君，那時，我聽到了……」

「？」

「令人毛髮悚立的悲鳴！那是平常聽不到的悽慘的哀號。我回頭，又看到祭壇的東嶽大帝，睜大了雙眼，睥睨著我。害怕極了，也不敢叫出聲，拚命地跑出來，一直跑到這兒來。抱歉，打擾你。可是，我明明聽見，那叫喊聲音是什麼？」

陳不回答，卻放低聲音說，

「須崎君，你眞的聽到？會不會是一種幻覺？」

把烏魚子和虎骨酒放在銀盤拿來的夫人，從途中傾聽了須崎的話，而看到須崎對陳的詢問，點頭點了兩次，臉色一變。

「那不行，不能這樣放置不顧，必須請道士去祭拜祓除不祥……」

須崎一聽陳夫婦，說了不祥的情況，便問：

「那，到底是怎麼回事？那種聲音……」

「那是嶽帝廟的囚人的呻吟聲，謝將軍手拿火籤是徵召傳票，范將軍手拿虎頭牌是逮捕狀。東嶽大帝在深夜，命令兩位將軍，把壞人的靈魂帶到廟裡來，申斥罪責，再讓牛爺和馬爺鞭打。所以很早以前，大家都怕聽到那些罰罪的悲鳴，而不敢走近嶽帝廟。」

「哦！原來如此，那個女人才會……」須崎無意呻吟一聲，「可是，難道，現在這個社會。」

「喂！嶽帝廟周圍的民家街道，從古早到現在一直沒有變，不管是什麼科學時代，靈魂都會存在。在那個廟裡，神明都還存在！」

「這是眞的，須崎先生。」

夫人嘆息了一下，回自已的房間去。看一眼她的背後，陳說，

「想得太神秘了。」

「靈魂的事我不懂，可是，我聽到的聲音，那確實是活著的人，而且是女人的叫聲！」

「當然！」陳笑著說，「不要那麼大聲，我的內人，原來是台南第一的藝旦，是道士的女兒，對神信心過嚴，是缺點，在她面前，絕不能講出瀆神的言辭，不然，我會受罰一個禮拜的禁足，不能出去玩，其實，東嶽大帝申斥罪惡的聲音，我怎麼相信。」

「那，你說，那個聲音？」

「你是聽到哪一方向的？」

「確實是從幽冥界的神明位置的後殿。」

陳習慣性地彎握著雙手的每一手指而想著，然後碰！彈一聲揚琴。

「沒有錯，秘密的謎題，應該在後殿之後的地方，怎麼樣，須崎君，有無進入虎穴去探險的決心？」

●

很早關了門的線香店的家人們，都睡靜了，一點聲音也沒有。須崎跟陳，互相看了對方，偷偷爬出眠床。

「哎！這附近的住民，跟我內人一樣，還很堅牢地相信幽靈或妖精的存在。假如他們知道我們來解開嶽帝廟神秘的謎題，不祇是撒鹽而已，連腳跟都會被砍斷喲。不，眞是，假睡也眞舒服……」

陳的人際關係確實不錯，有大人的風格，才能借到醬油店隔壁這一家店鋪的房間，不被懷疑，値得佩服，加之要進入冒險的重要關頭，還能這麼沈著，更令人羨慕。須崎心裡感嘆著，從打開的窗子，滑出狹窄的院子裡去。沒有月亮，蠍子座的安達列斯在南方雲間，像石榴般亮著。

在密集地帶的老建築物常有的，跟鄰家境界的磚瓦牆之間，兩個人無聲地走過來倚靠著。

這一片牆壁，只有小小的採光小窗，共四個，都嵌有舊磚瓦，從外面看不見。

「有問題的是那個地方！」

陳在白天，曾指跟廟連接的最右邊一個房間，而現在，所有的窗都黑漆漆的，只有那個窗洩出微光。

須崎悄悄貼近去，窺視空隙，看不清楚。很小心，把最上面一塊磚瓦，用指尖移動，雖是一丁點，總是有了空隙。

是沒有燈罩的燈泡照著幽黑的房間，有各種東西吊掛在牆上。仔細一看，是大果毬的圓鐵針、半月型的斧、長鋸鮫的齒骨等。

須崎回頭想問陳，陳探頭一看，靠近須崎的耳邊說：

「那是童乩的型具，莿毬、月眉斧、沙魚劊，還有七星劍，或許不像你所想的……」

「哼！」

須崎吐出呼吸，咬著拳頭的手指，想到曾經看過童乩的情況。童乩用了這些兇器打傷自己的身軀，在淋漓流血中亂舞叫喚，使民衆感到畏怖，轉告神託，是神靈附身的妖術使徒。那麼，那一聲悲鳴是借醬油店裡面一室的童乩的喊聲？

「回去吧！」

陳拍一下須崎的肩膀。可是，還有一點疑問。須崎再一次，窺視了小空隙，剛巧那時，身材高大的男人走進了視野。

無意中須崎緊緊握住陳的手。那個黑亮硬直的臉，怎能忘記！昨天晚上，走在最前頭的那個男人，沒有錯。

●

「哼！眞是頑固的傢伙，妳那淨白的皮膚才會被蚊子咬得那麼腫，怎麼樣，替你搔癢吧。」

男人嘲笑似地動動鼻子。還有人在這房子裡。須崎轉動身體，但是視野太小了，看不到另一人。

「妳眞的運氣好，受張老闆特別的賞識，才免於被弄成殘廢。應該知恩報答吧！不然，還要跟昨晚一樣受罪？在這裡怎麼哭叫，都不會有人進來。」

男人把牆上的沙魚劍取下來，右手拿著。

「須崎的臉色變了。」

「肩膀借給我！」

他踏在陳的肩膀，手撑著牆，把身軀伸出去，抓住不高的屋頂。瞬間，須崎輕妙地躍上屋瓦，腳下發出聲音。然而一心爲了搶救女人，他甚麼也沒放在心裡。雖然沒有看到人，但是他深信她就是在赤嵌樓的巷子所見過的女人。

從哪裡下來？環視周圍，才知道這個家，沒有院子空地可以跳下去。避邪的大風獅安置在屋頂上，獅子背上有將軍像。須崎把它摘下來，用力敲擊著那女人房間的屋頂。只有二分厚的「台灣瓦」，一下子破碎了，瘋狂似地把瓦摔開。古式的台灣建築沒有天花板，三寸寬的屋頂板和天花板之間留有間隔，從那間隔可以窺見房間裡的一切。

男人把沙魚劍改換七星劍，憤怒的眼光望著女人。

眞是殘酷，在男人面前正是須崎要找的女人，雙手被綁在背後，裸出雪白的身軀後仰著，匀稱美麗的女體，從腰部到腹部，被鞭打了好多紫色的條痕。這種遭受不講理的虐待，使須崎怒昏了頭，急得要破壞屋頂板。

就是在那個時候，下一棟屋頂忽然光亮起來。聽到聲音的家人醒過來似的。須崎看了那邊屋頂一部份嵌上二尺四方的磨玻璃，是採光的天窗。他便邊翻滾過去，拿起風獅擊破玻璃，玻璃被打成碎片。也不管是否有什麼陷阱，憤怒透頂的須崎已經沒有理性和判斷了。雙手緊挽著天窗的木框一躍跳了下來。在房間角落的眠床上，女人擠成一堆顫抖著。原想問她們，卻被她們嚇了一跳。一共有五個人，個個都是年輕貌美的女人，奇怪的是，她們的雙眼全被刺傷打瞎了。

須崎不管跳下來時扭痛的腳，立刻衝進隔壁的房間。

看男人揮動斧頭砍過來，須崎立即跳向前去扭住對方拿斧頭的手，哎喲一聲，斧頭掉落下來。他順勢把男人踢倒，撿起斧頭，並朝那男子一擊。

被打倒的並不是那個硬直的臉，那傢伙一定在裡面的房間戒備著。

須崎緊張地打開門，就在此同時，隨著聲音莿毬飛向他來，莿球閃過他的胸前，碰到牆壁。

踏進房間，須崎才看到了那個女人。睜著黑曜石似的眼睛看著他。難予形容的感動，在須崎的胸脯膨脹起來。女人羞恥地把臉伏下。

兩個人的心暢流著看不見的感情線，像電光閃亮著，但聽到嫉妒似的聲音。

「不要動！」

那個男人像門神般地站著，把七星劍的尖鋒指在女人豐滿的乳房間，威脅須崎。

凌亂的腳步聲在背後騷動起來，是惡徒的夥伴跑過來吧！須崎想，已經陷入一籌莫展的絕境了。

「放下武器！」

男人又叫喊。到了這種地步，須崎已不顧生死，把斧頭擲過去，同時飛鳥般衝向男人的面前。男人急忙揮起七星劍，劍尖擦過須崎的肩膀，然後兩個扭轉在一塊兒，向側面倒下去。

掉了劍，男人倒在須崎的橫側，臉潮紅起來，露出兇惡的牙齒，用雙手緊緊的扼住須崎的脖子。在逐漸失去意識的過程中，須崎聽到「啊——」一聲，難忘的女人叫喊。

「沉迷女色而失去生命的愚劣惡魔，應該如何處理？」

手拿刺股的馬爺，搖一搖耳朵跪下來請示。

「還有其他的罪吧，敢到我廟來施展暴力不敬不畏的傢伙，嚴格懲罰吧！」披著朱色外套的東嶽大帝，嚴肅地開口。

「認罪吧，須崎！」

搖著大角的牛爺，揮起皮條鞭子，咻！地一聲，割切皮肉似的激痛，使須崎開始呻吟。

「喂！醒了嗎？須崎君！」

有人叫他的聲音。須崎張開眼睛，在朦朧之中，好多張臉重疊搖晃著。是不是惡魔們？

「這裡是什麼地方，是不是嶽帝廟？」

「放心吧，須崎君，是我家啊。」

這一次，須崎看得很清楚，是陳的聲音。他的旁邊是大鬍子的報社社會版主任……。還有，啊！那個女人也同樣站在床邊。

「眞了不起！須崎，由於你的功勞，本報能搶到獨家報導。」社會版主任跟平常不同，和藹可親地笑著說：「你跳進去的那家醬油店，是當局正在拚命搜查，專門誘拐婦女集團的大本營，十幾名同夥全部一網打盡了。」

「十幾名？有那麼多？」

須崎回想自己的無謀蠻勇，不無感到害怕。

「對！眞是慘酷的傢伙。不但誘拐毫無罪咎的良家女兒們，用針刺壞了眼睛，以特殊娼婦賣到廣東。那天晚上，那個集團的首魁，還有主要的惡徒，都為了安排戎克船去了安平，所以不在場。」

「那麼，我跟那個大男人在搏鬥的時候，聽到很多腳步聲，不是惡徒，卻是來救我的？」

「救你的是這位小姐。」陳繞過病床，走近女人旁邊。輕輕擁著害羞的女人。「你說過側臉很美，帶著黃金耳環，就是這位鳳姿小姐，是劉市議員的千金。你被勒緊脖子，正在危險的時候，鳳姿小姐大聲喊叫，那個惡徒嚇了一跳，鬆了勒緊的手，那時，我們根據鳳姿小姐喊叫的聲音，才找對了地方衝進去……。」

「鳳姿小姐，謝謝妳！」

頭一次，須崎叫了所愛的人的名字，輕輕地伸出右手，她也伸手握住他的手說：

「不，我才是要感謝你。」

鳳姿跪下來，過分感動而說不出話來，陳隨即改變話題。

「鳳姿小姐，因爲妳的喊聲，使我們得到了檢舉惡徒巢窟的線索，不過，妳怎麼會讓他們帶妳去那個地方？」

「我正在趕路回家的時候，忽然出現兩個男人，抓住我恐嚇說，——妳這個壞女人，到嶽帝廟來，我們是牛爺馬爺——，好害怕。」

「嗯！眞狡猾，假如被人懷疑，即使到廟裡去查，也查不到，那些迷信的附近住民，聽到悲鳴聲音，誰也不會懷疑，只是害怕而已。」社會版主任感慨地說。

須崎這時陶醉似地凝望鳳姿，美麗的鳳姿仍然握著他的手，好像有很多話要說。

「主任！」陳拍一下主任的肩膀，「晚報截稿時間快到了，這裡可以讓年輕人去照顧，我們應該要回報社去吧！」

——譯自一九八四年十月十日東京人間之星社出版台灣小說集《神明祭典》，譯文發表於一九九三年十月二十三——二十五日自由時報副刊。

# 戀情與惡靈

維茵圖書館所典藏題爲「熱蘭遮城市」的水彩畫，畫的是隔開遙遠的內港面對台南，在其突出的一鯤身砂島上雙重牆熱蘭遮城，豎立著飄動的荷蘭國旗的宏壯雄大，有官邸、荷連外城、油特黎都堡壘、刑場、市場、打鐵店、鳥舍等，由這個島隔開的外港和內港的藍海，紅帆數十艘兵船，戎克的蝟集，畫得非常優美。

然而，這座城建築完成後的二十二年，鄭成功的官兵前來攻略，佔領城堡改稱安平鎮，把歐洲式市街改成廟宇式的明朝式街鎮，然後城堡崩毀了，只留下安平的地名，現在來到這裡，僅能在腦裡幻想描繪昔日熱蘭遮城市的景觀而已。不僅是街市的變遷，連浮現在內港那麼多的戎克船，也逐漸隨著土地的隆起和砂土的堆積，不知不覺之間消滅了。當時，熱蘭遮的砂島，後來跟台南的陸地連結起來。到了近幾年，因外港也循著內港的「覆轍」，海有逐漸退後的趨向，於是在安平，聽說築港的工程也開始了，才會有碰碰的炸藥爆炸聲，站在野草繁盛的荷連外城基石上，都會聽得很清楚。

早就計畫好要於寒假期間，遊覽古都台南。

同事艾教授特別介紹我，可以住宿在台南車站樓上的鐵路飯店。還有，他怕我對台南的地理不太熟悉，也請歷史文物館的書記石澄波先生，爲我導遊歷史遺跡。於是，完全遵從他的安排，我才來到台南。石君不愧爲史學專家教授的推薦，對史蹟確實有研究。

「台南在二百八十六年前，鄭成功據台時，稱爲承天府的首都。鄭經的參軍陳永華於市區建設時，制定東安坊、西定坊、寧南坊、鎭北坊四坊區域。安平位於西定坊遙遠的西方，昔日隔海，現在是以運河與台南連結著。」

我不是專家，但原對這有些知識，所以聽他的說明，覺得很有趣。

「這裡是油特黎都堡壘。」

看他手指的地方，是較緩慢坡度的高丘，頂上還有幾支枯木，從那兒到山麓，是一面纍纍的墓地。爲謀子孫繁榮的風水思想，必要選擇景觀好的土地，建造象徵人五臟的墓地，這些墓都面向渺茫的台灣海峽，有的堅固或華麗，也有嵌入生前的彩色肖像畫，互相競妍，但畢竟是死者的安住地，總給人悽寂的感覺。剛好是曇天，天空灰霧，墓地四處有黑山羊在吃草，在這荒涼的崗上，點綴出另一種淳樸情調。

「咦！那是甚麼？」

我無意中停了下來，戴紅帽、穿紅麻衣、拿著紅提燈的人，忽然出現在枯樹下，這種場所不無令人感到意外。是不是孩子？這麼想，而仔細一看，那裝束奇異的人，多出來了一個，不，三個、五個，瞬即變成了八個人。而一個個從枯樹下，依照順序繞著墓碑之間，跳著似地走下來。每個男人，不，其中有兩個女人，全身一樣是紅的裝束。那種戲劇性的異樣服裝，在這白天裡，尤其手拿著紅色小提燈，確實令人感到奇怪。

「竟碰到難得一見的景觀。那是爲了安慰死者的靈，女人們要在墓前哭泣。」

石君這麼說明，我有點擔心。

「既然要安慰死者的靈，那我們站在這兒可以嗎？好奇地當做觀衆……」

「毫無問題，依照他們的服裝來看，可能是第三年的忌辰吧。女人們要邊哭邊唱，唱一些怎樣思慕你、愛你的哀詞，像一篇優美的敘事詩。以眞情、溫柔的聲音，引起感動，這也是女人們能得意地表現自己演技的機會。」

●

石君站在原位，沒有意思避開。說女人能得意地表現自己的演技，似乎說得過份了一點。不過這是很難遇見的風俗儀式，我就站在石君背後參觀。他們一行奇異的紅色裝束，並沒有停下來，一直走到山麓，離我們不遠的地方。太近了，這麼近的地方看熱鬧，會不會不禮貌？我把眼睛轉向海那邊。但是石君拍了我的肩膀，我回頭看到他們離山麓坡道十步左右的地方，圍著一座像雙臂向前伸的石造大墓燒香。這兒是油特黎都墓地，背後是安平鎮。他們沒有繞過山麓步道而是走捷徑翻越丘嶺來的，我這才了解他們忽然出現在丘嶺枯樹下的原因。

「啊！素娥小姐。」

石君喊一聲，便走近墓邊，跟一位怪異裝束的年輕女人，用台語講話。談話中石君頻頻點頭，然後向墓碑一鞠躬，走回來就催促我：「我們走吧！」好像忘記了剛才講的話。我跟著他走了幾步，回頭看到異裝的一行正在墓前排起牲禮……。

●

迴轉丘陵南方是海灣，有戎克船二艘停泊在那兒。因土砂的堆積，吃水較深的汽船已經進不來。有一艘汽艇，鳴響停駛停靠岸邊。穿官服的男人從艇上走出來，像是築港事務所的職員吧。裡面也有帶著手鎗的警官。

「剛才，眞是意外。」石君看官員走過了便說：「沒想到那是我認識的楊氏素娥小姐父親的墓。她那父親，在海上是個知名轟動的人物，已死三年了。」

「怎麼樣的人物？」

「父親嗎？一般風聲是海盜！」

「甚麼？海盜。」

「啊！那是風聲，不必大驚小怪，其實是從事貿易商。安平比台南還老舊，會讓人想像是海盜住的地方。等一會我們去看看楊家的建築物吧。那是有鎗樓的家，跟一般的房屋不同，所以被謠傳是海盜。」

「那，現在呢？」

「那位素娥當主，還是做戎克船貿易！」

從海岸走到海灣盡頭，那是有一座屋頂反彎的磚造廟。來到台南，走過所有的廟，並搜集吊在牆壁的木板印古籤紙是我唯一的興趣。因此，我走近廟，但是奇怪，這座廟沒有進口，只有二、三個狹窄的格子窗而已。我若無其事地窺視裡面，開始時裡面很暗，看不見甚麼，但是慢慢地習慣黑暗，才看出巨大的木造東西。再把視線放遠，便看出那是一艘戎克船了。不很古老，堅牢的構造，色彩很美。難道這是寶物殿？爲甚麼把戎克船收藏在廟裡？還是在戎克船上面，蓋了個廟？我莫名其妙地把視線轉向石君。

「這是王爺的神船。」石君毫不奇異而冷靜地說。這，不屬於歷史的範圍，只有聽聽石君的說明了。「也叫瘟王爺，是主司疫病的神。如果在某個地方流行了厲害的惡疫，就被認爲是瘟王爺神的緣故，必須製造這樣的戎克船，在船內祭祀王爺的神像，送入海上飄流。當然沒有人坐在船裡。但是要有獻神的供物，做得好像有人坐在船裡一樣，船內都載著米和鹽。如果，從對岸的福建省把船放入海，由於潮流的關係，必會漂流到台灣來。而在台灣，如果遇飄流來的戎克船影響到疫病的流行，天下就會大亂，因此才建立廟宇祭祀王爺。所以在台南這種王爺廟，竟有一百七十一座。而這座廟叫一鯤廟，是八年前素娥的父親首倡建立的。可是古早的諺語說：『不觸犯鬼神，鬼神就不見怪』。不知甚麼原因，不久她的父親就死了。祭祀神卻犯了神忌，眞不合算，這引起了安平地方的許多謠傳。」

從王爺廟，舖石塊的路繼續向東延長。舊式紅磚瓦的房屋林立，寬三尺的彎曲舖石路像迷宮般，不知延續到甚麼地方。

有的屋子在門口把槍、刀、刺股吊在竹竿上，或在屋頂上裝飾神將坐在屋脊上的風獅，也在牆壁上裝飾大壺，聽說這些飾物都是爲了避王爺的惡靈而裝的。路上的石塊順著路的高低一直延續著。毫無規則的街道彎彎曲曲，忽而走到蕃石榴樹下有水井的地方。

「是在這裡！」

石君停下來擦汗。雖然是正月，但因爲這裡是熱帶的關係吧，走路之後會感到悶熱。

果然有一座人家說的鎗樓，有點荒廢了。但是跟附近的紅磚瓦不同，整棟用摻有姥姑石的灰色水泥建造的二層樓，屋頂裝有鎗眼的牆壁，而二樓只有一個很小很小的窗，要說是家，寧可說是城堡較適當。記得好像在哪兒看過的？對了，是在維茵圖書館看過的「熱蘭遮城市圖」，和那座荷連外城的望樓很相似。

「進去看看！」石君推開了門說：「我們轉了一大彎的時間，素娥小姐已經回到家來了也說不定？」

「可是，三回忌的這個時候，他們不是正在忙碌嗎？」

「啊，儀式在墓地就結束，今晚是設宴請客，我剛在那兒受到邀請。」

「可是我……」

「不必客氣。我不知道日本的方式，可是在台灣，這種場合雖然沒有直接的交際，但是有名氣的來賓能夠臨席，會覺得光榮而高興。剛才她問我來做甚麼，我告訴她，你是大學醫學部的教授，我當導遊，她就一再地說要我帶你一起來。她會很高興。」

不管他的話是不是眞，但是在這麼迷宮似的舊街，我一個人也回不到飯店，心裡怪怪的，不得不跟隨他進去。

楊氏素娥穿著青磁色的長衫，衫裙垂到腳跟，與先前拿著紅提燈的裝扮完全是兩個人，看起來成熟多了。

垂在背後的長頭髮，美麗地搖晃著，金邊的翡翠耳環，也跟著她的笑容而搖晃。石君的話似乎沒有錯，她頻頻敬金鷄老紅酒，從肩膀露出的雙臂被陽光曬成美麗的棕色，對於我不客氣的視線都不躲避，有點賣弄風情的姿態，令人感到酒家藝妲的闊綽般。但不知爲什麼坐不到幾分鐘就離開酒席一次，每次回來都皺著眉頭煩悶的樣子，卻立刻恢復快樂的模樣。

菜色從鱶魚鰭開始，鴿子蛋、蟹油炸、四腳魚的甜蒸、燒火鷄肉等好多名菜，似不必詳細記述吧。除了我們也有楊家親戚三位男人同座，眞是豪華的饗宴。冰糖蓮子湯和摻香蕉做的台灣粿用油炸的甜點，最後排在桌上，看上去有點坐立不安的素娥，想透了似的。

「先生，能夠請你來到這麼不整潔的地方，已經非常過意不去了，還要麻煩你的話，你一定會生氣……」

「不，是甚麼？不要客氣，妳講……」剛拿起湯匙要用湯的我，停下來毫不拘泥地說。

「老實說，先生是醫師，所以特別要拜託你。因爲樓下房間有病人，能否麻煩你，要回去之前，看看病狀？」

我受到這麼盛大的款待已經感謝不盡了。但還是有這種伏筆，不無使我覺得意外，盡情喝的酒意，似乎清醒了不少。其實我屬於醫學部，是多年講授解剖學之徒。不過，我說明了這些，門外漢是不會了解的吧！或會認爲我在推拒而已。事到如今，我不得不點頭了。素娥看我點頭，立刻表示高興而笑著。

「謝謝！先生。」

她輕輕地敬個禮。如此一來，我先推辭了她再次的敬酒，反正菜也都上完了，便督促素娥帶去病人臥床的樓下房間去。在樓梯中途，素娥說。

「先生，拜託你治療他，但是不要問是甚麼原因，好嗎？」

「妳要我不問，當然可以，可是病人的症狀是怎麼樣？」

「剛才有那麼多人在，我不敢說明清楚。病狀是大腿中了子彈。」

「甚麼，那是受了傷囉。子彈剔出來了嗎？」

「……還沒有。」

「爲甚麼？」

「這，就是請你不要查問……」

進入房間，病人抱著枕頭呻吟著。把衣服脫開，不觸診也看得出來已經化膿了，腫得很厲害。

「立刻送去醫院，開刀。」

「先生，就是因爲有些情況不能送去醫院，所以請先生想辦法在這裡開刀……」

「嗯！這是個難題。我的工作經常檢查屍體，但是沒有施行過外科手術。還有，開刀的工具、消毒的設備都沒有。」

「所以，請先生想個辦法！」

素娥合掌，拚命哀求。

「這位傷者跟妳是什麼關係，這一點妳必須告訴我。」

「……是，是我的愛人。」

她垂首含目，看不見她臉上的表情，但聽她這麼說，才發覺這個男人還年輕。我決意，將需要的手術刀、注射藥、其他必備的東西，開一張單子加附我的名片，讓她去準備或去買來。素娥約定事後要送我回旅館，所以石君已經跟其他的客人先離開了這裡。

鍋子裡的水沸騰了，所有的器具準備齊全，我便脫去上衣，把襯衫的袖子捲起來。雙手用肥皀洗乾淨。

「我需要一位助手。」

「我來幫忙。」

「自己人能勝任嗎？這是相當粗暴的手術。」

「沒有問題，我。」

她講得沒有錯，把手術刀插進去，血膿噴出來，又流出很多紅血，她一點都不懼怕，在手術過程中很敏捷地達成了助手的任務。雖然爲了挽回情人的生命，但是一般的女性看到這種場面，大都會昏過去的。素娥沒有，堅強得令人佩服。

「這樣子相信沒有問題了吧。可是這三、四天必須小心。既然我動手開刀了，這幾天，我再來換藥治療吧。」

「先生！謝謝。」

素娥好像恢復纖弱的女性，聲音很柔潤。

●

傷口的癒合經過比想像的還順利，青年的臉色也紅潤了。以油特黎都丘陵的邂逅爲因緣，意想外地，陷於一天要往診幾個小時的窘境，不過這對於我並不是討厭的工作。像迷路般的街鎮，走過了幾次，也能發現了每一棟家屋的特徵，自然也產生了親切感。尤其在鎗樓的二樓，治療之後的一刻，在窗邊的安樂椅子，喝素娥親自泡來的咖啡，在這次旅行的途中感到有特別的情趣。

那是一個天空晴朗，小窗的房間內很亮麗的午后。正月的休假快過了，明天就要離開這街鎮；而跟往日一樣坐在窗邊，素娥端著熱咖啡的銀盤放在小桌子上。

「放點依斯佩露好嗎？」她打開威士忌的蓋子，倒進咖啡裡，「或許，先生已經聽過了關於我家的風聲？」

我沒有回答。

「啊，先生還是聽過了。你的眼神很誠實。正如世間所風評的，我的家，已往是海盜。在我這個身體裡，流有海狼的血。我還是不能隱瞞你，先生。」

「不，素娥小姐。」

不要責備我對別人的情人，表示親切。這幾天我對素娥，感覺到像自己死去的女兒。老年之後引為依靠的一個女兒綾子，她十八歲那年患了粟粒性結核病，突然離開這個世間。她喜歡網球，手裡經常拿著球拍，像雌鹿那麼健康的雙腳。現在看到活潑的素娥，又使我想起了綾子，兩個人很有相似的地方。

「我不想要聽甚麼，為了妳的幸福，我想只做了妳依賴的事，做完就好。」

「不，我要你聽。先生，我很想要說給你聽。自從我懂事上學之後，同學們都指著我的背後，說我是海盜的女兒，我很討厭。父親很疼我，讓我過著奢侈的生活，我以為給我奢侈的錢，也是做海盜搶來的，雖是小孩，也感到很害怕。我問爸爸，爸爸苦笑著說，那是世間的人嫉妒我家有錢，才會那麼說。其實爸爸是做貿易，正正當當的商人。小孩子不必去理那些事。我說，那麼您出海，帶我一起去。爸爸對我的要求置之不理。到了我十三歲那年夏天，爸爸不知道為甚麼，讓我乘上戎克船。我才經驗到海上生活的變化、快樂和痛苦，才知道中國沿海的港口有很多稀罕的事情。然而這一機緣，使我迷上海了。海會改變人的性格。

抓著帆綱，沐浴潮風，就會了解到陸地的生活單調無味，而海讓人心開闊，使體內的血液沸騰。」

我想起過世的綾子打網球時，也說過類似的話。

「先生，眞奇怪，知道了海的魅力之後，眞對平凡的生活感到不滿足。小時候那麼討厭爸爸，被毀謗爲海盜的我，卻想起要眞的當海盜了。自從跟著爸爸乘上戎克船過生活之後，才知道爸爸是正當的好商人。前幾天你見過的，我爸爸已經永眠在那丘陵上，天天遙望著海；他的一生是勤勉，且帶有多少冒險性格的貿易商人。世間的風評，確實是爸爸所說的一種嫉妒。不過，也不是毫無根據的空說。經過查證才知道，蓋這一棟房子是我的祖父，不錯就是在對岸有名的海盜。我經過六年的海上生活之後，對於承繼祖父的家系感到自傲。於是，爸爸過世了，我在表面上接受爸爸的業務，而在暗中做了海狼。」

我重新看清楚這位女人。她那帶有深情的眼瞳，是不是在回想當時的情形？在長睫毛下的眼睛似在看遠方而亮著。

「面對著大自然的海，或許在這塊木板底下是地獄的生活，船員們的性格會變粗暴起來，是理所當然的。他們聽了我的話，都敲起船板而高興。便在廈門偷偷地買進手槍，還有在家裡倉庫裡的青龍刀等都拿出來，武器齊備了，我們在台灣海峽開始徘徊，好像在曠野尋找獵物的野狼一樣……襲擊、掠奪、人質，是男人與男人決死的鬥爭。血液躍動的快樂，請不要笑我瘋狂。現在雖然穿的是這麼長的旗袍，但是在海上，我也穿襯衫和褲子，氣概軒昂的服裝，而且拿著手槍，獵物多得很快樂，偶爾也會碰到軍艦，沒有問題，我的戎克船不載大砲，受到檢查，要應付都毫無困難。」

素娥把芳香的依斯佩露威士忌，倒入我喝罄了的咖啡杯。

「部下的船員是爸爸信賴的男人繼續僱用下來的，其中一位叫陳世得的青年，大膽又勇敢，且有智慧，是我最好的商量對象。但是不知不覺之中他卻愛上了我。先生，對不起，這一段話不講，故事就接不下去嘛……我內心不忍拒絕他。而曾經是爸爸的最好幫手五十幾歲的蔡先生當船長，察覺到我倆的關係，就十分贊同。可是要結婚，卻有許多問題，第一、夫妻倆同乘一條船是忌憚。結婚等於就是要我與海訣別。愛情或海，我煩惱了一陣子。」

素娥仰起燙熱的眼眸看我，翡翠的耳環搖了一搖。

「愛與海，先生，你認爲哪一方會贏？啊，我還年輕嘛。我輸給了愛情。反正要跟海離別，於是去狩生涯最後一次的獵；在半月前從安平出航。然而不知道爲甚麼，這一次沒有遇到適當的獵物。好不容易瞄準了獵物，卻碰到軍艦來了。澎湖島就是軍艦的根據地嘛，不得不航向南支那海去。又想不到在那廣闊的海上，海賊船和海賊船碰到了，對方是廣東的慈濟號戎克船，知道我們這邊也是海賊，就說爲甚麼要侵略他們的獵場？而派軍使乘著舢舨來抗議。

開玩笑，海上有甚麼分界？海是天下的海，世得嘲笑了他們。揚帆的戎克船對抗著，正要開戰。我們等著軍使乘上回船的舢舨，準備好，剎那間，牆上的監視者喊叫說：「看到戎克船。」遙望西邊水平線，眞的有一艘戎克船駛向這邊來。對方也看到了，又派舢舨的使者來說要暫時停戰，等共同處理了那艘獵物之後，再對決，我們也同意。這就是吳越同舟，兩艘海盜船，互相警戒著，向共同的獵物，舳艫並進。天空沒有一點雲，海上反射著陽光的明朗日子。」說到這裡，素娥改變了口氣。「先生，你知道王爺的神船嗎？」

「啊，在那海灣的那個戎克？」

「你看過了，就是那充滿惡靈的船。我們以爲是獵物，接近一看便驚嚇了。船員大都很迷信。在大海當中竟會碰到王爺的神船，船員之中有人害怕地不敢動。我告訴對方的船，假如在王爺旁邊鬥爭，雙方都會受到詛咒。今天就此各分南北如何？爸爸曾告訴過我王爺的厲害，我都記在心裡，確實王爺是可怕的神。爸爸在那灣口……」

「蓋了廟。」

「哦！連你也知道。對，爸爸是篤信神的人。王爺本來是唐太宗時代，應召而進入殿中的三百六十名進士的遊魂。太宗把那些進士藏在宮殿的地下室。有一天，召來知名的張天師，爲了試探天師的法力，依照信號，進士們便吹笙、打鼓、奏樂，太宗故意抱著頭說：『師啊！寡人每天都受到這些怪異聲音的煩惱，能否由你的法術，停止這些怪音。』於是，天師默然拔劍斬了地面。怪音立刻停止了。同時派侍臣去看，可憐地下室的三百六十名進士都死了，後來，雖無罪卻徬徨不已。上帝便授與惡疫，太宗也後悔，封那些惡靈爲王爺。因此，王爺神必會詛咒人，對於觸及的人給與災禍爲其使命。我很了解這種原由。但是陳世得卻說要進入王爺船去看，勸他也不聽。他拉下舢舨，在閃亮的海上，一個人向神船划過去。結果就是那樣。」

「怎麼樣？」

「他踏進神船，在甲板上徘徊，忽然在檣下倒了下去。舢舨只有一個，要靠近戎克船並不容易，我責備害怕的部下，終於把他救出來。他是大腿受了鎗彈倒下了的。」

「王爺的神船有人在嗎？」

「不會吧。大家都說是觸犯王爺的報應。事實卻是可惡的對敵海盜船，要離開現場當做禮物發射了一鎗，才有可能。不過，如果他不去觸犯王爺船，就不會碰到如此霉運，還是惡靈作祟的吧。先生，爲什麼回到安平，沒帶去街上的醫院治療？要當我丈夫的人，大腿受了鎗彈，如果街上的人知道了，那些愛管閒事的衆人，必會把我們海盜的行爲大加宣傳。正在感到困難時，先生，您出現了，這或許是亡父引您來的吧，眞感謝您。等他的傷醫好了，我就帶他去海灣的王爺廟參拜，安鎭惡靈，然後搭乘戎克船到安平的海上，舉行結婚儀式。那時，先生，請您蒞臨做我們的貴賓……」

準備好行李，等待夜行快車出發的時間，在飯店的大廳喝不怎麼好的咖啡，而反芻著熱蘭遮城遺址，引我跟海盜的女兒，無意中結識的因緣。由於答應了性子剛烈的素娥的要求，終於失去了旅遊屏東的機會，但並不覺得可惜。或許在我的一生當中，這一次安平的遭遇，不，在那鎗樓喝的咖啡香味，確實難忘。

「對不起，來晚了。」石君出現，氣色很好。看他，帶了一大包東西。「素娥小姐託我帶來的，是安平名產的鹽醃。」

「哦，眞謝謝你。」

「還有時間嗎？」

他看了看錶，便坐下來。

「那是今天的晚報？」

「啊！要不要看？」

爲了消耗時間，我打開報紙。今年的二期農作豐收，K知事州內巡視結果等，盡是一些無聊的記事。看來看去，翻到三版看下面角隅，忽有安平二個字射入眼裡。

即將逮捕犯人

安平的火藥事件

「據報，襲擊築港事務所，搶奪炸藥的犯人夥件，當局正繼續全力搜查中。當夜，巡迴中的警備巡查射擊一鎗，確實命中犯人，預期必會出現在醫院治療。但很奇怪，經過了一個禮拜的今天，仍未出現。當局認爲是依賴漢醫在自宅治療，而重新從這方面開始搜查，不久，必會得到事件解決的曙光。」

瞬間，我想起了從陳世得的大腿剔出的槍彈。或許，他就是這一記事的犯人。那麼，素娥是否編織了毫無根據的故事欺騙了我？海盜，那是胡說八道？或許由於海盜才需要搶奪炸藥？或許這只是我的思慮過度？

「該走了吧。」

石君催促我。我再想起了與自己女兒相似的素娥的姿容，那時，合起雙掌哀求我的可憐相，又浮現在眼前。我該默然離開這兒，至少她給了我安平的一場夢。這不是在廣場有著刑場，豎立著吊縊台的熱蘭遮城時代。追究那個倔強女孩子的罪有什麼用？要把她的情人送去刑場，寧可送進她的懷裡，會更快樂吧！把一些疑問隱藏在心裡，我要出發。就當做沒有看過報紙，不就好了嗎？誰也不會、也沒有理由責備我。

拿起行李，我一步步安靜地，走下飯店幽黑的樓梯。

——譯自一九八四年十月十日東京人間之星社出版《神明祭典》，譯文發表於一九九四年七月廿二～廿七日自由時報副刊。

# 風水譚

搖動得很厲害，忽而抬得高高，一會兒又墜入地獄最下層似的，沉落沉落。摒著氣，卻又傾斜左右——兩邊，再從腳底被抬得高高的，眞難過。這是甚麼地方？環視左右，射入眼簾的吊燈也向左右搖擺著。黃色光線照出的是狹窄的房間，黑黑的天花板，髒灰的壁。感到奇異，勉強抬得還會眼暈的頭，伸手，卻摸到短短的木條。咦！怎麼會在這裡，睡在木製床上？而整個房間會傾斜搖晃，胸部被抑壓似的很難過。還有，裝著圓型小窗，窗外漆黑黑，看不見甚麼。反射性地回顧，看到黃銅把手的門扇，或許可以逃出去。抬上半身坐起來，直直直，房間又傾斜了。這到底是怎麼回事？

搖擺著身子，把腳從床邊伸下，卻踏著有彈力的物體。呀！沒想到床下還有床，有人蓋毛毯睡著。恐惶，把腳抽回，感覺膨脹的毛毯在蠕動，摒著氣，卻不動了，好像睡得很熟。

颳大風，和吵雜的流水急激碰撞的聲音。吊燈搖擺的影子，被淡光照映在毛毯上跳舞。整個房間還不斷地抬高沉落，左右搖動不停。啊！這，在海上？察覺了的同時，不可言喻的恐怖和悔恨，湧上心胸，使我愕然失色。

想起在福州郵政局的後街，突然被覆蓋了嘴鼻一陣臭味，然後便失去知覺、意識，甚麼都不知道。那是昨天，或許幾天以前的事？根本無可猜想。匆忙走在黃昏路上，有人跟縱在背後，想回頭看清楚，瞬間白布片掩到鼻子，嗅到難聞的味道，便失去知覺。

本來就不是幸福的身世，我沒有父母，懂事的時候，已經是一生要爲別人家勞作的查某嫺－奴隸啦。或許父母窮，沒有養育的能力，才把我在幼兒時賣掉的吧。早上一醒，必受叱責、怒罵，精疲力盡地渡過一天，甚麼慾望都沒有，只急得走進眠床，這樣渡過少女時代的生活。

去年冬天，頭家的女兒出嫁，我以女兒的侍女跟著出嫁去。女主人只顧丈夫，我便輕鬆起來，好像命運會開展似的。到了今年女主人的丈夫偷偷向我送秋波，我怕事情發生會受女主人嫉妒，被轉賣到更壞的地方就糟糕，便適當地應付他。愛理不理，男人卻會更急躁。侍候人家本來就是查某嫺修行的本行，越來越覺得有趣。但是，剛在這個時候……。

窗外一直是黑黑，很長很長的夜。默默讓船的搖動而搖擺身子也逐漸習慣了。著慌也沒有用，問題是怎樣脫離這個地方？伸手罩遮光，就有人說：

「妳醒過來了？」

嚇了一跳。起身一看，是十七、八歲的少年，溫和的臉，把毛毯扔到一旁坐著，一直看著我。以爲是粗暴的男人，意外地，我嘆了一口氣。

「是你，把我抓到這裡來？」

「不是我！」

少年搖頭，而很稀罕似地一直看我也不眨眼。額上滲出了汗珠。

「請，請你告訴我，這艘船，要去哪裡？」

「不知道！」

「告訴我！」

「眞的，我不知道，不過，是鹿港，不然就是去淡水吧。」

「鹿港？」

「是台灣的港口。」

「唔，那麼，要把我怎麼樣？」

「我不知道，他只是叫我看守妳而已。」

「拜託你，救救我。」

少年微笑著說。

「沒辦法啦，這裡是海上啊，怎麼出去！」

「我說的是到了港口，讓我走……」

房間又傾斜。少年不答應，把視線移過提燈看搖晃的程度。

「看你，不是壞人，拜託你。」

合掌，做拜拜手勢。少年縐著眉頭，十分困惑的神情。

「可是，妳走了，我就遭遇更厲害的處罰。我跟妳一樣，三年前被誘拐來的。」

「那麼，是海盜？這條船。」

「不，是走私。人手不夠，才誘拐我的吧。」

「爲甚麼不逃走？」

「……」

「好不好，到了甚麼鹿港，我們一起逃。」

一瞬，少年睜大了眼睛。我在他澄清的眼瞳看到光。少年確實對我好感。我握著他的手，

「你叫甚麼名字？」

「陳董伯」

好像在說夢囈，心臟的鼓動昇高了似的。

吱—吱—，船室的門發響了。

「我——」

門開，進來的是眼睛細小的大男人。我慌忙放開了少年的手。

不是我所想的那麼單純。

要逃？讓你伸長手腳的機會都沒有。鹿港，是土砂埋沒的廢港，戎克船必須停泊遠遠的海上。若不是能夠徒步滑走海面的仙人，就只有聽從命令被擺佈而已。一條舢舨放入海面，我被推走。

「下去！」

怒罵的大男人是陳所講的「王」先生。從福州街上綁走我的就是這個男人。「要怎麼下去？」

昨夜的風已經停了，浪還很大，舢舨在戎克的舷側上下搖著。

「抓住這個！」

他指一條繩子，忽然從後面把我抱起來。只有聽天由命，緊抓繩子慢慢滑下去。眼淚流出來了。大男人，跟著我之後，很快又巧妙地滑下來。舢舨載有五、六個鐵罐，是走私貨吧。三個男人圍在貨邊都不講話。舢舨離開了戎克，才回頭，看到陳少年站在船尾桅桿下，隨著海浪的起伏舢舨大搖著，少年的姿容愈來愈小了。

純樸，能親近的少年。不知道能否再見到他？舉手表示惜別。可是，我十分害怕王的眼光。那晚，進來船室，毫不講理地亂打了陳少年的臉頰。

「誰叫你跟女人講話！」

看不過去，我就睥睨他。

「不要打了，是我跟他講話的，不是他……」

「閉嘴！」

沒有躲避的餘地，拳頭飛到我的臉頰來，痛疼很久。由於他有這種殘忍性，才被船長重用的吧，好像狗熊，怎麼遇到這種人？

到海濱，是一面砂灘，看不到港街。今天早上，少年趁著機會偷偷告訴了我，「是要去鹿港。」果然來到鹿港，海邊荒漠砂地，到處繁茂著海濱植物。風很強。王的夥伴把很貴重似的走私貨，搬上陸地，隱藏在林投叢裡。只有王一個人，促使我，離開夥伴走。撥開雲層的初夏太陽，強烈地照著砂地，反射的光線很刺眼。王戴著尖頭的斗笠，因晃眼，他那細小的眼睛更細小了。一隻手拿著竹鞭子，預防我逃走。好像趕著豬或鴨子一樣，確實令人氣憤。看他眞討厭。

「該死心了吧，喂！想逃，也回不到福州。」

「……」

「現在，我要帶妳去的地方，那是鹿港第一富豪的家。如果妳在那兒乖乖認眞工作，嗯，連我都沒有辦法再接近妳了。妳的運勢開展起來，哈！那個時候，妳就知道應該感謝我啦。」

王歪著嘴，把臉靠近看我。我把臉扭向一旁，不加理睬。

「哼！這種哭喪臉，就只當下女啦。那個老闆雖是暴發戶，但是很會挑選姿色。該笑一笑，對妳自己好。」

氣死了，只顧自己說話。不管是富豪不富豪，到了買主的面前，盡量做著奇怪的臉，打破王的期待吧。我意圖想辦法報仇。

大約走了一里吧，感到疲勞的時候，在前面看到了城砦似的街鎮。

「走得太遠了。很早以前，海來到街鎮的附近，多方便啊。太陽也眞頑皮。啊，現在，要到日榮商行以前，該先購買一些東西。」

王獨語著，睥睨了我一眼。

●

抵抗也沒有用，終於被帶來這個家，老阿婆出來用二條木棉絲，給我挽面，強迫拔去額上和脖子的幼毛，然後拿來臉盆和肥皀，要我去「洗澡」。

稍爲躊躇，王的拳頭就飛過來，眞可怕。右臉上擦新竹香粉，嘴唇擦了口紅。

黃昏時候，又強迫坐上人力車，經過狹窄的街道，被帶到北方外的日榮商行。

高高的磚瓦牆和嚴肅的門面，裡面廣大的平階房屋。——那是鹿港第一貿易商的家。被帶到正廳後面的主人房間，有很多家具裝飾，可以了解人家所講的豪華奢侈的生活。無髭、臉廣，雙重下顎的主人吳碧蕉，吸著水煙管，坐在嵌螺鈿的椅子，默默一直觀察我。已經過五十歲了吧，頭髮薄少，眼下鬆弛了，但是血色像年輕人，拿水煙管的手也像女人般豐碩。

喜歡人家看得漂亮，是女人悲哀的本性，原來意圖做一些奇怪的想法，在日榮商行老闆面前，卻因爲羞恥，無法採取任何行動，只是樸實謙虛地表現自己了。

「不錯！」

短短講了一句話。王反而雄辯起來說：

「爲了這麼多好貨，眞累死我了。不錯嘛，這些、那些，好多東西，都是爲了老闆，你的吩咐：……，恩，是在福州。」

比手劃腳，在老闆面前說風涼話的王，好像跟我毫無關係似地，我不理他。吳碧蕉仍然吐著白煙，點了幾次頭。

「錢？那要風水師看過了以後再講，你也知道我是風水師鑑定了以後才決定事情……」

「可是老闆，我明天必須去台北，必須要錢，請你幫忙，不管怎麼樣，像這樣的貨色，老闆，你絕對不會吃虧的。」

王拚命哀求。然後拿了幾十張紙幣，講一些好話就走了。

「妳叫雲珠嗎？不必擔心，今天就好好休息吧。」

果然是名家的主人，比較大方。拍著手叫傭人來，帶我到西廂「仁鳳」的房間去。是清潔的後房，黑檀木做的大眠床，靠在牆邊。

「日日繁榮，就跟這商號一樣，老闆的貿易賺很多錢，這也是老闆蓋這座房屋風水好的關係。無論如何，這家老闆能從路邊攤販起家，眞不簡單。」

人家不問，這個輕忽的下男傭人，自動地告訴我主人的身世。

我生在福州，人家都說「死也要死在福州」，那麼，福州是風水傳說旺盛的地方，我當然知道風水的重要性。風和水是萬物的根源，意思是指天的氣和地的氣，選擇這雙氣自然調和的土地，蓋房屋或建廟或做墓，那一家的產業就會繁榮，反之就會衰亡。能選擇風水吉凶的人叫風水師，而這家的主人能成功得到億萬富豪，必有名風水師替他擇地的吧。比起他，我這個轉變無常，被金錢賤賣的身世，必定是祖先的墳墓風水很壞吧。

然而，無論多麼相信風水說，第二天，主人吳碧蕉，召來一位帶黑眼鏡的風水師，進入我房間，確實叫我非常驚訝。

「脫下衣服。」

「……」

我不知道要做甚麼，主人卻很嚴肅地說。

「要看風水。」

相命師判斷人相骨相，或用筮竹占卜運勢的八卦都聽說過。但是人的身體也有風水嗎？看我躊躇，主人動了下顎。

「脫衣服，全裸給他看。」

風水師比想像的還年輕。有點不好意思，但是抵抗不了的，我乖乖脫去衣服全裸了身軀。

「不用說，風水說所根據的龍脈，就是世界的龍脈根源，發源在天下的名山崑崙山，有無數的支脈走過中國，其中一條，經過福州的五虎山，過海來到台灣的鷄籠山，從此走向南方的地脈，亦即龍脈所穿的都是吉祥之地。而龍脈之中，有生氣停宿之穴才是最吉祥之地，反之生氣將盡的龍脈之地是大凶。還有同爲龍脈之穴，也要依其土地的顏色、形狀、配木、火、土、金、水的五行加以判斷。人體也由這個五行而成立。貴家土地的五行，和這位婦人的色、香、形所鑑定的五行合併起來觀察……。」

風水師用他貪婪的眼神，舐嘗似地凝視我，並用手指指著我的胸部和腹部囁嚅著。主人傾聽他的每一句話，怕聽漏了似地，跟著他凝視我。

「很遺憾，火跟水，有點相剋。」

風水師搖頭，閉著眼，把雙手合起來。

「有沒有改變的方法，老實說這個女人，我已經買下來了。」

主人緊逼風水師。

「七天之後，再來鑑定一次吧。」

我匆忙把桌子上的長衫拿過來。邊穿內衣，邊看主人，他咬著嘴唇，在思慮著。

●

「哎！那是隨便講的。給他賄賂看看，馬上會奏效。必定是有這種企圖。」

「選擇這家風水的，是那個人嗎？」

「不，是那個傢伙的父親，父親死了，可能是埋葬的地方不好，那個傢伙就不盛行了。沒有錯，送他東西吧。」

「我甚麼都沒有啊。」

「那對翡翠的手環，怎麼樣？」

我眞沒有想到。反正包括在賣身錢裡的，是那個大男人王給我裝飾用的，磨亮了的玉珠，附有黃金裝飾。

「你要帶我去嗎？」

「主人叫我侍候你，也是緣份。我希望妳能夠留在這裡，如需要一點經費，我也可以想辦法幫妳忙。反正妳當了第四夫人之後，一切就毫無問題。不過，哦，對了，正午有個少年家，在門前徘徊。那個傢伙看到我就說，想見見新來的夫人，他是不是妳認識的人？

「沒有說名字嗎？陳董伯。」

「沒有問他名字，稍微細瘦的臉，身長不高，臉色有點……」

「啊，沒有錯，是陳董伯。」

「你們認識？」

「是弟弟，遠親的。」

「抱歉，他都不講，我以爲是可疑的傢伙。」

「不過，雲珠小姐」，下男親切的微笑著，「主人還沒有決定取捨以前，不管是甚麼弟弟，還是不見面比較好。」

「可是，弟弟要回福州。有沒有辦法在外面見見他？」

「去找風水師回家途中，我可以想辦法。」

「能不能連絡弟弟？」

「其實，我已經安排好了。」

眞狡猾，我佩服他。另一方面，那天晚上從麻醉藥甦醒過來，只有過短時間的交談，卻不能忘記的他，陳董伯的臉，浮現在眼簾。

●

爲了避風，屋頂和屋頂都覆蓋到通路上。自從古早以來，鹿港的街道，連白天也黑暗。風水師的家就在那條後街上。

不盛行，傭人李這麼說過。果然這個家並不很好。風水師看到我，就說，

「哦！珍客、珍客……」

好像跟鑑定的那天完全是兩個人，完全不同的接待表情，他提給我團扇。

「太熱了，請，請。」

「對不起，這一點點小禮物。」

把翡翠的手環一對包在紙裡拿給他。

「眞客氣」，雙手接來，立刻打開，「這！這，眞漂亮！」

「先生，今天，是因爲……」

「嗯！我知道妳擔心。怎麼講，跟土地不一樣，人的五體內宿的風水，眞微妙，依據個人心理的動態，會不斷地流動，那天我看你確實是屬火，但是日榮商行是蝦，蝦就是水，風水不合。不過，下一次鑑定也許會改變了的，怎麼樣，爲了愼重起見，今天我可以再給妳看一次，雖然在這裡光線稍微黑暗一點……」

「不必了，不過，你說的蝦，是……」

「喂！喂！倒茶來啊。」拍了雙手，然後放低了聲音，「妳才來不久，還不知道吧。日榮商行的吳先生能獲得巨萬的財富，是因爲那塊土地屬於蝦的風水而來的，妳回去，就詳細看一看，外行人或許看得不會太懂，可是，看土地的形狀，妳向著大門就會知道很像蝦彎了腰，所以港口與蝦，在鹿港的土地，沒有比這更好的龍脈之穴啦。」

「那麼，主人的運勢，今後也會更好？」

「假如，蝦仍然活著的話，當然啦。可是，夫人，這，絕對不能洩漏給別人知道。」

「是甚麼？」

「從正門進去，就有一支黑色旗竿。」

「唔！」

「那，剛好就是蝦的鬍鬚。由於那支鬍鬚才能找出幸運，必須要小心。假如有人知道這個秘密，而把旗竿的顏色改變，塗成紅色的話，那事情就大了。」

「這，主人也知道這種事？」

「當然，知道得很淸楚。」

風水師把黑眼鏡拿下來擦汗。爲了賄賂會挑剔我的風水如何如何，從這種做法推想，他說蝦的鬍鬚，說不定只是爲了嚇唬吳碧蕉的秘訣而已吧。不久會說爲了改運，必須祈禱做法等等，索求巨大的金錢。那也好，無論如何，由於風水師，能當上第四夫人的話，沒有話說了。

辭別後走出外面，在附近徘徊等著的傭人李，馬上走過來。

「妳該感謝我。」

他帶我去的是市場後面一家飯館、四春樓。

「四點半正，我來接妳回去。向老闆申請允許的時間是到五點，不能錯誤。」

由服務生帶上樓，就在面對通路的房間，陳董伯很不耐煩地等著。感覺到很久沒有看到他。

「你能來很好！」

說著，坐在旁邊，看桌子上卻有老紅酒的瓶子，眞傲氣。

「喝酒？」

拿起瓶子倒進杯子，他的臉紅了。我也倒在自己的杯子裡，拿起碰一下杯子，而笑了。服務生上菜來，小蝦油炸的炒蝦仁。

「這是鹿港名產。」陳把挾起的筷子，放在盤子上，生硬地說：「雲珠小姐。」

「甚麼？」

「那天晚上，妳說過，到了港口一起逃跑，是眞心的嗎？」

嚴肅而認眞的眼神。我並沒有忘記，對於不幸的遭遇已經習慣了的我，無意中碰到有可能打開的命運，當然想順從下去而已。現在，聽過陳的話，心裡激烈的開始動搖了。安易的感傷，不應該。但是逃跑也好，願意地點頭。

「我，把所有的錢帶來了，走吧，去坐火車，現在馬上。」

「不行！」我苦笑。「因爲，傭人李，不知道在甚麼地方監視著我。」陳董伯很失望，眞可憐，他伏下了臉。

「那麼，妳要做日榮商行的小妾？」

我不回答，挾起炒蝦仁，紅紅的蝦！嗯，對，一種靈感閃過腦裡。

「陳董伯，你有沒有油漆的經驗？」

陳忽然覺得莫名其妙，可是他說。

「有時候要油漆戎克船船身。」

「有一件好事，你做不做？」

我對於自己意想外的妙策，感到無上的興奮。今晚，把這位少年偷偷引進日榮商行，用紅色油漆，油刷那支旗竿，到了早晨，全家都必會騷動起來，趁著混亂的機會，逃出去……。

把計畫告訴陳董伯，他高興極了。

「沒有問題，要跳過那樣的圍牆，簡單得很。好，把它漆成紅紅的應該很漂亮。」

「你想，這個故事的結果怎麼樣？猜得到嗎？」

講故事的主角，把話停下來，望了望我。而在放冰糖的杯子裡，倒滿金鷄老紅酒，提給我。

「不知道，跟那個少年逃跑成功了？」

「沒有。」

「快講嘛，不要……」

可是，雲珠只微笑著，還不繼續講下去。我不得不獨自挾起炒蝦仁放入嘴裡。不錯，名產的味道很好。原來，今夜這些故事，是叫了這一道菜而引起的。

「說蝦子，我做這生意，起因就是跟蝦子的風水有關。嗬！你知道吧，風水，眞是奇妙。」

李花館飯店的老闆娘，雲珠面對著我談起了上面的故事。這位女人，眞的有那樣的過去經歷？我很有趣地聽了她半生的體驗故事，傾聽到這兒，她卻沈默起來了。或許重新回想那個時候的情景，而難以繼續開口？我有點急躁。「沒有逃跑，那麼，是少年的油漆失敗？」

「不會，他做得很好，刷起來正像燒紅了的蝦的鬍鬚那麼壯觀，紅柱子反射朝陽發亮了。」

「那，說會有災禍是風水師亂說的，其實，沒有甚麼變化？」

「嗯！不，發生了大騷動。」

我搔一下頭，給雲珠倒滿了酒。

「好了吧！結果怎麼樣？」

雲珠想開了似地，一口氣把酒喝乾。

「老闆吳碧蕉，看到旗竿被油漆地紅紅，聲明喊著蝦子死了、蝦子死了，像白癡一樣叫了幾聲，突然唔唔呻吟著昏倒下去。是中風，或心臟痲痺，沒有經過二個小時就瞑目了。呀！如此一來，要逃跑也跑不出去了。如果逃出去，不就等於認罪了嗎？油漆的犯人就是我，這怎麼行。心裡很 焦急，但是無可奈何。陳董伯那邊早已經買了兩張車票，焦急又焦急，卻等不到我。」

「眞像奥・亨利的小說嘛。」我說，「那麼，跟那個少年，就這樣完了？你們不是互相愛著的嗎？」

「可是，因爲，這樣子，風水師所講的，都講對了。從那不到三個月，那麼巨大財富的日榮商行終於沒落，他們一家親人都簇擁而來分財產，搶光了。我們幾個妻妾，誰也不管，不得不自由去謀生。我呢，連回家的地方都沒有，最後一個手段，只有當藝姐的份而已。那天陳董伯，在車站等了很久，等不到我出現，非常失望，頹喪地回去乘戎克船。分開了，經過半年之後，戎克船再來到鹿港，也很巧合在街上碰面了，互相談起經過一切，無需埋怨命運的捉弄，我們結婚了。然後，夫妻兩個人合力拚命工作，一直到三年前，好不容易才把這一家餐館買下來。」

「妳這麼說，那麼，剛剛坐在櫃台，那個留有鬍鬚的老闆，就是妳的先生……？」

「十年前，爬牆進去油漆旗竿的陳董伯，不錯，就是他。我現在，你看雖然這麼胖又醜、老，但是那個時候的我，還年輕而且身材苗條，倒算是個窈窕的美人喲。」

老闆娘抬舉雙臂，搖著肥肉的肩膀笑了。

「哈哈哈哈，可是，你知道嗎，不管是迷信不迷信，因爲有了風水之說，才救了我。我是受風水的解救活下來的，日榮商行的老闆那麼迷信風水，才會被風水嚇死。也因此，我才能夠幸運地保持純潔的少女身，跟心愛的男人結婚……。風水，眞的會救人，也會害人。」

——譯自一九八四年十月十日東京人間之星社出版台灣小說集《神明祭典》，譯文發表於一九九四年六月十九日民衆日報「星期小說」。

# 玫瑰記

## 奏鳴曲 第一

怎能落魄到這樣地步，做甚麼事都沒有力氣啦。過路人會看做是乞丐寮吧。利用三層洋房牆壁，用撿來的白鐵板和木柱，組成臨時小屋，或許如此搖搖欲墜的小屋，才是適合我現在的心情居住的地方：：。

從古物商買來的窄小舊眠床，在桌子上放有朱色格子的櫃台，暗號鎖已壞了的手提金庫，用紅蕃布蓋上破洞的安樂椅，其他從叫賣商或客人拿來當的不值錢的家具，這就是我目前安住的世界，永居之地。

向東，沒有窗。這個小屋到了午后就昏暗、陰鬱、潮濕。我以毫無感動的眼神，環視唯一的這一個房間。

鐘擺前畫有西洋美人微笑的香港製掛鐘。菲律賓的大蜥蜴標本。裝飾在牆上的鹿港兜蟹。毫無表情地望著空間的乾隆玻璃的北京人像。放在紙箱線絲裡的七個不同顏色的排灣族蜻蜓玉。還有古老的鋼琴，以及有人像會跳舞的八音盒。把全部佈置起來的話，就成爲古董博物館啦。可是，怎能比得上呢，像這樣一推就會倒下去的簡陋當舖，客人也不會拿有價值的東西來當。

知道小屋主人的怪癖，頂多以歹銅壞鐵買賣程度的東西來交易之外，沒有甚麼好機會。經常發給印有「當舖商鄭子賢」我底名字的典當證，但是典當期限到了，帶錢來拿東西回去的客人可以說一個也沒有，只有一些破爛的東西越來越增多而已。

不過，偶而也有裝扮很整齊的紳士，闖入到這樣落魄的小屋來。

「有沒有收到珍奇的東西？」

那些人都會異口同聲地這樣問。好像說你在店裡賣的都是這樣俗品，我們高貴的人，不會再來交易，而教訓我似的。

那些客人必定會自誇以賤價買到珍奇的東西。像大學教授、法院推事、瘋癲醫院的院長，都用錢賺錢，把高價的商品從左手轉到右手，就簡單獲得巨利，都是跟正常的聰明人不同，持著彆扭性格的人。

也許屬於彆扭性格的人，才會跟像我這樣人生的落伍者，被神遺棄了的男人交往的吧。

今天是星期五，院長決定要來的日子。無髭，帶著金框眼鏡的這位紳士喜歡畫。他喜歡的是滑稽的玻璃繪，或日本的神社佛閣的繪馬等珍奇的畫，而正經的油畫或南畫都不要。每天跟像鬆弛了彈簧的人交往，自然會對那些東西感到興趣了。

門被打開，鈴！鈴！門上的鈴子響了。是不是院長？我看壁鐘，正一點。還早，因爲院長是二點以後才有空來。那麼是誰？站起來看。

進來的男人，因爲裡面昏暗，還不適應地眨著眼睛。是陌生的人，我不打招呼，一看就知道不是拿東西來當的人。

男人也不講話。以稍爲習慣昏暗的眼神，在看架子上的畫盤子或字畫，還有吊在樑上的泰雅族的首袋（曾經裝過血淋淋的人頭）等東西。

不講話的這個男人，在他的眼裡，把坐在櫃台前的我，也看做兜蟹或大蜥蜴一樣，或認爲住在都市泥沼裡的鯢魚那樣的東西吧。

好吧，算是懂得禮貌的人，我不理睬。而把黃皮帳簿打開，拿起筆來。其實並沒有甚麼好記帳，只是因爲對方無視於我，我也該表現一些動作對付他而已。

十二珠簾齊捲起
玉樓沈醉美人家

寫完，我才想起這是漢學老師連雅堂先生的詩句。台灣還屬於日本統治的大正末期，先生發表的連作〈稻江冶春詞〉裡的一節。我喜歡先生的詩，像〈冶春詞〉都暗記著隨時可以唸。然而，像我悶居在洞穴裡的人，體內怎麼還留有這種雅氣的片鱗呢？

鯢魚和美人實在不成對句。可是我還沒有老，三十九歲，尤其從前，還曾在稻江風流過。那個時候還年輕，常醉在藝妲家不歸。玩好女人，喝好酒，過著春宵一刻值千金的生活哩。

原來，稻江出美人，是淡水河水流帶來的吧。如稻江這文字所顯示，大稻埕與河，有其密切的關係。因爲水清，才會有美人產生。

台北最老的市街是艋舺。二百幾十年前，艋舺只有幾棟房屋而已。那是當時從福州渡海過來發掘硫黃的郁永河的旅行日記也有記載。這個艋舺發達起來變成商業都市的時候，因淡水河的土砂堆積，戎克船進不來，加之街民的漳州人和泉州人因鄉俗不同而械鬥，終於在河溪下流的大稻埕，亦即晒稻場，形成了泉州人的新街。其先驅的產業是產製烏龍茶的近代化六個茶館工場，以及貿易茶業的外國商社。美國、德國、荷蘭都設置領事館，而貿易的中心、商業的繁榮，便自艋舺轉移到大稻埕來。由於供給需要的原則，自然也有美女蜂擁而來，絃歌興起，吊掛著色彩鮮艷花燈的妓館也出現了幾家。

這個稻江——大稻埕附近的女人，跟別處的女人不同，持有獨特的氣質。只重愛情，絕不爲金錢權勢而屈服，我喜歡那種特質。

因此，多情而善感的我，就很自然地惑溺於楊氏美玉的溫柔了。經常穿著雪白長裾的旗袍，在豐滿的胸脯之間，吊著亞歷山得利亞的頸飾，反射八仙燈的淡光發亮著。美玉是很會彈月琴的藝妲。

## 變奏曲　第二

「卻說那個卞喜，大喊衆軍士出戰，就有比較大的年輕人十名，瞄準關羽而跑出去。可惡的傢伙，關羽揮起青龍刀像水車般旋轉，便有人頭飛天，腳落地吵鈴吵鈴邦，唸阿彌陀佛都來不及。卞喜慌張起來，使勁地擲出鐵槌，關羽巧妙閃開了，隨時回敬一刀，從肩膀到腰吵鈴，哎！分兩片。」

順口朗爽的老人，講釋「三國志演義」的聲音，從樓下傳上來。那是在環河北街的藝妲房間。

把粉白的雙重下巴靠在併合的雙手上，美玉一直不眨眼地在看我。她的眼眸顯出瘋狂似的熱情，卻含有冷靜如冰的澄清美。

沈默已經好久在兩個人之間流過了，我忍不住把視線移開。看慣了的壁紙的虎形污點，給我異樣的感受。今夜爲止，不會再看到這些污點了。

美玉默默在冷徹的憤怒和悲哀中，也許期待著我的擁抱。可是我忍耐著，打開熱水瓶，倒出溫暖的鐵觀音茶喝下去。放下白磁茶杯時，我的手戰慄著。平常，美玉必會搶走茶杯而潑茶使我一身濕透了的，但是今夜連生氣都無意表現了。

老人講古的聲音變低了。關羽打過五關，是不是在古城見到張飛？曾經跟美玉手握著手，流著汗，聽那講古師講故事，看他的表情那些情景，令人懷念。忽然美玉站起來。拿起牆邊的月琴，抱在膝上。

穀雨初晴抹麗多
門前齊唱採茶歌
盈盈十五誇顏色

邊彈邊唱，一直注視著我的她的眼睛，似乎潤濕了，忽而溢出淚水。

又把春衣試碧羅

最後一句，便聽不清楚了。哭喪的臉歪著，眉毛吊上。

「回去！回去吧！不要講甚麼！」

在燈光搖晃著的我的腳下，飛來了裝銀幣的袋子，銀幣跳出來發出聲音。那是父親給我要與美玉斷絕關係的遮羞費。

「玩女人可以，但是要娶年長的藝妲，絕對不行，是鄭家的恥辱！」

爲愛騷鬧了一陣子。生或死，經過迷失的掙扎時，受到父親的大偈一聲，眞覺得無可奈何。

滾下來似地，我從美玉的房間走下樓，遵照我那位溫厚的小兒科醫生父親的指示。

那時，我二十二歲，美玉二十五。在白霧漂流的河邊，沿著堤防，我獨自徒步走。在連雅堂詩會席上，初見面的美玉，今晚要分離又彈唱了先生的詩。想到可憐的女人心的思慕，覺得難過。漩渦在我蒼白的臉頰，寒冷的二月夜霧，迄今我還不能忘記。

「這要多少錢？」

聽到聲音，我從回憶的夢裡醒過來。男人手拿著三十公分四方，黑檀造的一張匾額畫，有如眞的紅玫瑰花插在頭髮上的年輕女人的玻璃畫，是太平天國時代的古物，藏在很大一張南京基督圖的後面。這個男人怎能把它找出來？

對院長幾次的要求都不屈服，才藏在人家不容易看到的地方。這是令人心碎的一張玻璃畫。

「對不起，那張是：：」

「怎麼，不賣？爲甚麼？」

男人很積極。可是我很難說理由，說了理由，人家一定會笑吧。

「是當品，還沒有超出流當期限……」

「哼！是誰拿來當的？」

「這，道義上不能講……」

男人肆無忌憚地走出去。鈴！鈴！鈴！門鈴響了一時。我感慨無量地回想，凝視著放在架子上玻璃畫裡的女人。

莅佳子！怎能把妳的肖像賣掉？妳帶著憂愁的微笑，越來越感到抓住我的心了。那是昭和二十年，比我年少四歲的妳，二十六歲。

也是冬天、戰爭中，父親從朴子回台北，給我一瓶「天女散花」商標的玫瑰酒。

「這是甜酒、莅佳子小姐也喝一點看看。」聽父親這麼說，妳就慢慢把玻璃杯的酒喝乾了。

「啊！味道很好！」

「是摘花製造的，等於就是花露。」

「酒好像浸透到全身各部門去的感覺。」

眞的，妳相信酒會陶醉妳似地，把裝滿著薔薇色液體的玻璃杯，觸及嘴唇，閉著眼睛……。

剛才那個男人，竟無意中進來，把我最近一段時間安靜下來的心思，像已成熟的二期稻穗、騷動的金黃穗波，使我心思又開始紊亂了。

無事也會常常擾亂我心的莅佳子，那天晚上，喝過玫瑰酒後臉潮紅。我竟忘記父親在身邊，陶醉於莅佳子散發的年輕香味，渴望擁抱她。穿著綠衣的莅佳子，瞬間我想起要畫莅佳子，而覺得用一般的畫布毫無趣味，該用玻璃畫畫她，並在頭髮配上一朵玫瑰花。

這麼一想，我忍不住了，等父親到後房去休息，我便回到寢室，讓莅佳子坐在眠床上。

「對，稍爲向這邊。」

玻璃畫跟普通的畫，畫法相反。最初畫眉毛和眼睛和嘴，然後在上面全部塗上皮膚的顏色。或許是晚上的寂靜，使我在畫莅佳子的臉、脖子、肩膀或手臂的時候，感到每一部份都要從玻璃畫裡跳出來似地，生懼又迷惑，才拚命地畫，畫完時聽到第一次鷄啼了。

然後我倒在眠床上絹被裡，睡熟了。但是莅佳子卻爲了父親一大早要去火車站搭車，留在廚房裡準備早餐沒有睡。

我睡醒時，父親已經走了。堆積在遙遠的大屯連峰頂上的白雪，受到朝陽在發光。

「台車還沒有開，爸爸必需要走一里路，一定很冷。」

爲了給鵝飼料，莅佳子脫去軍用手套，擦拭冷凍了的手背。

「妳也累了吧，現在該去睡了。」

「可是今天必需把菜頭拿出來晒，所以要先拿去河裡洗。」

提著竹籠，莅佳子從門前坡道走向小河去，她那腫紅的指頭映在我的瞳膜裡久久不曾消失。

用那手指敲打過鋼琴的莅佳子；莫扎特的鋼琴協奏曲第十七號C長調。在姬松樹整齊地排列在土牆上的東京，高圓寺的小岩井家。留著長頭髮垂到背脊的一半，淡白瘦型的側臉，認眞看樂譜的眼神，長睫毛的莅佳子。我二十七歲，穿金鈕扣的學生制服，襟上的L和W，表示早稻田大學英文系。我把手放在莅佳子的肩膀，她停止彈鋼琴的手。

「怎麼樣？」

莅佳子天眞地看我，彩色粉筆畫般的化妝。

「彈得很好，要做鋼琴家嗎？」

「不要講奉承話。這是姊妹嫁妝的鋼琴，要彈也沒有機會可以彈。」

我後悔問過無聊的話。也因此跟我結婚以來，她就沒有彈過鋼琴。

不只是鋼琴，在台北北郊的士林山中唯一的家，都沒有都市味道的傢俱。因附近的深山有炭礦，才有台車的軌道和電線通過這裡，是最好的享受。

確實頭一次來到台灣，踏進了磚造的這個家的時候，

「這，這裡，就是我們的家嗎？」

莅佳子睜大了眼睛感到意外。不，吃驚的不只是住家而已。過於不同的風俗習慣，更使她感到迷惑了。

當時母親還健康，獨自守護這個家，可是母親不懂日本話。把頭髮梳成圓髻，插著紅花，用纏足的小腳搖搖擺擺走路的老婆，要叫她母親，讓莅佳子覺得非常難過。

然而，莅佳子仍能依照在船中我教給她的方法，恭敬跪下來叫母親。嗣後天天開口就是媽媽、媽媽，這種東西合不合口味？而擔心著母親的味口。「今天，媽媽教我做了台灣菜，眞好。」

來到書房報告我這些。學習日常的台灣話，不到半年就講通了。也把原來的洋裝，很快改穿旗袍。

「不必那麼勉強。」

我忍不住安慰她。

「不，是我自己感到興趣嘛。還有，請你，你說過看機會要遷到台北市內去住，跟媽媽分開住，這，請你取消這一計劃吧，我跟媽媽這樣住在這裡就好。」

「可是，那是跟妳爸爸已經約定過的。」

「在東京的父親怎麼想，那沒有關係。」

莅佳子笑著這麼說。可是我心裡感覺到很痛苦。她跟我的結婚，並不是很順利。她的母親徹底反對，姊姊也反對。只有父親深刻地思考，不反對卻不樂意地抽著煙而已。

## 小夜曲　第三

打開抽屜，放了很久的紙袋裡，有湯遜的原書。Francis Thompson，一百年前生於英格蘭的蘭卡西亞，夢與亞片的這位詩人的名字，我記得很清楚。

在小岩井家的暖爐邊，把潮紅的臉和臉靠近。那晚（昭和十七年冬天），我和莅佳子唸了詩人自傳詩的一節「sister song」。

離開蘭卡西亞，湯遜上英京倫敦。可是他在那兒遇到的——是悲慘的，到鞋店當小差維持生活。但是被主人罵爲懶惰，只帶了一本舊帳簿，被趕出街道。

幹過擦皮鞋、賣火柴、街頭馬車的叫客等工作，晚上在商店的走廊睡，在帳簿的空白處寫詩。有個晚上竟險而餓死在路上。

剛好此時可愛的
少女來，相似你初開的花香

那是美麗的少女，而且心情溫和。少女本身也是薄倖，卻給他一塊麵包。少女是，

從人世間春雷之冠
落下來的花似的
讓街道的風吹撫而萎縮

她是夜花，可憐的賣春女人。但是把湯遜帶去傑魯西的陋屋，像母親又像姊姊般照顧他。對於湯遜來說，少女是慈悲的神。

瑰麗雄壯的湯遜的詩，提高了不是洛陽的英京的紙價，以白銀箭穿刺人心的時候，這位少女卻藏身起來，不再出現在詩人的面前了。

「眞是可憐的女人，但是我好像瞭解她的心思。」

我邊讀邊想著詩人。但是莅佳子卻想著那位少女的心思。不過，所想雖有不同，愛卻是一致的。手牽著手，嘴唇接觸而燃燒。在遠處並聽到電車走過的聲音。

第二天，我向她的父親哀求。做過官吏的嚴父，互叉雙臂說：

「莅是臨，臨場之意，佳是幸福。我獲得正六位叙勳時，她誕生出來，才命名爲莅佳子，她必會幸福，希望你照顧她一生。」

莅佳子和我在二樓六疊房間，相擁著哭了。蜜月旅行是在大阪商船的蓬萊丸。我還記得，在士林開始生活之後，七月一個晚上，妳難耐寂寞才向我訴說一句話。

「晚間，太安靜太寂寞了，爲甚麼把房子蓋在這樣的地方？」

「這是祖父從原住民買下來這一帶土地，才在這兒蓋房子。聽著風水的地理師說，這是子孫繁榮的土地。還有，士林從古早就是有學問的人住的地方，也因此取了士林的名字，雖稍爲偏僻，但可以說是安樂之地。祖父是淸朝時代的舉人考試及格的。咦！妳看，那麼多的螢火蟲。」

我打開窗，從小河那邊的水田到竹林，有幾千的螢火蟲放出明滅的光。妳穿著粉紅色睡衣跳出窗外。

「啊，眞美，鄉村也有鄉村的美。不來到這裡就不會看到這種景觀。」

對，妳說得對。感受祖先的先見之明，不必超過二年，之後，進入亂世的戰爭，台北每日受到轟炸，而這山中卻沒有一點不安。

可是那一天，妳的話使我心動了。離開窗邊的妳微笑著說：

「爲甚麼爸爸不住在這裡？這裡也需要醫生。」

我眞不知道怎麼回答妳。我辯解似地說：

「不行，在士林地區已經有三位醫生。尤其比較重病的人大都利用汽車，不到二十分鐘就能去台北就醫。所以爸爸才到南部朴子去開業。」

這不是說謊。還好，妳正在使用頭髮香水，所以不再問。如果妳再問下去。

「那麼，媽媽爲甚麼不一起去？一定很不方便吧。」

這一點，我只有尷尬地這樣回答妳了。

「媽媽說這裡好，喜歡住在這裡。」

妳相信不相信？莅佳子！其實，爸爸是有第二夫人在身邊。

畢業於日本慈惠醫大的父親，不喜歡父母擅自定親的纏足母親，另娶了稻江一家布店的女兒（或許是買來的），而在朴子開業。坐火車要一天時間那麼遠的地方，纏足的母親是不會去的。

我知道雙親的秘密，是去了東京的學校以後。還沒有去東京以前是我和媽媽兩個人生活、依靠父親寄來的生活費，在家看漢文書或去參加連雅堂先生的詩會，眞是悠閑。母親對這些一句話也不說，我自己也沒有想過要去朴子。

莅佳子，現在全都告訴妳吧。如果我沒有認識那個美玉而傳出艷聞，或許不會到東京去唸書的。換句話說，能夠跟妳結婚，是美玉引起的。那個時候鬧得死去活來，說要去朴子而打了電報，使爸爸慌張起來立刻回電說：

「不必來，爸爸馬上回去！」

匆匆忙忙，連常帶的皮包也沒帶，就上台北來了。結果就是我去東京唸書的決定。現在想起來，那是父親打算好的戰略，我輸了。

莅佳子，爲甚麼顯出那麼悲哀的神情？話說回來，妳這張肖像，畫的當初就帶有點憂鬱性，爲了表現妳優雅的氣質品格，才畫成了這樣子，不然，就是玻璃畫的手法，必須從反面畫的緣故吧。

門鈴又響了，這一次來的，不錯，就是院長。咦！院長看了玻璃畫，然後點了一支煙。他說，

「我以爲這一張畫失踪了，卻還在。反正不是甚麼名家畫的，乾脆一點，賣給我算了。」

## 交響曲　第四

中國哲學家劉博士說過——戰爭是偉大的交響樂。

可是對我家來說，這個交響樂只有麻煩以外甚麼都沒有。日本戰敗打了個終止符，使我周圍的情況，一切都改變了。

母親已經過世，在戰爭末期，患了肺癌，在醫藥不足的情況下，忍過激烈的痛苦，結束其生涯。在臨終三日前都由父親親自看護，這是母親，像蠟燭的火要熄滅瞬前閃亮了一下似的，得到的最後喜悅。

而母親過世前一個月，我的長子誕生了。臥在病床的母親，連自己最初的孫子也無法愛撫。不但人生的終焉和降誕匆忙地來臨，我自己也被生活的重擔壓倒了。由於新的社會改革，失去祖傳繼承的大半田園，土地的收入減少，轉落於斜陽階級了。

晴耕雨讀的閑雅生活變成了夢。急忙去找工作。還好，經過學長陳光來學士的介紹，得到大學講師的職位。教的學科不是我專門的英文，卻是我在一中生活當做伴侶的漢文，而當中國古典文學的講師。

昭和二十三年，不，應該說是民國三十七年，八月的一個晚上，我為了答謝陳光來學士的友情，在稻江的酒家悅蝶樓設宴招待他。

有點醉酒的陳說，

「子賢，你當然也會知道，但是據於友情，我先告訴你。爲了推荐你當講師，原來有點困難，那不是你的爲人或學問，而是你的太太。」

「內人的？」

「其實也沒有甚麼，只是因爲你的太太，是日本人。」

像似霹靂，眞傻。由於戰爭結束，我和莅佳子的國籍改變了，我竟沒有想到。這是我們的生活跟世間隔離了的關係吧。

「這個社會，多管閑事的人很多。像你這麼有實力的人，無聊的風聲，不會影響很大，總是要努力吧！」

陳拍一拍我肩膀，表示沒甚麼。但是一種異樣的感受留在心裡。我不想馬上回士林，獨自在繁華的延平北路徘徊。這裡已經不像日據時代，到處都是人群的流動。因爲五十萬大陸人簇擁而來了。

穿過人群，進入迪化街的美珍茶莊，買了茉莉花葉，莅佳子要的。莅佳子，可憐的莅佳子，由於日本放棄台灣，台灣人的我就不是日本人了。不管你願不願意被貼上勝利者中國人的標誌，而我的夥伴，竟因此而對戰敗國民莅佳子加以蔑視了。眞是被歪曲的命運。

「子賢，不是子賢嗎？」

「咦！」

「是我，好久沒見啦！」

好像在那兒開花了似的，搖動全身講話的人是美玉。比從前胖了，撒播甜甜的嬌柔。

「是媽祖婆引導的吧，不是嗎。來，到我房間來。」

沒有說不的餘地了。美玉招來二部人力車，車夫打響鈴子跑，經過三層樓的街道，沿著水溝，走向昏黑的巷子去。用紅磚護岸的水溝的水，反射十六夜月的光線，散播金粉似地亮著。

「是從前那個地方嗎？」

「在那附近。能看到大屯山，你還是住在士林嗎？」從以前有廣大陽台的三層樓意大利領事館傍邊，又走過盛開喇叭花的廢屋拱門，抄近路到環河北街的河岸。

「在這裡。」

我正要付車資，美玉爭先，已經付了。

美玉的房間在樓上，熟悉的嵌有鏡子的眠床放在牆邊。我環視房間，想瞭解女人的生活。桌上的化妝鏡子，髮梳，洋裝衣橱，收音機傍邊的大理石桌鐘，是不是有資助者資助？

「不要猜疑，是我一個人。」

美玉卻看透了我的心。

「那麼，從那個時候妳……」

「藝妲，除了藝妲之外我還會做甚麼。」

美玉盯著看我，「可是你，你卻變了紳士，那個時候還是不懂事的少爺。我恨你恨透了，後來想到你是被父親左右的，才想開了。現在，那些都是變成甜蜜的回憶了。」

我想不出話講，只默然對著她。美玉走進隔壁房間不知做了甚麼，不久拿了老紅酒和一盤香腸出來。

從打開的窗，吹進來舒服的河風，看得到淡水河的中州在月光下浮現著。

「結婚了嗎？」美玉倒酒，若無其事地發問。但隨即又說，「眞傻，問得眞愚蠢，應該問你有沒有孩子？」

「一個男孩子。」

「應該讓我生給你的。」美玉放出尖銳的眼神說：「下定決心吧，今晚不讓你回家。」

從她聲音的認眞挑撥，我感到命運的絲線，不是受到酒或月光的影響，而是由於我的傷感本來就是難斷的絲線，強迫把它切斷了的。

「啊，這不是花茶嗎，我去媽祖抽籤，籤眞準是大吉。你我還是必定結緣的。我們相遇那天，你也買來茶葉，眞巧，你看這！」

從橱子裡，美玉拿出花紋的木盒子來。是在當時送給她的「鐵觀音」。

「放在這裡，做懷念的，原封不動。」

美玉的眼睛潤濕著，把臉伏在我膝蓋上。熱烈的感情，依舊不變。

「我眞傻。」

搖頭，就打開花茶的蓋子，泡了兩杯熱茶。

茉莉花的香味飄上來，嚐著芬芳的茶味，我感到自己性格的軟弱。

早晨，從亞字欄栅射進來強烈的夏日陽光裡，我清醒了。美玉不隱瞞肉感的裸身，在光輪裡搖晃著雙乳，起身裸足穿著拖鞋，用白磁的茶杯，倒茶來。

這使我忘記了十一年歲月的隔閡。美玉一直保守著過去的習慣。膨脹的腹部像瑪瑙般油滑。有如搖晃的靑麥陰翳，那女陰傍邊的黑痣，我輸了，又約定了下一次再會的日子。而竟忘記了這種幽會的危險性，多麼厲害。如果我的理性很淸醒，我就會察覺，她以往那有彈力的肉體，已經鬆弛髒胖了，眼睛的周圍也露出女人三十六的年輪……。

知道讓母親痛苦的父親的行爲，才自覺要努力律己的我，終於背叛了莅佳子，這不能辯解，也不能推說是戰爭帶來的罪吧。或許在我的體內，流有一夫多妻的舊漢民族習慣的血液？

美玉把雙臂環繞在我的脖子，像要咬我的耳朶似地囁嚅。

「這一次如果遺棄了我，就不原諒你。」

## 嬉遊曲第五

「眞的要帶我去嗎？」

看那麼高興的莅佳子，我不無責難自己。可是已經把骰子擲出去了。

「佳賢要怎麼辦？」

「只是半天而已嘛，請阿婆照顧就行。」

以夫妻的名字各取一個字命名的男兒，被阿婆抱著，去竹林那邊的水源地玩。我倆便坐上台車去。

上次兩個人親蜜地坐在台車小廂裡出去遊行，已經是幾年前的事了。經過合歡路邊樹下，箭竹叢之間，台車發出輕快的聲響滑走。十月涼爽的風從原野吹過來。

不用搭乘庸俗的火車，我們從士林車站前，乘汽船溯河而上。

養鴨人揮起長鞭就能自在地，指揮左右群泳的幾百隻鴨子改變方向。氣根伸長到水中的樹齡數百年的榕樹。亮起珍珠色的雲，撐著陽傘看那些風景的莅佳子高興極了。

下午三時，我們到達板橋。位於台北西南三公里，有林本源庭院的地方。

光緒十四年，費了五年的歲月和五十萬兩的工程費才竣工的家園。由當時林家的家庭教師呂西村和謝琯樵設計。呂是篆隸的大家，謝是南畫的名手，因此庭內的一閣一亭一坵一水，均依據古典而來。說五十萬兩畢竟有多少？看看當時廣大的台北城建築總工程費，只花了二十萬兩，就知道其豪奢的程度了。

鑽過月門就有寂靜的大水池，由岩石組立的嵯峨奇峰圍繞著。這些層巒是描寫林家鄉里的漳州的山，岩石是由漳州專工運來的。

莅佳子高興地發出感嘆的聲音。新婚旅行從日本回歸途中，曾經游過的京都龍安寺的院子，比較起來那是靜、這是動，那是窄、這是廣，成爲枯淡與華麗、沈寂與莊嚴的對比了。

走上岩山又下來，沿著曲折的山道走，就進入冰冷的石室。那兒有石板的眠床，從狹窄的瓶型窗，可以看見競艷的群花和青藍平靜的廣大水池。

說明這裡是梅花䣃，釣魚磯，這兒是雲錦淙，穿過八角形的花門。又從三十年前倒壞的觀稼樓遺跡，走上階梯，到長蛇似的迴廊上的陸屋頂出來。以瓦敷張的陸屋頂是一種散步路，邊府瞰園內的景色走向西邊，轉向南邊。

不久，我們走到方鑑齋來。林家的兄弟在此接受教師的漢學，疲勞了便舉行長夜的酒宴，是以纖麗的彫刻裝飾的建築物。這一建築物和前方的朱漆戲台之間，有方形的水池充滿著清冽的碧水。

「啊！有人在那兒。」

莅佳子發出輕聲說。穿著合身的胭脂旗袍，露出淨白雙臂的女人，站在戲台的容姿，與天空的白雲一起映照在方鑑池水面，搖晃著，宛然就是一位仙女。

仙女面向我們，婉然笑著，輕輕招手。

「是誰？你認識的？」

莅佳子急促地問，我點點頭，不僅是認識而已，她就是美玉。

「太太是怎樣一位女人？給我介紹。你不介紹，我就去士林……」

近於威脅的言詞強迫，我不得不約定今天在這個庭院，讓她倆見面。以爲這個地方雖然不是「阿房宮」，但是五步一樓十步一閣的地方，以爲遊客必定很多。然而上帝似乎不欣賞這種方式，今天偏偏沒有其他的遊客，如今也只有聽天由命了。

我們走過池邊山嶽狀，泥土和岩石貼黏造成的洞窟小路，進入戲台。

「好久不見了，眞是偶然，這位是鄭夫人嗎。我叫美玉，請指教！」

果然長於應酬待人周到的稻江藝妲，以和藹可親的態度向莅佳子問好。聽她的話，我內心感到可怕的是後段，而冷汗三斗。

「美玉小姐的月琴彈得很好。」

「有機會請讓我欣賞。」

「還沒有。」

「哎！不比你先生唱歌好。」美玉說了令人納悶的話，「那邊的來青閣，看過了嗎？」

「很漂亮的，我陪你們去。」

當然是有心理準備而來的。可是用蟲不咬的樟腦木材建築，貼有波斯玻璃，十分壯麗的這座貴賓館，都映不入我的眼裡。

美玉走上彫有花紋的丹朱階梯，站在二樓的欄干。

「太太，妳看，那邊桃園台地以及田園的綠野，都延伸到這裡來。所以叫做來青閣。」

「眞是設想周到。」

我覺得莅佳子的聲音不很清爽。

「鄭先生，我們來捉迷藏好不好。我小時候常在這兒玩捉迷藏的。」

不知道美玉有甚麼陰謀，但是意外，莅佳子卻立刻答應了。

「好吧，鄭先生當鬼，因爲你是男人。」

兩個女人一起跑出去，笑聲漸遠。在牆圍外榕樹上的油蟬鳴叫得很尖銳。

算到五十，我才張開眼睛。不知不覺之中我恢復成爲小孩子啦。

配上一支橫柘榴木的是開軒一笑，水禽游泳的月波水榭，含笑花香味的香玉簃，找尋來到定靜堂南側迴廊，窺見蝶形的窗。

「發現了！」

莅佳子和美玉蹲在那兒笑著。兩個人比拳，莅佳子輸了。

「啊！太太當鬼。」

美玉立刻抓住我的手，跑進叫橫虹臥月的陸橋的洞窟去。使我感到有一種邪惡的氣勢。

「太太漂亮嘛！」

美玉講話同時，緊緊捏了我的手臂。

「我在想甚麼你知道嗎。如果我現在有手鎗，一定把你太太射殺！」

一股戰慄流過我的背脊。腳步走過來，走過我們的頭上，好像在陸橋上找人。

傍晚時候，回到家，莅佳子便問。

「美玉小姐，是怎樣一個人？」

「是連雅堂的侄女，生前受過連雅堂先生的照顧，我應該知恩報恩，她那種藝妲生涯，並不舒適。」

連先生啊，請您原諒這個不肖弟子的謊言吧。我不敢看莅佳子的眼睛。「這使我想起湯遜的『姊妹頌』，眞是可憐的人。」

把跑進來的佳賢抱起來，莅佳子親吻兒子，然後面向昏暗的窗外，低聲地說：

「你跟別的女人交情，我不反對，只是不要讓我知道。」

## 幻想曲　第六

在台灣統治陽間（現世）的是爲政者，統治陰間（靈界）的是城隍爺。

雖是全智全能的爲政者，既然是人，就無法全部洞察每個人的心裡秘密，善人也會因冤枉而哭，奸人也會避免其罪。

於是，神的城隍爺便派遣延壽司、速報司、糾察司、獎善司、罰惡司、增祿司等六神爺去陽間，不斷地監察人民的行爲。若判明是惡徒的話，就根據報告，命令謝將軍和范將軍檢舉其靈魂，送去城隍爺的法庭。在法庭，文判官會愼重地調查其是非善惡，基於結果，武判官會執行陰刑。

到昨天還得意揚揚，傲慢的高級官員，突然因腦溢血而暴斃。收集庶民的金錢十幾億的匿名公會理事長急遽沒落，還有因車禍在十分鐘前還在歡笑的男人死去了，這種種的事故是我們經常會看見或聽聞的事實。顯然是城隍爺在陰間下的陰罰。如此觀察這個世間所有的現象，確實毫無一點疑問的餘地。

天眞的佳賢六歲的靈魂被召回去是在民國四十年（昭和二十六年）的夏天，所愛的莅佳子在一瞬之間，以三十三歲被奪走生命，是在隔年。

我感到悲哀之前卻非常生氣。佳賢和莅佳子有甚麼罪。城隍爺不是失去睿智了嗎？瘋狂地我跑到城隍廟去，想痛罵神。

然而，我看到城隍爺莊嚴的黑髯垂到膝部，以及透視人心肺腑半張的眼睛亮光，便毫無聲音地，激烈地顫抖了。

受到天罰。城隍爺以奪走沒有罪過的妻兒的生命，做爲我肉體的代替，科於陰罰，給我沉於生的悲哀。人生沒有比這更痛苦、哀傷的精神處罰吧。

這使我想起，世間人都害怕被奪走幼兒的生命代替自己的罪，便在城隍爺生祭祀的時候，在孩子的脖子掛上首枷，表示「這個孩子犯了罪，已經在服刑」而來參加祭拜。這種行爲，要說是欺騙神，寧可說是表示自己謙虛的心獻給神較適當吧。佳賢，這名字太美了，才會遭遇不幸，我怎麼沒想到用竹紙製造的首枷，讓你帶在脖子去拜廟？爲疫病死去的可憐的佳賢。現在，紫色的飛鳥引誘你，玻璃的油燈守護你，帶你要去搖遠遙遠的西方呢，纖弱的你的雙腳，路是遙遠的，可憐的和尚頭的佳賢喲！

或許，經過一年後又遭不測的災難，追逐你而去的你的媽媽，找到了你，像被瑪麗亞抱在懷裡的泰西名畫耶穌一樣，你在悲哀命運的母親懷裡，睜開圓圓的眼睛微笑著也說不定？

插著玫瑰花的莅佳子的玻璃畫像，沒有畫上佳賢，使我感到遺憾而後悔。不過，畫這一張畫的時候，佳賢還沒有「佳賢」的名字，還在天帝的遊樂場，等待著薔薇色的鳥囀鳴的信號要誕生，眞是沒有辦法啊：：。

「怎麼不講，不賣嗎？」

院長又打破了我的幻想，討厭而執拗的院長，我默默搖頭。於是院長也搖頭，死心似地，拿起櫃台上的水蛙彫刻。

「這個要多少？」

囉唆。院長是好人，但是現在的我，看他溫和的臉，卻感到煩，我要獨自一個人想：：。

「你要的話，送給你。」

「噢？」

顯得意外的神情，院長把水蛙放下來。我不願他繼續打擾我。我要伸出幻想的白色翅膀，到天涯地極去尋找莅佳子，要溫暖她。

「你帶回去吧！」

院長把它放入口袋裡，嘴裡的煙，煙灰掉在西裝上。

鈴！鈴！鈴鈴！鈴！打響門鈴，院長出去了。靜寂又籠罩周圍。

……莅佳子，我垂頭。現在襲擊著我和妳的除了寂寞以外甚麼也沒有。瑪利・羅浪桑的彩色遮掩了我的視野，像取下近視眼鏡般，妳的輪廓朦朧。妳默然抱著佳賢，要渡過流在地軸底下不信之河的奈何橋。從地獄下層吹來的風玩弄妳的長裾，枯木枝椏在發響。

「停下來，女人！」

那是把壞人推入地獄下層的牛爺和馬爺將軍。妳緊抱著佳賢。

「那個女人沒有罪！」

我想喊一聲，但又是羅浪桑的煙霧，使我的聲音變成陰鬱的桃色，喊不成。可是，對啊，妳沒有罪。

沒有發過牢騷的妳，不讓嫉妒的火焰燒身的妳，妳安祥地睡，每次我要出門，都在我的皮包裡放錢，不讓我丟臉或迷失的妳，妳一點都沒有罪。假如硬說妳有罪，那就是妳過份信任我的罪吧。

那天，佳賢的忌辰，妳爲了供獻佛壇的胡瓜去菜園，呈現濃綠的胡瓜，好多吊在架蔓上。

或許妳唱著搖籃歌，七月，沒有一片雲的天空藍藍，威士忌顏色的太陽光線晒滿山野，妳陶醉在光線裡唱歌。

隱藏秘密的丈夫，常常不回家的丈夫，不能依靠，只支撐著妳底心靈的是佳賢，被奪走了唯一愛兒的妳，沈溺於孤獨的深淵，容易失去理性的視覺並不奇怪。

大胡瓜，妳伸手要摘下來。但是妳嚇了一跳，凝視了胡瓜棚架。

「要小心，看看有沒有青竹絲懸吊在架棚，母親也曾經差一點被咬。」妳想起我的話，看清楚，沒有青竹絲，便把胡瓜摘下來。

太陽很亮，亮得大地、木石都在迴轉的光線裡燃燒，喘息，連胡瓜也變成朱黃色。妳選在陰翳下走，從菜園經過相思樹的草叢，喘著氣、輕輕摸著鬢角停下來時，奇妙的痛疼和不快的潤濕觸感，使妳的血液逆流。妳闔下眼。

雨傘節是跟百步蛇一樣最毒的蛇，妳昏倒，黑毒傳流妳的血管，侵犯心臟，失去意識。在山中的遭遇，誰也不知道。而且那天晚上，我在美玉的房間，沈溺於肉體的倦怠，沒有回家。

我看到莅佳子美麗的臉蒼白地瞑目著，那是妳底屍體被村里的人發現，已經躺在眠床上的時候。我豪啕、嗚咽，可是一切都過時了。

「去吧！」

拿著鋤頭的牛爺將軍說，妳過橋。忽然，乳白色的頭巾丟下來。音樂開始響了，同時，妳穿的旗袍也滑下來，現出妳崇高無垢的裸身。像珐瑯、象牙被彫琢的妳的裸體，沒有比這更美的女體啦。

莅佳子，我伸手，但是妳不回頭。引領扛轎天兵的那三十六神將，迎著妳，妳躺在薄絹的褥墊兒上。天空仍然很晴朗，且有白天的星星發出火花。諸神護從妳，妳離開到遙遠的地方，喚也喚不回來。莅佳子，溫柔的妳的肉體，已經不屬於我擁有。

## 遁走曲　第七

「死得正好，也沒有事後糾紛，眞好！」

越來越胖的美玉，吐出龍眼核子，露出牙齒笑的刹那，我才省悟我眞正愛的是莅佳子。利用機會而本能地做姿態的美玉，不管別人在不在都毫不在乎地拉起衫裾的美玉，晚上搖擺胸部壓倒性地讓你看乳房的美玉，那些都是憤恨的根源，變成了憎惡。沒有像莅佳子乳液般的皮膚，是肥胖了的四十歲老太婆。

「甚麼時候舉行婚禮？我要，早一天當教授夫人。」

嘶啞的聲音，難聽、下賤又肉麻。我怎能把這種聲音當做天使的妙音呢？不懂，不知道，不能原諒自己。

「可是我不要住在山裡，那麼不方便的地方，應該賣掉，在這裡找一棟廣大的房子。」

把美國製的賀爾蒙膏，擦在腹部、大腿的美玉。

我嘆息，想起環繞在美玉周圍的每一位男人的臉。藉著藝妲的職業，我沒有來的晚上，就招來那些男人，過著淫亂生活的女人。雜亂地睡在床上把腳伸長到男人的鼻尖，也不會感到羞恥的。我怎麼那麼瘋狂，竟任官能的慾望而沈淪在這種女人的身上？

比不上亡妻的溫柔，這個女人也敢對我爲了莅佳子的葬儀而忙，還會改變臉色而嫉妒！我一直到今天才發覺以爲是天國，其實是地獄的眞情，使我感到無上後悔，坐立不安，想立刻離開這個房間的衝動，佔據了我底心。

「頭痛，痛得很厲害。我出去買藥。」

「趕快回來！」

手揷在多脂肪豐滿的腰上，美玉扭轉了身軀。從她的聲音、肉塊，爲了離開美玉的一切，我急速走下樓梯，走出門外，巷子裡正在下雨。

回到士林的家，坐在深夜的燈光下，跳躍在心裡的是空虛、焦躁和不安，像魑魅魍魎，使我無可奈何。夜深雨越大，雨滴橫射窗門。莅佳子是這樣子在山中耐著孤獨過活的，想到她的悲寂，我緊咬手指頭，咬到染血了也不感覺痛。像莅佳子這麼聰明的女性，我說要在大學研究室整理資料不回家，她是不是相信？不懷疑？她一定也沒有到研究室去探個究竟，是怕發覺了實情會很難過之故？

莅佳子說過她喜歡克烈奥帕特拉，所以在兒子忌辰之日，仿效埃及的女王，莅佳子借著摘胡瓜而去求毒蛇，讓毒蛇咬上靜脈透明的小腿，假裝遭遇不測的災難也說不定，專是爲了愛我，不使我心裡痛苦——。若是如此，毒殺莅佳子的，不外就是因爲美玉之故。思慕和慚愧之情，使我變成了行屍走肉。不想再做甚麼，只要從可恨的美玉離開，我向服務單位提出辭職，並遺棄了家，只給朴子的父親寫了一封信，讓他知道而已。

任濃濃的鬍鬚自由伸長，不照陽光蒼白的臉，帶著灰色眼鏡，假如美玉看到我也會認不出來那樣，我已經憔悴得很厲害。穿著寬闊的黑褲子，每日躲在乞丐寮的小屋，過著冷清的生活，我的額上刻滿深皺，頭髮也白了。

城隍爺啊！我底小屋蓋在近城隍爺廟的永昌街，朝夕偶而聽到廟裡敲打的鼓聲，好像在苛責我，不該愛莅佳子以外的女人似的。

也許有一天我會餓死，要死之前，只想再喝一次北京的玫瑰酒。薔薇色的玫瑰酒，或許會把被破戒無慙污穢了的我的身軀，清除到透明，恢復誕生時的無垢吧。可是，我這一希望，很可能會落空也說不定。

看不見的莅佳子，來到我膝上吧，在微光裡，跟我一起朗誦湯遜的詩吧！

事情的開始還有終了
經常帶有嗟嘆之情
誠然我們也生在人的
痛苦中滅亡於人的痛苦裡

Nothing begins, and nothing ends,
That is not paid with moan ;
For we are dorn in others's pain,
And perish in our own.
——Francis Thompson

—譯自一九八四年十月十日東京人間之星社出版台灣小說集《神明祭典》，譯文發表於一九九四年一月五日發行的《文學台灣》第九期。

# 作品解題

陳明台

## 赤嵌記

本篇最初發表於一九四〇年十一月二十日，《文藝台灣》第一卷第六期，同年十二月由日孝山房以限定七十五册單篇裝訂本出版，一九四二年十二月則集〈赤嵌記〉〈雲林記〉〈元宵記〉〈朱氏記〉〈稻江記〉〈採硫記〉六篇，仍以《赤嵌記》爲題名由書物展望社出版。一九四三年春，作者以書物展望社版《赤嵌記》獲台灣總督府所頒〈台灣文化獎〉。

本篇之作，打破作者既往不事先親訪古跡取材的慣例，係作者往訪台南府城天后宮、赤嵌樓之際身心深受感動的產物。

## 血染槍樓（赤き死の銃樓）

本篇發表於一九八五年十月二十三日，《アンドロメダ第一九四號》（東京人間の星社出版，係西川滿在一九六五年以降自行發刊的雜誌）。後收入一九八九年出版的小說集《天と地との歌，天和地之歌》。係以台灣中部沒落的港口鹿港爲舞台之作。

## 劍潭印月

本篇最初以〈劍と月，劍和月〉，署林房雄之名，發表於一九四七年七月一日《創造》雜誌。係基於林氏幫助當時生活陷於困境的西川氏的好意。其實是作者在戰後，剛回歸日本時期所寫的作品。完成於作者的恩師，名作家林房雄座落在鎌倉的住宅。爲資佐證曾有副題依據劉西川（即西川滿之別名）〈劍潭印月〉的註記。三十年後則全篇改以現代假名〈日文字母〉發表於一九八四年八月二十三日《アンドロメダ第一八〇號》。後收入一九八九年出版的小說集《天和地之歌》。

## 惠蓮的扇子（惠蓮の扇）

本篇發表於一九九〇年六月二十三日，《アンドロメダ第二五〇號》，有附題「二二八事件的輓歌」。原收入一九八七年出版的小說集《惠蓮の扇，惠蓮的扇子》。係以二二八事件爲題材的作品。乃作者感懷於台灣現代史上的悲劇二二八事件，特別是對犧牲於二二八事件中的，作者的門生林秋興滿懷追思之作。

## 錬金術

本篇發表於一九九二年七月二十三日，《アンドロメダ第二七五號》。可能是作者完成於昭和五〇（一九七五）年代後期之作。後收入一九八四年十月出版的小說集《神神の祭典，神明祭典》。係是作者基於台灣民間拜祭之時所用金紙實物，產生的空想之作。

## 靑鯤廟的艷婆（靑鯤廟の艷婆）

本篇係作者戰後回歸日本初期，出自思慕華麗島的心情，寫於一九五〇年代的作品，重刊於一九九〇年四月二十三日，《アンドロメダ第二四八號》。原收入一九八四年十月出版的小說集《神明祭典》。

本篇的「鯤」指的是臨眺台灣海峽的台南砂丘地。內容是以台灣人最尊崇的天上聖母—媽祖和媽祖廟爲主題的作品。

## 月夜的陷阱（滿月の夜の陷阱）

本篇可能是作者完成於昭和五〇（一九七五）年代後期之作，收入一九八四年十月出版的小說集《神明祭典》。

本篇是作者在擔任《台灣日日新報》編集時代，居住於日本人聚集的街道—大正町的生活追憶片斷：「……每夜臨睡之際，聽得到隨風而來單調的音樂聲，一直持續到拂曉，自然地，引發了我的幻想……」，沁雜了作者的幻想情緒所寫成。

## 玫瑰記

本篇收入一九八四年十月出版的小說集《神明祭典・神神の祭典》。

本篇是以作者喜愛的士林、板橋兩地爲背景，所謂「令人神遊於鬼氣和瑰麗渾融一體的境地」（島田謹二評語）之作。作者還有以板橋林本源家族庭園爲主題的散文詩集《林本源庭園賦》（一九七八年作品，收入《西川滿全詩集，一九八二年二月出版》）可參閱。

## 風水譚

本篇收入一九八四年十月出版的小說集《神明祭典》。是以鹿港爲舞台，描繪風水思想之作。

## 戀情與惡魔　（戀と惡靈）
## 閻王蟋蟀　（閻魔蟋蟀）
## 嶽帝廟的美女　（嶽帝廟の女）

三篇均收入一九八四年十月出版的小說集《神明祭典》。均爲作者將難以忘懷的古都台南之追憶，加以小說化的作品。

## 神明祭典　（神神の祭典）

本篇係收入一九八四年十月出版的小說集《神明祭典》卷首之作。是作者少年時代，居於台北大稻埕太平街，每逢城隍爺祭，見謝將軍、范將軍遊街行列，引發對台灣民俗、宗教無限之憧憬與興趣，追憶當時往事，投射了作者少年之夢的結晶。

# 西川滿（羈旅台灣時期）年譜

陳明台編

一九〇八年　一歲

二月十二日正午，誕生於日本福島縣會津若松市善久町（現爲日新町）十九番地，祖父秋山淸八（時任會津若松市首任市長）邸，父純（往西川家爲養子），母繁（しげ）之長男。

一九一〇年　三歲

爲參與祖父之弟秋山義一的煤礦事業，隨雙親乘信濃丸來台，居於基隆。

一九一四年　七歲

遷居至台北大稻埕，四月入台北第四尋常（後改名城北、樺山）小學校。從二年級起，師事青木長八先生。並開始書籍製作。

一九二〇年　十三歲

就讀總督府立台北中學校（即後來的州立台北一中），創刊《森の家》《杜の詩人》《草》《文藝櫻草》。以，西川まさお爲筆名寫小說、詩。參加學校演講比賽每每得第一名。

一九二三年　十六歲

一月，應徵（台灣新聞）新年徵文，以小說〈豚〉得第一名，獎金五元，爲生平第一次領到的稿費。

一九二六年　十九歲

投考台北高校、台北高商均失敗。立志學習外語。六月，任職基隆稅關，擔任監視課監視官，八月，組北台灣詩人連盟，刊行《扒龍船》二册。十二月，辭稅關職務，專心準備大學考試。

一九二八年　二十一歲

四月，入學早稻田大學第二高等學院，二年後正式進入法文系。專攻法國文學。師事吉江喬松、西條八十、山內義雄等人。在學中，醉心法國文學，努力於研究和詩作。仰慕日蓮上人，參加日蓮教學成爲研究員。也曾參加右翼學術團體「國體科學連盟」。又成爲《椎の木》詩刊同人，投稿於《文藝汎論》雜誌。

一九三二年　二十五歲

在台北和田中澄子結婚。

一九三三年　二十六歲

自早稻田大學畢業，畢業論文爲〈藍波（arthur rimbaud）研究〉。受恩師吉江喬松的教示，決定終生獻身地方主義文學。四月返回台北，經由恩師山內義雄的介紹，認識任教於台灣大學的矢野峰人、島田謹二兩位學者。受兩人教益極多，奉爲終身之師。參加「台灣愛書會」。

一九三四年　二十七歲

進入《台灣日日新報》，主編學藝欄。八月，愛書第二號發行，從此一直擔任發行人兼編集，至一九四三年八月（第十五號停刊）。九月，成立媽祖書房，十月，創刊《媽祖》雜誌，計發行十六册（一九三八年三月停刊）。

一九三五年　二十八歲

四月，出版詩集《媽祖祭》，六月，連載散文詩〈台灣風土記〉（後改題爲台灣顯風錄）於《文藝汎論》。十一月，首度出版小說《楚楚公主》。當月，父西川純當選爲台北市議員。

一九三六年　二十九歲

九月，長男潤（現爲早稻田大學教授）誕生。童話《貓寺》出版。

一九三八年　三十一歲

三月，改媽祖書房爲日孝山房。五月，繪本《桃太郎》出版，詩集《鴉片》由佐藤春夫之推薦，獲「文藝汎論社」頒〈詩業績功勞獎〉。八月，童話《傘仙人》出版。十月，赴日本內地旅行。

一九三九年　三十二歲

二月，創刊《台灣風土記》民俗研究雜誌，計發行四冊。九月九日，「台灣詩人協會」成立。十二月創刊協會會刊《華麗島》。十二月四日，台灣詩人協會改組，「台灣文藝家協會」成立。

一九四〇年　三十三歲

一月，台灣文藝家協會會刊《文藝台灣》創刊，計發行三十八冊。一月、四月，台灣文藝家協會在台北舉行演講會、春季研究會。七月，出版小說集《梨花夫人》，九月，出版詩集《華麗島頌歌》，十二月，出版小說《赤嵌記》單篇。

一九四一年　三十四歲

一月，遊斗六，執筆《鄭成功》小說。文藝台灣社設立文藝台灣獎。二月，擔任台灣文藝家協會事務總長。五月，與詩人春山行夫遊中南部。張文環等於本月創刊《台灣文學》。十一月，出版詩集《採蓮花歌》，十二月出版小說《浪漫》。

一九四二年　三十五歲

二月，出版《西遊記》。四月辭《台灣日日新報》職務，仍以特約撰述支領報社薪水。五月與池田敏雄合著《華麗島民話集》出版。八月，編《台灣文學集》在東京出版。台灣文藝家協會改組，與皇民奉公會文化部文藝班密切合作。十月二十七日，與張文環、濱田隼雄、龍瑛宗等三人赴東京出席第一回〈大東亞文學者大會〉，月底，召開文藝台灣東京大會。十一月發表詩創作〈一個決意〉。十二月，出版小說集《赤嵌記》收入六篇創作。

一九四三年　三十六歲

一月，詩集《花妖箋》出版。二月以《赤嵌記》小說集獲台灣總督府（皇民奉公會）頒台灣文化獎。四月，文學報國會台灣支部成立，西川任理事長，台灣文藝家協會解散。葉石濤氏前來文藝台灣社幫忙。六月，詩集《一個決意》出版。十月，小說《桃園之客》出版。台灣決戰文學會議在台北市公會堂召開。西川提議撤廢結社，而決定《文藝台灣》停刊。

一九四四年　三十七歲

承繼父親出任昭和煤礦社長。一月一日，《文藝台灣》正式停刊，在家中創設「皇民文學塾」召開讀書會。小說《台灣縱貫鐵道》連載結束。四月，被任命爲文學奉公會本部戰時思想文化會委員。五月，台灣文學奉公會創刊《台灣文藝》雜誌。

一九四五年　三十八歲

八月，於煤礦公司事務所得悉日本戰敗。十月，與濱田隼雄等致力推展戲劇公演活動，於台北市演出〈南風亭〉〈杜子春傳〉〈孫文傳〉等。

一九四六年　三十九歲

四月，一家返回日本。七月，定居於東京杉並區阿佐谷。

**參考資料**：近藤正己〈西川滿札記，略年譜初稿〉。《文季》雙月刊二卷三期，一九八四年九月出版。西川滿《西川滿全詩集，略年譜》一九八二年二月十二日，人間の星社出版。

## 附：西川滿台灣題材著作目錄

### 一、小說

一九四〇年　梨花夫人

一九四二年　赤嵌記

一九四三年　桃園之（の）客

一九四二年　生死之（の）海

一九四八年　七寶の手筐（七寶的手籃）

一九五二年　ちょプラン島漂流記
一九五二年　台灣脫出
一九五七年　黃金之（の）人
一九七〇年　現代常不輕譚
一九七九年　台灣縱貫鐵道
一九八四年　神神の祭典（神明祭典）
一九八五年　德黑蘭審判（テイヘラン審判）
一九八七年　泰雅的太陽（タイヤルの太陽）
一九八七年　拂曉的戎克（曉の戎克）
一九八七年　艷鬼（艷囮）
一九八七年　惠蓮的扇子（惠蓮の扇）
一九八九年　天和地之歌（天と地との歌）
一九九〇年　蕃歌
一九九四年　民話化骨鱔魚

## 二、詩集

一九三二年　竹筏

一九三五年　媽祖祭
一九三七年　鴉片（亞片）
一九四〇年　華麗島頌歌
一九四一年　採蓮花歌
一九四三年　花妖箋
一九四三年　一個決意（一つの決意）
一九四三年　延平郡王之歌（延平郡王の歌）
一九六二年　天上聖母
一九七三年　摸乳巷之歌（摸乳巷の歌）
一九七三年　柿之歌栗之歌（柿の歌栗の歌）
一九七五年　迴轉木馬
一九七五年　華麗島古代蕃歌
一九七八年　林本源庭園賦
一九八一年　華麗島顯風錄
一九八二年　西川滿全詩集
一九九二年　咒
一九九三年　青春詩集

參考資料：
アンドロメダ雜誌，一九九三年六月二十三日，第二八六號，東京人間の星社。

# 西川滿論

## ──以其台灣題材之創作爲中心

陳明台

### 一

今年高齡八十九卻依然活躍如昔的西川滿氏，究竟是什麼樣的人物？在漫長的生涯中，他曾經扮演過衆多的角色，諸如：報社副刊和雜誌的編集者、小說家和詩人、台灣文學和歷史的研究者，豪華典雅限版書的製作裝幀專家，甚至是一位神秘的星座占卜家和宗教教祖（媽祖天后會總裁）。而且，他上述種種的行業可以說，大都與文學有著密切的關連，其實際的業績，遑論非文學性的文章，單單是小說、詩、童話、隨筆、傳記、民俗方面等文學著作綜合起來就已超過了百部。依此看來，將他視爲一位努力、多產的文學作家，應該是毫無問題的。

問題是，西川滿這樣一位文學家，不管他自身的意願如何，終究不能不宿命性地，被置於歷史的脈絡中去定位，去看待，是幸運或者不幸？占據他文學活動的主要部分，正好覆沒於台灣新文學運動發展過程中至爲敏感的一段時期，亦即所謂決戰期，日據末期皇民文學巨大的暗流洶湧狂蕩的時代。他的存在剛好橫跨、重疊在軍國主義日本和殖民地台灣兩個時空領域裡，就「日本」座標軸而言，他隸屬於昭和文學史──有人特別以異鄉的、外地的昭和文學來稱呼──的一部份；

……異鄉的昭和文學的「異鄉」指的是對應於內地（日本列島）的外地（半島、大陸、島嶼），同時，也指著昭和日本人內部的另一個故鄉，近代精神彷徨終結之際，勢必尋獲的定居之所。所以，它不單是域外之地，異鄉這詞彙，若以外地、殖民地、亞細亞等語詞來替換，則正是意指著某些失落了的東西……。

……滿州（昭和的異鄉）文學所表現的乃是，滿州此一虛幻國度，滿州人民此一虛幻國民的「個人幻想」，……亦即反映投射於滿州鏡像中，呈現出來的昭和期日本人抱持之自我幻想。❶

確實如上所述，將文中的滿州改爲台灣的話，在戰前日本殖民地台灣的日本人作家，他們構建的異鄉、外地文學，（如同朝鮮等其他殖民地的日本人作家），所意謂的也可能是透過虛構的幻象投射映照出來的，昭和期日本人的自我幻想，所謂某些失落了的東西，隨著日本的戰敗，軍國的瓦解，戰後的到來，更充滿了可能從文學史中幻滅、消失無踪的危機。而就『台灣本土的』座標軸來看，則西川氏主要文學活動與內涵，正足以顯示和代表決戰期台灣皇民文學之典型與特質，對其作品一環顧之際，基於戰後改朝換代的政治意識，以及由於台灣曾淪爲殖民地的現實激發出來的民族意識，必然形成理也理不清的『政治與文學之間』重重的糾結，類似煙霧的政治迷障，往往帶來偏頗的見解，甚至採取完全無視的態度。而不管是從文學歷史的長流中消逝無踪，還是被置之不理，陷落於兩面不討好的窘態中，自然地，會導致後起的論者對如西川滿氏般決戰期的作家或作品，極爲主觀的價值判斷，使之遭遇被雙方的記述蓄意地遺忘、捨棄、乃至完全抹消的命運，或者充其量，只純然成爲一個被批判、譴責的對象，負面的存在，或者有意、無意地，對其產生種種牽強、歪曲的解釋。

如此的失誤和充滿先入爲主的偏見，特別是在當前，致力於自立性、主體性台灣文學史建構的時刻，更易於產生、存在自亦不足爲奇。因此，文學家西川滿的研究，如同決戰期在台灣的多數日本人作家（乃至皇民文學全盤）的研究一般，有一段相當長的時期，曾陷落於政治的迷障中，難以釐清，無法有所進展，所幸，由於最近數年來，若干學者的努力，已漸漸透露出一線的曙光，諸如：旅日學者張良澤氏的〈戰前在台灣的日本文學—以西川滿爲例〉[2]一文，就開了先聲，文中論點雖有些許不夠周延之處，卻努力回歸於作者本身，探討其文學活動的軌跡與意義，試圖作一評價。近藤正己氏的〈西川滿札記〉[3]，則透過對作者年譜的構建與重整，從作家的生涯和主要作品，來論述西川文學具有的風貌與特質，並嘗試給予歷史定位，而集中焦點於西川滿居留台灣時期，對其當時的文學活動和相關作品加以分析論斷，也提示了極具啓示性的觀點。中島利郎的〈西川滿備忘錄——西川滿研究現狀〉❹以及〈西川滿和日本統治時期的台灣文學——西川滿的文學觀〉❺兩篇論文，則本著過去對西川滿評價和議論的諸多資料，並透過對西川滿自身文學觀點的解析，企圖突破層層的政治迷霧和過度武斷的意見，理清和呈示西川文學的脈絡，重新認定西川滿在文學史上應有的位置。上述幾篇勞心之作，雖各自有其方法與著眼點，但卻幾乎不約而同地，提出了兩項堪稱客觀的結論：一、努力排除非文學的論點（諸如對西川個人性格特質、作風的主觀推斷，基於政治因素所作的評斷等），從而澄清、認定西川滿作家的位置（歷史地位），指陳其文學具有從日本文學延伸出來的，地方主義文學或外地文學的性格，既有當時皇民文學的質素，也有可能孕含著不同於內地日本文學的質素。因而，可能從回歸作家西川滿的文學活動，文學創作業績等基點上，綜合地，對其重新加以評價。二、認定西川滿是日據時代在台灣殖民地居住，生活過的重要日本人作家。基於其參與的文學活動，足以顯示當時文學史的剖面（譬如：推動當時文學發展的因素，當時顯露的文學現象和模樣，浮現當時文壇構成體的台灣作家和日本作家之間的相互影響、對立狀況等）。又基於其文學的內涵，特別是若干台灣相關題材的創作，具有充分映照當時「台灣的」特質（如他的台灣小說、詩中所呈示的台灣風物、語言的特色）的一面，縱然他的表現語言是日語，他的作品中欠缺對台灣人處境深刻的觀察與解明，作爲當時在台灣具有代表性的日本人作家，西川滿的所謂「台灣文學」，依然可能反襯那個時代特殊的文學狀況，持有非凡的意義。因此，西川滿同於當時在台灣的其他日本人作家，都是那一段時期台灣文學史不可或缺，難以抹消的一部分。上述兩個結論，前者是針對西川滿，其個人的文學，或作爲一個日本人作家的文學，重新論定，後者則是對西川文學的台灣關連，特別是對他在戰前、日據時代台灣文學史位置的認定。應該是相當持平之見解。也就是說，西川文學的研究，由於上述若干具有建設性觀點的提出，增加了未來可能進展的前瞻性。確實地，擺除種種不必要的偏見或無益的政治觀點之介入，可以讓西川滿的文學在一般共同認定，比較客觀的基準上，重新作一考察和評價，謹慎地，作出更爲適切的文學史定位。

西川滿的文學，可以被視爲是異鄉的昭和文學，戰前日本文學的一個異相。但是，既然也與台灣時空座標息息相關，基於其文學活動、文學題材和內涵，他的作品自然也有可能被視爲是日據時代台灣文學的一部份，實有必要純然回歸文學的角度，作一更爲深入的理解。而對其台灣題材相關創作群進一步的研究和解析，應該是理解其文學基本風格，發掘其創作原點，一個最爲有效的方法。

## 二

台灣對西川滿文學世界的完成，所具備的意義確實是無與倫比的。他的前半生，從三歲來台以降，至三十九歲隨船撤退返回日本，漫長的三十數年間，作為一個文學家，可以說，自出發期、修鍊期、（如：中學時代開始習作，創刊文學雜誌《櫻草》等），過渡到成熟期、活躍期（如：大學畢業再度抵台，參與報社編集，創刊《文藝台灣》，積極從事文學創作和文學相關活動等），理所當然地，均是以台灣為時空座標軸來展開的。不止如此，「台灣體驗」事實上並非只是他一時的、即興的、隨手拈取的創作素材而已，反倒轉化為他生涯的堅持，一直延續到晚年都不曾中斷地，以其作為自身文學世界的核心。

與台灣題材相互關連的創作群，迄今出版的詩集和小說，至少占他全部著作的半數以上，而其中大多為戰後一九四六年，返回日本以後的產物。正可見出，從文學出發期，就已密切相互關連，且一直是提供其創作源泉的，台灣，此一異國影像，即使在離脫、斷絕實際時空的牽絆之後，仍然繼續存在其內部發揮機能，其必要性和依存度，甚至遠遠超越了自身和母國日本糾葛的程度。長期羈旅台灣的體驗，成為他最原初性的經驗，對西川滿文學所具備的實質意義，即在於賦與他自身內面終生難以抹消的「精神烙印」這一點上，揉合他與生具來的唯美偏好、浪漫的氣質，時時會產生發酵、催化的效果。而他刻意追求的「人工美之極致」，亦即專注於「藝」、極力主張「藝術的世界＝文學世界」的觀點，也因此得以充分配合和展現，因為台灣這一不同於自身母國的空間、場域，所孕釀出來的異樣情緒、周遭籠罩的神秘氣氛，剛好作為一個實驗場所，提供了他實踐文學理念最佳的素材。而所謂難以抹消的「精神烙印」，筆者以爲，實則包含了兩個基本的質素，也就是：「憧憬」和「追憶」。那也就是一種，在他精神內裡近乎固執地，始終保有的，「台灣憧憬與追憶」的情緒。

「憧憬」此一質素是他前半段文學生涯中，亦即居留台灣時期，文學創作的一個底流，是導引當時他的文學趨向重要的因子，也是影響他自身的「台灣文學意識」＝「文學創作意識」形成之決定性動因。檢視西川滿居台時期年譜，我們不難發現，此一精神要素與西川滿作家成熟期所抱持的理念相互契合。西川滿雖然堪稱爲一位早熟的文學作家（中學時代已大展才華），但其文學觀眞正成熟的契機，卻必需等待一九三二年大學畢業之際，受到恩師吉江喬松（孤雁）及隨後不久成爲知友的島田謹二，兩個學者的訓示與啓示，有以致之[6]。前者賦與他：「……回歸台灣，樹立台灣獨特的文學，那是你的使命。」的重責大任[7]，激起他文學志業萬丈的雄心。後者所提出的「外地文學」論：

> ……台灣文學作爲日本文學的一翼，成爲外地文學，特別是南方外地文學是有其意義的。
>
> ……其文學的大主題是外地人的鄉愁，及對當地的特殊景觀描寫，還有外人對當地人的生活解釋……[8]。

更成為他在同一時期堅定信仰的創作理念，致力追求的方向。西川滿所謂：

……南海的華麗島當然會產生名實相符的文藝，而在日本文學史上占有特殊的地位。……樹立華麗島的文藝，使其成為南海中高聳的巨峰，正是我等之天職❾。

一方面雖然認定其所創造的「台灣文學」視為是日本內地文學延長之一個環節，一方面卻有創作獨特的地方文學或外地文學的強烈自覺和使命感。而所謂外地文學，隨著時代的演變，最後，終究一時性地積極附合當時之趨向，發展成皇民文學，揭示、鼓舞國策、阿諛的文學形態。縱使如此，當我們據於今日此時的立場，對其長期發展、樹立起來的文學風貌，作一詳細的，通盤考察之際，還是不難見知，超乎一切地，其內裡偏向浪漫、幻想的氣質，才是始終支持他文學世界的中心。就連帶有強烈國策文學傾向的，長篇小說創作《台灣縱貫鐵道（鐵路）》，也內含著：「……令人深深感到興趣……，滿滿記載著豐富的軼聞和逸事，巧妙地配置了台灣鐵路史資料於其中……」的獨特性質❿，全書字裡行間所顯現的，對南方開拓熱情之讚美謳歌，對未知的夢抱持飛躍的心情和熱情，完全符合：「南方是光之源，賦與我等秩序、歡喜和華麗」⓫，作家西川滿衷心尊奉不渝的此一信條，這所謂浪漫的「南方憧憬」，首尾一貫地存在他內部深層的信仰與精神要素，轉化為牢固不移的創作源頭，完全傾注於其作品之中，類似他本人曾研究、欣賞過的法國詩人藍波（arthur rimbaud）

在其作品中曾經表現過的「南方憧憬」——其實是對東方未知神秘世界無止無盡、毫不倦怠的追尋、探險與夢想⑫——。台灣之成爲寄託夢幻和鄉愁的適切場所，變化成爲無限奇想與無比綺麗的異域空間，也許正是由於，他天生偏好的耽美文學趣味，與此一時期立身依存的台灣時空座標軸所賦與、孕育，且深藏在精神內裡這種熱烈的「憧憬」質素，巧妙地混雜，相互撞擊的結果。同時，西川氏的「南方憧憬」文學，其實是可以納入日據時期在台灣的日本人作家，自早期一脈相承的「異國主義（exotisme）」文學的系譜中，呈示了近似佐藤春夫氏以台灣見聞草成的〈女誡扇綺譚〉，帶有根源於「驚異與懷疑意識」，基於想像創造出來濃烈的「異國情趣」特色的作品⑬。

至於「追憶」這一質素，可以說是西川氏在戰後，轉化自身存在的時空座標軸「回歸日本」之際，意圖對台灣此一「原始體驗」對象，重新捕捉、發掘的精神依據，是殘留在過去時空裡不曾散失的，記憶映像之喚起，或收入腦海中景觀之重現，那也是他在戰後能以「台灣經歷或體驗」作爲源源不斷的題材持續創作的原動力。埋藏在他內部深層各式各樣的記憶和心象，正如他所自述：

……這些寫於戰後回歸日本的創作，說來是對華麗島無限的慕情，無止無盡的讚歌。

……幼年時，生活於台灣人所住的台北大稻埕太平街，在內心中留下強烈的印象。

……〈神明祭典〉這樣的作品，正是那少年時代夢幻的結晶。

……不單是選擇喜愛的台灣土地作爲創作舞台，全篇更隨處呈示了當地人民的風習、神明信仰和民俗……⓮。

有些是難以遺忘、無法壓抑的華麗島慕情，昔日記憶印象之噴出，有些是幻化實際經歷的生活體驗，經由自由想像的產物，有些則是根源於自身所熟知的，或是居留於華麗島時代曾努力研究過的，台灣歷史、風土民情、宗教信仰等作爲基礎材料，發展、虛構出來的東西。在題材的選取上，包含了「氣質上相近，或感覺上有所偏好的台灣風物」以及「新奇、難得一見珍貴的台灣體驗或印象」兩種樣式。相對於「南方憧憬」偏向於空間座標，含有當代、同時期、即興體驗之要素，「追憶」此一質素無寧說是，偏向於時間座標，含有追溯、檢證過去體驗的要素，兩者相互激盪，使西川氏居留台灣時期親身體驗的空間和時間感覺得以永久保存與持續，甚至在戰後，這些素材和體驗也反覆地產生作用，變成他創作的基本源泉，不絕地湧現。

換言之，台灣憧憬與追憶兩種質素，凝固成爲作家西川滿內部無法消除的〈精神烙印〉，經由長期的積蓄融匯，化爲一種純粹且原始澎湃的感覺和感情，不斷地在投影、反芻、形成與擴大，添充於其文學世界。因而，他的台灣題材創作、不只數量甚多，內容也極爲豐富。以時間而言，透過素材，可以縱橫古今遠近年代而表現自如，以空間而言，作爲取材背景的地理舞台，幾乎遠達台灣東南西北的各個角隅，十分普遍。而就其作品整體看來，皇民文學的代表作，例如：長篇小說《台灣縱貫鐵道》，詩集《一個決意》，乃至少數據於日本題材的創作，畢竟難以充分見其創作的眞正本領。同時，若排除常用的中國題材創作（如小說《會眞記》、《楊貴妃》等），則毫無疑問地，所剩者也就盡是相關於台灣的東西了。

## 三

西川滿氏所作爲數甚多、內容極其繽紛的台灣題材創作，包含了小說、詩、童話和民話幾個範疇。特別是小說與詩兩大類，貫穿戰前與戰後，直到最近期創作依然持續不斷，乃是探討西川文學的內涵、特質、表現方法最合適的對象。

以小說創作而言，從一九四〇迄一九九二年爲止，至少出版單行本二十數册，舉其主要者如《梨花夫人》，收稻江治春詞等七篇；《赤嵌記》，收雲林記等六篇均完成於一九四〇至一九四二年間，乃戰前的重要作品；《劍潭印月》則是戰後初期之作；《神明祭典》，收鍊金術等十三篇；《惠蓮的扇子》，收悲戀之雨等三篇可代表一九七〇以迄一九八〇年代出版的創作；《天與地之歌》，收血染鎗樓等兩篇；《蕃歌》，收原住民小說八篇，大抵是一九八〇年代末期、一九九〇年代初期發表之作。雖然創作時期不同，全體風格變化卻未見極端差異，很難加以細密的分期。

對於戰前已完成（以他生涯創作過程來看可視爲前期）若干作品的風貌，論者已有不少綜合的評論，諸如：

……《梨花夫人》等六篇，是怪奇、幻想、傳說。……採用愛倫坡（edgar allanpoe）的手法，以前人未用之素材，創造了極緻美的世界……⑮。

……小說中的幻想，東方西方的融合，消失之物的美，這些氣氛才是主題。……多爲現實與過去相互交織，而從中導出的幻想作品……⑯。

即指陳其作品多數帶有幻想性、過去性，浪漫性等基本特質。如果對照西川滿自身抱持的文學觀點，是十分吻合的。諸如：

……不管大衆如何感覺，文學或美術終究取決於「藝」。

……藝術的世界首先需從超越眞實開始。

……我不斷想追求的是新的美。

……小說的正道在乎有趣。

……小說必需是有趣的、美的，同時，必需是純正的東西……。

……我的詩、我的文學意圖的是人工的極緻美……我輕視空想力衰弱的作家……。⑰

耽美性、空想性、怪奇性、趣味性等，幾乎已是其所有作品底層共通存在的要素。對讀者而言，可能就是這些基本要素，加上刻意的追求人工美，衍生出他創作的一些其他特質，並因而能保持相當獨特的感覺與品味，維繫而固定成爲西川氏極爲明顯，不同於他人的文體、氣氛與特色。

比如說，戰前一九四〇年創作的〈赤嵌記〉，是他獲頒「台灣文化獎」的名作，就頗能顯示其獨特的感覺和品味。全篇同樣地，具備有他的作品常見的趣味性和怪奇性，卻以實在的台灣歷史人物作爲題材，巧妙的描寫鄭成功、陳永華家族三代浮沈興亡的逸話。由於作者能充分運用和發揮廣博的歷史和古典知識，使之傳奇化，鋪陳故事的情節，渲染主人公的悲劇性格，產生強烈的感動性。特別是在小說進行的時間、空間上，時而透過主人公的遭遇，時而透過作者自身現身說法，時而透過第三者的陳姓青年的引導，變幻自如，有意識地，將過去與現實切斷、接續、轉換，使讀者在不知不覺中，陷入作者所安排的幻想世界，在虛幻與恍忽之間彷徨，產生共鳴。而其敘述故事的冷靜文體，複雜的轉折伏筆，更發散出來完全屬於他個人強烈的魅力。樹立後來諸多作品的典範。

戰後初期的作品，〈劍潭印月〉，則是以極爲通俗性的題材，表現女俠客和盜賊鬥智，以自身的美色誘惑，讓三個盜賊自相殘殺的故事，其情節以現代的角度來看，反而顯得十分古典。對於重要人物的描寫，如和尚、女俠、盜賊都極爲生動突出，篇中出現許多戲劇性的場面，使其成爲一篇明白、有趣，可讀性甚高的佳作。

出版於一九八四年的作品集《神明祭典》，收入的十三篇創作，頗能見出作者文學創作的本領，都是屬於表現技巧圓熟之作。多係充分發揮作者的耽美、獵奇、色彩、官能諸創作要素與特色的東西，其中如〈神明祭典〉一篇，單是描寫衆神出巡，奇形怪狀，爆竹喧天、煙霧瀰漫的一個場面，就令人如臨現場深深感受。描寫主人公欲圖報復仇家的心境起伏，乃至道具（灌蛇毒於箭矢上）的製作等細節亦均極爲細膩，趣味十足。〈青鯤廟的艷婆〉一篇，內容曲折離奇，引人入勝，女主人公哀怨動人悲淒的遭遇，媽祖的神奇靈應，交織成爲一則華麗的民間傳奇。〈鍊金術〉則是簡單而小篇幅的構成，只採取台灣民間拜拜時常用的冥（金）紙，透過作者的好奇之眼與豐富的想像力，描繪出帶有滑稽性格的庶民人物像，在極爲壓縮的表現下，令人品味再三。具備同樣的風格，出版於一九八九年的《天與地之歌》中收入的〈血染鎗樓〉一篇也是屬於呈示鮮烈的頹廢色彩，戰慄的官能感覺，暗鬱陰沈的獵奇恐怖之作，作者自身介入故事的進行也是旁觀者，藉以連繫、託出全盤的情節，並且同時注視著兩個女主人公（彩娥與千鶴）加虐和被虐的過程，大大地提昇了小說戲劇性的成份。上述諸篇皆爲作者比較引人注目的創作，取爲樣本，可以表現作者的強烈作風偏好，及作品訴諸、耽溺於感覺性、官能性的傾向，篇篇均顯示、發散著作者濃烈的羅漫精神。

最近期的創作，如一九八七年出版的《惠蓮的扇子》和《蕃歌，八篇原住民小說》則顯示出另一種浪漫的典型。其中大都以「愛和死」、「哀愁和悲情」、「離別和懷念」作爲主題。如〈惠蓮的扇子〉是兼有描寫台灣現代史上的慘劇二二八事件，極具實錄性質的內容。

作者透過自身，一位居於戰敗國人民立場的日本人之眼，冷徹地觀察事件的始末，也多少帶有省視、批判混亂時代中，不同國度（中國、日本、台灣）和族群的人間像、心理、民族性格的性質，但是，主題卻依然不脫作者唯美的傾向，始終以日本人作者和台灣人的仲明、惠蓮三人間的情愛糾葛，別離、死、懷念爲主軸來展開叙述。在殘酷的血與虐殺場景中，浮現哀愁的情緒反而成爲全篇重心所在，使得「歷史苛酷的現實」被強烈的「浪漫感性」所取代、蓄意地掩蓋，成爲淒美的愛情詩章。原住民小說的大部分，則除了混雜著作者好奇的眼神，處處可見奇風異俗的描寫，顯露異國情趣的嗜好之外，如〈奇密社之月〉、〈蕃地〉、〈南海的紅島〉都是帶有濃郁香味的哀怨情史。內容也都以日本人和原住民不同族群男女的故事爲經緯，表現鄉愁、異民族心情的交流、死和悲情。也足以充分察知作者內裡耽美和浪漫的本質。

至於在小說表現的方法，如加以歸納則不外乎著眼於「說故事的叙述調」、「保持內容的完整性」兩點。大抵作者喜愛運用自身介入，現身說法的方式，有點類似作家佐藤春夫在《女誡扇奇談》中使用的「作者穿插在場景中」，或者芥川龍之介在其中國傳奇小說如〈南京的基督〉裡慣用的「作者於終章現身來說明、作總結或補足」的技巧。〈赤嵌記〉的成立與方法，就是典型的例子。還有，作者堅持貫徹虛構的方式，不親臨現場取材的原則，所有的題材幾乎都透過空想、幻想或矯飾手法來處理，意圖達成高度藝術化的主張，亦值得強調。也是基於此，作品進行之際，時空的交錯，起承轉合的佈局，才能自由穿插運用，並且不失其一篇的完整度。一般而言，西川滿的作品皆重視細部描寫，並且都能注意到情節首尾相互的呼應，達成正統小說渾然一體的構成，因此具備了明白清晰的面貌。

## 四

西川滿不只是一位小說家，也是一位詩人，說他的作品，不管是小說或詩，都帶有濃厚的詩性氣氛，抒情的芳香，根底裡具備了強烈的詩人氣質，並非過言。但是，西川氏究竟是什麼樣的詩人？關於此點，他的良師知友島田謹二氏曾作了以下的說明：

……西川藝術的根本傾向是，盡可能地，遠離「現實感」，意圖想創造從現實生活中抽象化的藝術空想世界。

……驅使素材的作者之素質，具有何種特色？

……顯然可用「感覺超越一切」這句話來加以形容，而其中特別引人側目的則是視覺的要素，首先是他的色彩感覺，往往被燦爛的原色所吸引……⑱。

這幾句話，準確地，把西川氏詩作的方法和內涵，簡要的作了說明。印證於西川氏自身的說法：

……我當然也考慮到音樂的要素，但，最想表現的還是色彩，所以出現了各種各樣的色彩……。⓳

也就是說，他的詩，努力訴諸感覺和感官，技巧地，運用語言的色彩機能，極爲接近象徵派持有的主張與特色。觀察西川初期的詩篇：

沒有任何人
深夜的壕邊
露珠發亮的草叢裡
天使失戀的傷痕悄悄地癒合
製造較諸微風還要柔軟甘美的聲音
水面的月的波紋

——天使之歌Ⅳ

從美麗的人妻的額頭
滴下汗珠

盛夏眩目的陽光

——人妻

兩首作品均有濃厚的官能感覺表現，運用單純的物象，亦即捕捉外界的光和影，來顯示心象風景，簡潔而有力。西川滿詩的基本風格，可以說就是以此種敏感的色彩感爲根底，自官能感覺出發，透過多彩、美麗語彙的掌握，揉合極度人工美、裝飾的技術而確立的。他的台灣題材詩集也充分地顯示了同樣的特質。

西川滿的台灣題材詩作，從戰前以迄戰後，依內容特色加以分類，則大抵包含台灣風物景觀詩，民俗宗教風的散文、故事詩，民間歌謠體，及一般抒情詩等幾個樣式。《華麗島讚歌》、《鴉片》即是著力於表現台灣風物、描寫台灣景觀的詩集。

台灣的版畫之中
最美麗的是使用燈座的東西
燈座獻給天上的神明
金紙的筒上貼著版畫

——燈座

雨　雨
街頭巷尾降下的雨
台北降下的雨
潤濕你的心
振奮我的心
在停仔腳合掌
雨雨雨雨雨雨
何時停呢
如同永劫　不中止地　下著的雨
雨雨雨

——台北的雨

竹笠便宜
竹笠輕
竹笠涼爽
竹笠充滿風情

愛用它不會神經衰弱
有時它會保障生命
戴著它
從樹木飛來的青竹絲
也會即刻滑落
壯哉　竹笠

——竹笠（華麗島讚歌）

上面的三首都是以樸素的手法，直觀印象式的筆觸來描寫台灣民間常見的風物景觀的作品，寄託著詩人樂天、愛惜風物的眞情。但，或許由於寫實性強，難以看出西川詩人慣用裝飾美的妙處，詩味多少顯得平淡。反而如〈花妖箋，第二、第三〉一般的表現：

清水池　玄女娘娘帶來狐精　到處散著黃金和貝殼　下石階　採蓮花
正午　茉莉花開　自水濂洞順風耳奔赴南方　熱炎炎　燃燒著　赤帝投下的二五銀錢

如此的詩句，才能顯露出他詩作的本領，大膽地運用台灣民間使用的，饒富特色的神明信仰語彙，或透過民間拜祭常用語彙的堆砌，顯示異國的風俗與情趣，甚至只盡力呈示切斷、分割的意象、景觀或場面，而絲毫不在意表現的妥當性、意義性與意象的關連。如詩集《媽祖祭》、《天上聖母讚歌》等刻意尋求素材，來表現宗教民俗的散文詩、故事詩也都呈現了同樣的性質。

夾竹桃　在花開的崖下　十六的花娘（賣春婦）　等著客人　拉著胡弓　唱著歌
仰起頭　天空衆星朗朗　一輪月　浮上蓬萊閣　蕭蕭南風吹
——媽祖祭

燒香　合掌　三禮拜　燃燒　落馬金　二花壽金　供奉　五秀　五牲餅
天金　割金　大才子　豚羊供養　請神念咒言　道衣金冠　道士的祈禱
——城隍爺祭

兩首詩看來僅僅呈示了景、人、物割離的意象，企圖造就異樣的視覺風景，甚至，產生文字遊戲的傾向，形成虛懸於半空，抽象化的浮誇表現。

至於民間歌謠體，如《採蓮花歌》、《華麗島古代蕃歌》等均屬之。

正月立春　牡丹花開　泉洲城外　陳家庭園　黃鶯啼
二月春分　紫荊花開　掛屋簷　命運星　三星並立　三宿星

三月清明　桃花開　流水舟渡　令人思念　陳三　孤獨之旅

大抵是整編民間富特色的吟詠歌謠，加以改作，可見其追求形式上的韻律感，音樂性，整齊畫一的自我要求，但，基本上還是著眼於表現浪漫的異國風情。

最後一類抒情詩風的作品，《初期詩篇》《迴轉木馬》皆屬之，也有清新簡潔的佳作，而慣用借物陳思，直接映照出風物和自然技法的作品依然占了大多數。

白色的梔子花在流著
白色的梔子花無止無盡地在流著
我坐竹筏去摘取
乘著南風　揚起赤色的帆
追著梔子花而去
啊！白色的梔子花一直流到淡水的河口
芬芳的　白色梔子花在流著

此詩中的物和我的關連，是經由極爲單純的相互介入照映出來，第一段，客觀的呈現物（花）的樣態，第二段表現我（人）心境的介入，第三段回歸物的自身，在構成上，雖符合起、承、轉、結的寫法，卻因此使詩的象徵意義難以擴大，景也就僅止於景的描寫而已。

西川滿的台灣題材詩，極爲用心地，企圖去表現繁複的異國情調，但是由於語言過度裝飾化，往往減弱了詩的內面質素，寫實的風物、對象，作爲材料固然極爲普及，表現卻不免太過即興，多有止於浮面描寫之嫌。用語的華麗，有讓人目不暇及之感，卻也易於導致浪漫感情的氾濫，過度注重故事性、散文性，甚且會產生詩性稀薄的危機。縱使如此，由於作品內涵的多樣性，透過他那凝視台灣的異國詩人之眼、詩世界映照出來的華麗島風景，依然十分新鮮而饒富趣味。

## 五

作家西川滿記錄的台灣，或者西川滿創作的所謂「台灣文學」，毫無疑問的，正如上述，具備有強烈的個人體臭與獨特的光芒。他的作品中，幾個基本的要素，唯美、趣味性、獵奇性、抒情性，最重要的是浪漫和人工裝飾的個人偏好等等，導致他的文學帶有吸引讀者陷入無止盡的夢幻與空想的性質，甚至也具有教養文學的芳香。但是，追求藝術性的同時，遊戲的性質，有閑階級的娛樂性質也不能避免地暴露無餘，當然，這也使他的詩、小說稱得上是明晰、可讀性極高的文學。除此之外，他創作的「台灣文學」，在呈現有趣的逸話、新鮮的異國感覺的同時，其實還是具有冷靜的觀照之眼，儘管是異國的日本、外國人的眼光，他筆下的日本殖民地時代的台灣，人情、風物、景觀、風俗表現，依然足以呈示出一個特定的時代中，業已風化的台灣印象與模樣。

然而，不管如何，西川滿是列名於文學史上，具備重要性的作家。他的文學活動與創作，無法不回歸時代裡去加以定位。正如前述，他有不得不陷落於雙重困境的立場，他的文學可能被視爲台灣文學的一部份，但是也矛盾地，同時存在著，無法完全成爲台灣文學的異質成份。他可能是被承認的日本作家，在戰後的小田切進編的「日本文學作家事典」，他已占有一席之地。同於許多日本文學家的作爲，一時地，他也是戰爭（皇民）文學的積極推動、實踐者。但，比較令人感到興趣的可能是，放置於軍國主義時期，整個日本外地文學圈中，他文學存在的意義，比如，他所追求的日本外地文學，比較其他殖民地作家，具備那些共通點和差異點，筆者曾在別的論文中，以他和一位居留於當時殖民地都市，滿州大連的詩人安西冬衛來作比較，指陳了諸如：詩的技法平凡，詩的思考限於浮面，深刻度不足等差距⑳。在此進一步可以指出的是，西川文學從全體看來，缺乏「現實意識」的問題，事實上，此一指責並無損於西川文學的價值，筆者只是要確認其作品強烈的前近代牧歌性格，樂天而逍遙的文學態度，如此，在本論文第一節中所提起的日本人的自我幻想，昭和外地文學的虛構性格，從作品論的角度，或許可適用於西川文學的定位上。不可否認地，西川文學中，看不見與時代現實對決的姿勢，他的現實意識因而經常埋沒在過去的幻影裡—比如他的台灣歷史題材，是轉化、掩沒於空想的過去時空中，逸話和傳奇的型態—。他的小說、詩中甜美的鄉愁情緒，頹廢感覺和異國情趣，因而也可能只是矯飾的虹橋，對於他所創作的多數多樣，帶有顯影"台灣"性質的文學，較諸母國日本讀者的興致勃勃，台灣的讀者，或許會感到膚淺與虛幻也說不定。

## 注釋

❶參見川村湊著《異鄉の昭和文學》，岩波書店，東京一九九〇年十月出版，頁二三～二七。

❷張良澤著〈西川滿の文學について〉，收入《西川滿全詩集》，人間の星社，東京一九八二年二月出版，頁六八六～六九八。

❸近藤正己著〈西川滿札記〉，《文學季刊》二卷三期，台北文季編集委員會，一九八四年九月出版，頁二八～五二。

❹中島利郎著〈西川滿備忘錄〉，收入《台灣文學研究在日本》，台北前衛，一九九四年十二月出版，頁一〇九～一三四。

❺同右〈西川滿と日本統治期台灣文學〉，收入《よみがえる台灣文學》，下村作次郎等編，東京東方書店，一九九五年十月出版，頁四〇七～四三二。

❻參見西川滿著《西川滿全詩集》〈略年譜〉，東京人間の星社出版，一九八二年二

月，頁七〇四～七一七。

❼參見同右《西川滿全詩集》〈後記〉，頁七四八～七四九。

❽參見島田謹二著〈台灣文學の過現未〉，《文藝台灣》二卷二號，一九四一年五月，頁一三。

❾參見西川滿〈台灣文藝界の展望〉，載一九三九年一月一日《台灣時報》一月號。

❿參見尾崎秀樹著〈決戰下の台灣文學〉，收入《舊殖民地文學の研究》，東京勁草書房出版，一九七一年六月，頁一九二。

⓫參見同注❼。

⓬參見竹內健著〈南方憧憬論〉，收入《ランボウの世界》，粟津則雄編，東京青土社，一九七六年十二月，頁一八〇～一七九。

⓭參見中村哲著〈外地文學の課題〉，《文藝台灣》一卷四號，一九四〇年十月，頁二六二～二六五。

⓮參見西川滿著《神明祭典》〈跋〉，東京人間の星社出版，一九八四年十月，頁三九一～三九六。

⓯參見龍瑛宗〈文藝評論・美の使徒〉，《文藝台灣》一卷六號，一九四〇年十月，頁四九一～四九三。

⓰參見同注❸。

五。

⓱參見西川滿著〈文藝時評〉，《文藝台灣》六卷一號，一九四三年六月，頁二六。

⓲參見注❻，島田謹二著〈媽祖祭と鴉片〉，收入《西川滿全詩集》，頁六六九～六八

⓳參見同右《西川滿全詩集》〈後記〉，頁七三〇。

⓴參見〈論戰前在台灣的日本人作家和作品〉，收入《鍾理和逝世三十二週年台灣文學學術研討會論文集要》，一九九二年十一月，高雄縣政府出版，頁八一～九七。

國家圖書館出版品預行編目資料

西川滿小說集 2,／西川滿著；陳千武譯
一初版. 一高雄市：春暉，1997〔民86〕
面；　公分
ISBN 957-9347-1-X（平裝）

861.57　　85013955

# 西川滿小說集②

著　者：西川滿　譯　者：陳千武
策　劃：文學台灣雜誌社

出版者：春暉出版社
地址／高雄市苓雅區正義路3巷8號
電話／（07）761-3385
傳眞／（07）7238590
郵撥／04062209　陳坤崙帳戶

印刷者：春暉印刷廠有限公司
地址／高雄市苓雅區武嶺街61巷17號
電話／（07）7613385

登記證：新聞局版台業字第2154號

出版日期：1997年2月初版第一刷

定　價：360元